徳間文庫

鬼はもとより

青山文平

徳間書店

3　鬼はもとより

「こう言っちゃ、なんでござんすが……」

と、下っ引きは言った。

「こんなもんが、ほんとうに商いになるんですかい」

目は、広めの坪庭に並んだ万年青《おもと》の鉢に注がれている。

「俺は安く値付けしているからな」

奥脇抄一郎《おくわきしょういちろう》は答えた。

「客はけっこう付いている」

時は宝暦《ほうりゃく》八（一七五八）年、十月半ばのよく晴れた日の午《ひる》近く。場処は聖天様《しょうでんさま》に近い、浅草山川町《あさくさやまかわちょう》の裏店《うらだな》である。元々、小塚原《こづかっぱら》に移るまで刑場のあった土地で、界隈《かいわい》の街並みが、江戸のどん詰まりだった頃を覚えている。

隅田川に貼り付く最寄りの今戸町《いまどちょう》には瓦を焼く達磨窯《だるまがま》が寄せ集まって、東の風が吹けば、示し合わせたように黒い煙が襲ってくる。ほど近くの吉原《よしわら》へ通う客のあらかたが、目の前の日本堤《にほんづつみ》を行かずに山谷堀《さんやぼり》の舟を使うのは、土手下に隠れた追剝《おいは》ぎが珍しくもないからだ。

そんな吹き溜まりのような土地だけあって、誰もそこを御府内《ごふない》とは思っちゃいない。けれど、土地の名にはしっかりと江戸の町名《ちょうめい》がつく。将軍様の御膝元ならではの町の縛りはきっちりと効《き》いていて、得体の知れない浪人が暮らしているとなれば、すぐに御番所《ごばんしょ》の手下《てか》の者が探りを入れに来る。

それも、長屋を借りるときだけでなく、町役人の顔ぶれが替わったりするたびに、向こうの勝手でやって来るから始末がわるい。

「安いってのは、いかほどで？」

「お前の目の前の鉢が、いちばん安くて二分だ」

「二分？」

驚いた目には、二分あれば蕎麦が二百杯喰えると書いてある。

「高いか」

「こいつがねえ」

今日の下っ引きは、初めて見る顔だ。ひと通り、語らねばならんのだろうと、抄一郎は腹を据えた。朝、飯を炊きそびれ、聖天様の門前まで、朝午《ひる》兼ねての茶飯《ちゃめし》でも喰いに出ようとしていたのだが、ま、仕方がない。

「万年青は金成木《かねのなるき》だ。ほんとうなら安くて二両はする」

「へえ！」

そこいらの土手に生えている草のような万年青が、銭《ぜに》では買えない値が付くことが信じられないようだ。このあたりの住人は、小判はおろか、一分判や丁銀だって見たことがない。日々を繋《つな》いでいくなら、金はすべて銅銭で事足りる。

「いまを遡《さかのぼ》ること百六十年前の……」

ふっ切れていない様子を認めた抄一郎はいつもの手を繰り出す。

「天正《てんしょう》十八（一五九〇）年、八月一日。東照神君《とうしょうしんくん》様が初めてこの江戸に入府された折り、ふた鉢の万年青を携えてこられたのを存じておるか」

「いえ、そうなんで」

ゆっくりとだがしっかりと、目の色が変わっていく。手っ取り早く承知してもらうには、やはり、御威光というやつが効く。抄一郎のように曰《いわ》く言いがたい御勤めを生《なり》業《わい》にしている者は、分かりやすさの大事さが骨身に染みている。

「そのときの鉢と同じ万年青が、いまお前が見ている『永島《ながしま》』だ。ふつうは『永島』の贔屓《ひいき》が集まった『連《れん》』だけで囲い込んで育てているから滅法高い。門外不出というわけだ。俺はそいつが野山に流れた株を見つけて自分で育てる。で、安く分けられる」

「さいですか」

案の定、下っ引きは喰いついてきた。抄一郎が決まり文句を口にすると、たいていの者は、そういうことなら自分でもひと儲けできるかもしれないという顔になる。

「で、旦那はどこでその株ってやつを探してこられるんで？」

そう来れば、もう手の内に入ったようなものだ。

「教えるわけがなかろう」

ここぞとばかり、抄一郎は啖呵《たんか》を切る。

「そいつは俺の命綱だぞ。人に明かすはずがあるまい」

「そりゃ、もっともだ」

ばつがわるそうな顔つきを浮かべた下っ引きに、抄一郎はとどめを刺す。

「ひと鉢、持っていくか」

「よろしいんで」

みるみる顔に喜色《きしょく》が差す。

「荷物になるのが億劫《おっくう》じゃなきゃあ、持って帰ってくれ」

「そんじゃ、ひとつ、お言葉に甘えさせていただいて」

いつものとおり、今日の下っ引きも笑顔を浮かべて帰っていく。客筋を摑《つか》んでいなければ、そうは売れるものではないが、もしも近くに好事《こうず》の大家《おおや》でもいれば、抄一郎の言った値で捌《さば》くのは難しくなかろう。

下っ引きの背中が裏店の中庭から消えるのを見届けた抄一郎は、ふーと息をつきながら、〝万年青商いを分からせるのも大儀《たいぎ》だが〟と思った。〝そうは言っても、傘張りというわけにもゆくまい〟。

傘張りで喰い繋いでいると言えば、話は通りやすい。その代わり、日がな一日、傘を張り続けていないと、すぐにばれてしまう。

金魚を育てている、なんて造り話にしてもそうだ。金魚を扱うとなると、仕掛けはたいそうなものになるし、付きっ切りで世話も焼かなければならない。

下っ引きがやってくるたびに、もっと簡単に済む言い訳はないものかと思案するのだが、結局、万年青商いしかないという、いつもの結論に行き着く。

万年青は元々、林の樹々の陰に葉を伸ばす。だから、裏店の坪庭に届く弱々しい光でも生きていくことができるし、金魚のように世話を求めることもない。適宜《てきぎ》、水をやって、春秋の彼岸《ひがん》の年二回、株分けの真似事《まねごと》をすれば十分だ。

一鉢の値が張る上に、客筋は高禄の武家か大店《おおだな》の好事家《こうずか》と決まっているから、繁《しげ》く売り歩く必要がないのも具合がいい。そして、なによりも、江戸に出たての頃、抄一郎はほんとうに万年青商いで凌《しの》いでいた。

それやこれやで、己の使う時間をたっぷり取るための言い訳を探そうとすると、やはり、万年青商いということになる。たしかに、ふたことみことで相手を得心させるのは難しいが、それでも、抄一郎のほんとうの生業を伝える苦労と比べれば楽なものだ。

もしも、この裏店の住人たちに本業を説いたとしたら、一刻《いっとき》かけたって分かってはもらえまいと思いつつ、抄一郎は今度こそ茶飯屋へ向かおうとした。

と、そのとき、裏店の入り口に深井藤兵衛《ふかいとうべえ》が姿を現わした。家禄三百石のれっきとした旗本だが、無役の小普請《こぶしん》で、縁あって、本業の仲介を頼んでいる。

客からの注文は、いったん藤兵衛のところへ寄せられてから、抄一郎に持ち込まれる。

抄一郎の本業は、浪人が直《じか》に請けるよりも、旗本にあいだに入ってもらったほうが、前へ進めやすい。

「よっ、いい陽気だな」

藤兵衛は笑顔で近づいてくる。抄一郎は、どういう風の吹き回しだろうと訝《いぶか》る。仲介役とはいえ、藤兵衛自ら山川町まで出張《でば》ってくることは滅多にない。いつもなら、繋《つな》ぎには遣《つか》いの者を寄越す。あるいは、吉原の午見世《ひるみせ》にでも繰り出すついでなのだろうか。なにしろ、藤兵衛は無類の女好きだ。

「万年青の注文、伝えに来たぜ」

女に限らず、藤兵衛は欲が深い。小普請の独り身で、時間があり余っているのをいいことに、武家でありながら諸々の儲け話に絡んでいる。

なのに、その笑いには邪気がない。齢《とし》はひと回りも上の四十四で、小柄な上に小肥りである。顔も本人が「唐茄子顔《とうなすがお》」と語るように、お世辞にも見栄《みば》えがするとは言えないが、なんとも人好きがする。どんな人の輪のなかに分け入っても、周りを身構えさせることがない。

とはいえ、やはり、旗本は旗本だ。さすがに、江戸のどん詰まりの裏店に立てば、溶け込むというわけにはいかない。井戸端で洗い物をする女房《おかみ》たちの目が、一斉に藤兵衛に向いた。

「茶飯でもいかがですか」

抄一郎は慌てて進み出て藤兵衛を迎え、外へ連れ出そうとする。藤兵衛はどこの女だろうと見境《みさかい》がない。

「おっ、いいねえ。ちょうど、ここまで歩いてきて、腹がいい具合になってきたところだ」

藤兵衛はまた目尻に皺《しわ》をつくる。凄腕《すごうで》の商売人でもあるこの旗本は、己の笑顔の効き目を知っている。

「しかし、けっこう、いい女がいるもんだねえ」

通りに出て、肩を並べて歩き出すと、藤兵衛は感に堪《た》えかねたように唇を動かした。

「なんのことですか」

「いや、あの女房たちさ。浅草山川町の裏店を、みくびっちゃあいけねえな」

「そうですか」

案の定だ。

「一度、是非、顔を繋いでもらいてえもんだ」

「自分には無理です」

あながち、座興とも思えない。

「少なくとも三人は、奥脇に気があったぜ。あれは惚れてる顔だ。奥脇の言うことなら喜んで聞くさ」

「そんな与太《よた》を、言いにいらしたわけじゃありませんよね」

「そうだったな」

ようやく藤兵衛は本題を切り出す。

「また、引き合いが来たぜ。よくも、まあ、続くもんだ」

周りに、すっと目を巡らせてから、続けた。

「詳しいこたあ後で話すが、西国にある藩の江戸屋敷からの注文だ。そこそこの家筋《いえすじ》だぜ。五日後の朝四つ（午前十時）に俺の屋敷で会いてえってことで、奥脇の段取りを見たら空いてたから、承知しといた。それで、いいいな」

「けっこうです」

「当日、やって来るのは、江戸家老だってよ」

御勤めを重ねるに連れて、相対する者の御役目が上がってきている。勘定掛《がかり》から御《お》金奉行《きん》へ、留守居役へ、そして、とうとう今回は江戸家老がお出ましになるらしい。

「最初に奥脇から話を持ちかけられたときゃあ、そんなべらぼうな話がまっこと商いになるのか眉に唾だったたが、こう度重《たびかさ》なりゃあ、もう本物だって認めざるをえねえ。いや、てえしたもんだ。降参だわね」

その横顔から笑みは消えているが、人好きのよさは変わらない。

「でだ。こうなったからには、ただの取り次ぎじゃあ、俺もちっとおもしろかねえ。ひとつ本腰を入れて奥脇の御勤めに絡んで、儲けさせてもらおうと思ってな。それで、こうして出張ってきたってわけよ」

儲け話となると、藤兵衛はよけいな回り道はしない。いつも、正面からすっと相手の懐《ふところ》に入る。そのけれんみのなさがまた心地よく、そういうことかと、抄一郎は思うことができた。

「ついちゃあ、みっちり話をさせてもらわなきゃあなんねえ。そこいらの茶飯屋でってのもなんだから、これから吉原《なか》の引手茶屋《ひきてぢゃや》にでも繰り出して、じっくりと話を詰めねえかい」

「それは、話を終えた後で、お一人で行っていただければ」

にべもなく、抄一郎は答える。

「分かってるよお」

藤兵衛は顔を崩して言った。

「奥脇の女嫌いはな。言ってみただけさ。なぜか、奥脇の顔を見てると、分かってても言いたくなっちまうんだ」

くっくと、藤兵衛は笑う。からかわれているのが分かっていても、相手が藤兵衛だと腹が立たない。

「女嫌いだけじゃねえ。奥脇がただの金儲けでこんな御勤めをしてるわけじゃねえってことも分かってるさ。あの、どうにも安い指南料を見ればな」

「けっして安くはありませんよ」

「俺から見りゃあ、いけすかねえほど安いさ。善人ぶりゃあがってって、化けの皮を剝がしたくなるくれえだ。なにしろ、潰《つぶ》れかけた藩を救ってやるんだぜ。いまの百倍、千倍取ったっていい」

「まだ救えたわけではありません」

そのつもりで、御勤めに向き合ってはいる。成果も出てきた。けれど、まだ、傷《いた》んだ藩の内証を、大元から立て直すのに成功したわけではない。そうできるように努めているところだが、まだ燭光《しょっこう》は見えず、霧中にいる。

「奥脇ならできるさ」

いかにも、どうということもないように、藤兵衛は言う。

「藩の御主法替《ごしゅほうが》えといやあ、決まって儒者がしゃしゃり出てきて、小理屈を並べる。でも、奥脇はそうじゃねえ。どうしようもねえ藩の金蔵《かねぐら》に、まともに目を向けて処方を書く」

ふっと息をついてから続けた。

「それも、なんと紙に刷る金《かね》で、内証を立て直すと見得《みえ》切った。儒者は掃いて捨てるほどいるが、藩札《はんさつ》なんて途方もねえもんの万《よろず》指南を生業とする者など、この宝暦の世にも奥脇のほかにはいねえ。それがどんなに得がたいことかは、引きも切らねえ諸国の客が証明している。奥脇ならできる。紙の金を使って、いろんな国の金蔵をいっぱいにして、俺にたっぷりと金儲けをさせてくれるさ」

そうであればいいと、抄一郎は思う。

そうでなければ、なんのために国を欠け落ちて、江戸へ出て来たのか分からない。それよりなにより、自分の生まれ育った国が、壊《こわ》れた甲斐《かい》がなくなってしまう。国は藩札で息を吹き返しかけ、そして藩札で崩れ去った。なんで、崩壊を阻《はば》めなかったのか、どこをしくじらなければ心《しん》から強い国にできたのか、せめて、その答に辿《たど》り着かねば、国とて成仏できまい。

［一］

八年前の寛延《かんえん》三（一七五〇）年の頃、奥脇抄一郎はまだ、どこにでもいるような、取るに足らない武家だった。

慶長の世からは百五十年ほどが経って、抄一郎が禄を食《は》む国も含めて、どの国の内証も急速に傾きかけていた。にもかかわらず、あらかたの藩士と同様に、その現実と向き合おうともせず、武家という磨《す》り減った突っ支《か》い棒にただ凭《もた》れかかっていた。

当時の御役目は上級藩士の惣領が集まる御馬廻《おうままわ》りで、御藩主を間近でお護《まも》りする最も大事な御勤めとはされているものの、もはや御藩主の命を狙う敵軍などあろうはずもない。実際にやることといえば、月に五、六日、御城へ上がり、控えの間でひたすら時をやり過ごすだけだ。二十四歳の抄一郎にとっては退屈この上なく、非番になると、籠《こも》った時間の埋め合わせをするかのように、競って女遊びに精を出した。抄一郎は女嫌いどころか、名うての女誑《たら》しだった。

十二から始めた梶原派一刀流も、さほどの苦労をすることもなく取立《とりたて》免状まで進んで、いつしか中弛《なかだる》んでいた。免許皆伝よりはまだ二段手前の取立免状だが、一刀流系の段位は八段ある。下から数えれば六段目で、指南役に準じる。剣で身を立てようとでもしない限り、天井とも言え、敢えてその先に踏み入るかとなると、二の足を踏んだ。

藩は武芸第一を繰り返していたが、それは内証が厳しい藩の常道で、武芸奨励には金がかからないからだ。おまけに、稽古で余計な力を使い果たせば、若さゆえの跳ね返りも防ぐことができる。誰もがそれを分かっているから、拍子を打たれても踊る者は稀《まれ》で、けっして剣が嫌いではない抄一郎も、周りの空気と無縁ではいられなかった。

それでも、その先への路を閉ざしたわけではなかったが、誘われて女へ目を向けてみれば、武芸の路などすぐに霞んだ。二十代の半ば近くまで、もっぱら稽古着に滲《し》み込んだ汗の臭いにばかり馴染んできた軀《からだ》は、いったん脂粉の匂いを知ると、もうひとたまりもなく溶けた。

最初は玄人《くろうと》で場数を踏んで、町娘や若後家に移り、やがて、いつも伴連れの姿が消えない武家の娘へと、段々と遠くにある的《まと》に狙いを定めるようになった。和歌や狂歌を半端《はんぱ》に齧《かじ》ったのも、そういう席なら武家娘が伴と離れて一人になるからだ。

木刀を振っていたときは気にも留めなかった己の姿形《すがたかたち》も、女で競ってみればそこそこ使えるのが分かって、半年も経つ頃には仲間内から〝鬼畜《きちく》〟などと祭り上げられるようになった。その時分になると、逆に、競うのにも飽きて、遠くにある的が必ずしも尊いわけではないことを幾度となく思い知らされ、駆け出しの頃に付き合った若後家を懐かしく思い返したりしていた。

かといって、乗りかかった舟から下りるまでには至らず、もう一人、〝獣《けだもの》〟と呼ばれていた長坂甚八《ながさかじんぱち》という男と、城下随一の美形と謳われた家老の末娘を張り合っていたさなか、久々に、その一等相性がいいのかもしれぬと思っていた若後家に呼び出され、空いていた時を埋めた。そして、終わっても気持ちが冷めぬことを天井の板目を見上げながらたしかめていたとき、女が敷き布団の下に忍ばせていた匕首《あいくち》で腹を刺された。

「いかにも、お前らしいな」

狼狽《うろた》える女を帰して、自分で晒木綿《さらしもめん》を巻き、木刀稽古の傷やら打ち身やらで子供の頃から厄介になっていた医者の処へ行くと、いかにも見放した風に言った。

「武家が初めて刃《やいば》を受けた相手が、女というわけか」

言われてみれば、たしかにそうだと、抄一郎も思った。

「それにしても、悪運が強いな。あと半寸（約一・五センチ）ずれてたら、肝の臓をやられてお陀仏だったぞ」

なんとか動けるようになったのはひと月ばかり後《のち》だった。

まだ攣《つ》れる腹を宥《なだ》めつつ御城に上がってみれば、御馬廻りに自分の席はなく、勘定方に仮設された藩札掛《がかり》に回されていた。

そうして抄一郎は、藩札なるものに関わるようになったのだった。

その頃になると、勘定を始めとする文官の役方《やくかた》に、有為《ゆうい》の人材を振り向ける藩は少なくなかった。

先を見ることのできる藩はいち早く、そして、追い詰められた藩はそうせざるを得ずに、これぞと思える人物を送り込んだ。

抄一郎のいた藩は、そのどちらでもなかった。先よりも、もっぱら後ろを見て、貧しくはあったが、崖《がけ》っ縁《ぷち》までは追い詰められていなかった。

結果、相も変わらず武官の番方《ばんかた》を重視して、役方のなかでも〝卑しい〟金に関わる藩札掛には、抄一郎のようになにかをしでかした者ばかりを送り込んだ。

なによりも几帳面さが求められるはずの御勤めに、はみだし者を充《あ》てるのはいかにも解《げ》せない。

しかし、まさにそれが、武家と金との関わりを示してもいた。

あらかたの武家は、痩せ我慢をして、金と距離を置いているかに映る。が、武家は根っこの処で、真から金を嫌ってもいるのだ。

元々、武家と金は相容れぬ存在である。米が屋台骨の時代が続けば、米を一括して扱う武家の優位は断じて崩れない。そうして、為政者としての地位が約束される。が、金を軸に世の中が回れば、人々が仰ぎ見るのは商人だ。武家にとってみれば、世の中は武家と百姓だけいればよく、商人は鬼っ子だった。仕方なしに、関わらなければならない相手だった。

武家と百姓の縁組は幾らでもあるが、商家とは限りなく少ない事実が、これを物語っている。武家は、金と商人などこの世から消えてなくなればいいと念じつつ、日々、金にあくせくさせられていたのである。

「これはまたご親切に、随分な顔ぶれを揃えてくれたな」

初めて、御用部屋に集められた五人を見回したとき、藩札頭に就いた佐島兵右衛門《さじまへいえもん》は言った。

「この面子《メンツ》ならば、なんの役にも立たなくてもおかしくはないが、ま、安心しろ。儂《わし》がついておる」

兵右衛門もまた、はみだし者だった。それも名うてのはみだし者が、どういうわけか、自ら献策して藩札掛をつくり、頭《かしら》を拝命したのだった。当時、もう七十歳に近かっただろうか。無類の本読みであり、その生涯を通じて御勤めには関心を示さず、どんな御役目に就いても出仕の刻限に遅れてばかりいたこの老人は、寛延三年の春、突然、ずっと丸め続けていた背筋を伸ばした。

「御用はな。たとえ下っ端《ぱ》が揃いも揃ってぼんくらでも、頭さえしっかりしておれば大丈夫なものだ」

ただの法螺《ほらふ》吹きか、それとも真っ当に齢をとれなかった齢寄りなのか、いずれにせよ、初めて顔を合わせた兵右衛門はいかにもはみだし者の頭らしく映った。早晩、藩札掛が瓦解するのは明らかかと思え、すぐにその訳の分からぬ御役目から解き放たれるのを疑わなかった。兵右衛門がつくった金なんぞを扱う御役目が、まともであるはずがない。ま、用済みになる頃には傷も癒え切るだろうから、そのときになったら、先のことなどを考えようくらいに踏んでいた。

そんな抄一郎の見る目が変わったのは、藩札の板行《はんこう》を重役方に献策する席で、兵右衛門が語り出したときだった。

「御重役方は、一万二千両を得て、どうやら、ひと息つかれているようにお見受けするが……」

抄一郎らと対するときとなんら変わらぬ皮肉たっぷりの様子で、兵右衛門は言った。

「一万二千両など、たいした金ではござらん」

その三月《みつき》ほど前、藩は傾きかけた内証を立て直すために、さる大藩からいまの御藩主を養子に迎え入れていた。その持参金が、一万二千両だった。

「御公辺《ごこうへん》から、御手伝い普請を一度命じられるだけで吹き飛びまする。ついては、その一万二千両、それがしにお預け願いたい。小判一枚たりとも手を付けることなく、三倍にしてご覧にいれます」

「戯《たわむ》れを申すな」

己の無策を責められた、と受け止めたのだろう。勝手掛の家老は気色《けしき》ばんだ。

「おいそれと、金が三倍になるわけがないではないか。それとも、我らを愚弄《ぐろう》しておるのか」

「一両を五両にしてみせる、と申せば、戯れになりましょう」

兵右衛門は、いささかも動じなかった。

「しかし、一両を三両にするのは雑作《ぞうさ》もござらん」

きっぱりと、言い切った。

「一両の小判を備え金《そなえがね》にして、三両の藩札を刷るのでござる。即ち、一万二千両を備え金にして、三万六千両の藩札を刷りまする。それだけの正貨の裏付けがあれば、いつ、藩札を正貨へ換えてくれと言われても、応じることができる。換金さえ約束されれば、紙の金といえども立派に貨幣として通用します」

藩札の板行には、小判や秤量銀《ひょうりょうぎん》などの正貨の裏付けが不可欠だ。

どこが札元《ふだもと》になるかにもよるが、藩が自ら札元になるのであれば、刷る額面のおよそ三割は常に確保しておかなければならない。兵右衛門は、遠からず消えてなくなるのは必定だった持参金を、この備え金に加えようとしたのである。

よくもまあ、厄介者の老人だった兵右衛門の献策を、頑迷な重臣たちが呑んだものだと思うが、そのときの会議に臨んだ兵右衛門の様子には、付き添った抄一郎の目にも鬼気迫るものがあった。

老いた亀のように伸ばした首と、かっと見開かれた両の目からは、もしも進言が受け容れられなければ、直《ただ》ちにその場で腹を掻《か》っ切るという覚悟がまざまざと伝わってきた。

いや、それどころか、掻っ捌《さば》いた腹に己の腕を深々と突っ込んで、湯気を上げる臓物を引き摺り出し、重臣どもに投げつけそうでさえあった。

あのとき、抄一郎は思い知った。藩札板行を成功させる鍵は、札元の選定や備え金の確保といった技ではないのだと。

むろん、そういう諸々は大事に決まっている。が、それよりなにより欠かせないのは、藩札板行を進める者の覚悟だ。兵右衛門のように、命を賭《と》す腹が据《す》わっているかということだ。

いくら先例を学んでも、及び腰ではけっしてそのとおりには運ばない。それは剣にも通じる、営為なのだった。

そうと得心できると、まったく関心の外だった藩札が急におもしろく映った。番方のなかの番方であるはずの御馬廻りよりも、藩札掛《がかり》のほうが遥かに武張《ぶば》って見え、これならば、女遊びからきっぱりと足を洗えると思えた。

御馬廻りが現実に闘うのは、退屈と、仲間どうしの苛《いじ》めくらいのものだ。これに対して、藩札掛は、貧しさという、この国最大の敵と闘う。

一見、商いに近い仕業《しわざ》に映って、その実、命を惜しむ商人には到底望めぬ務めであり、それを成し遂げうるのは、死と寄り添う武家のみだった。

ずっと腹に燻《くすぶ》り続けていた、よりによって、なんで自分が藩札掛なのかという文句はきれいに消え失せて、兵右衛門にはいろいろと学ばなければならんなと思った。

それは、紛れもなく戦《いくさ》なのだった。戦であれば、良き軍師から、きっちりと戦い方を学ばなければならない。

半端な剣術遣いが、付け焼き刃の女誑《たら》しが、実務の臣僚《しんりょう》への路に足を踏み出した瞬間だった。

佐島兵右衛門には変わり者という風評が常につきまとった。

が、場処を得て、あるいは齢を重ねて、そうなるに至ったのかどうかは分からぬが、間近で接する兵右衛門は良き師そのものだった。

抄一郎のようにほとんど書物とは無縁に過ごしてきた者にも理解できる言葉で、なぜ、藩札を板行しなければならないのか、というところから説いてくれた。

「わが国が貧しいのは、なぜか分かるか」

藩札掛に回された五人を前にすると、最初に兵右衛門は言った。

「金がないからだ」

なにを当たり前のことを、と拍子抜けする抄一郎たちに、兵右衛門は続けた。

「ところで、金は誰がつくる？」

そんなことは考えもしなかった。金はつくるのではなく、あるものだろうと思ったとき、背後から〝獣〟の声がした。

「御公辺がつくりまする」

女遊びの両雄の一人、〝獣〟の長坂甚八もまた、五人のなかに居た。城下の商家から、溜まりに溜まった借財を吟味筋に訴えられ、大番組から藩札掛に回されたのである。それを知ったときは抄一郎でさえ、捕えた泥棒を鍵の掛かっていない金蔵に押し込めておくようなものではないかと思ったものだ。

「そうだ。金は御公辺がつくる。金貨も銀貨も銭貨もすべて御公辺がつくる。ただし！」

ひときわ声を張り上げて、兵右衛門は言った。

「御公辺がなさるのは、つくることだけだ。それぞれの国へ、分け与えてはくれない。つくった金が世の中へ出ていくのは、御公辺が買い物をして代金を支払うからだ。御台所様や御女中方が求められる御品物はむろん、御公辺が臣下へ与える御褒美の時服《じふく》ひとつをとっても膨大なものになる。そうした衣服などの物だけではなく、普請や修繕にも金を使う。その金が世の中に回り回っていく。要するに、御公辺の買い物こそが、全国に金を行き渡らせる、唯一の井戸であるということだ。これをしっかり、肝に銘じてくれ。その上でだ。また訊《き》くが、御公辺はその買い物をどこでする？」

まるで寺子屋ではないかと感じつつも、それは江戸だろう、と声には出さずに呟《つぶや》いたとき、また甚八の声が届いた。

「京、大坂、そして江戸かと」

いったいこの〝獣〟はどうしたのだろうと思った。〝獣〟の仇名とは裏腹に、甚八は切れ長の目が涼しげで、四肢もすらりと長く伸びている。大芝居の舞台に上げたいほどの美丈夫が、真っ当に受け答えしている様《さま》は、いかにも嘘っぽかった。

「そのとおりだ。元禄の世からも四十余年が経ち、上方《かみがた》からの下り物一辺倒ではなくなったとはいえ、御公辺の買い物となると、やはり京、大坂ということになる。そして、御膝元の江戸だ。御公辺はもっぱら、京、大坂、そして江戸の三都で買い物をする。地方での買い物はごくごくわずかだ。即ち、金を行き渡らせる井戸の口は、三都のみに向けて開けられている。わが国を含めた地方の国へは水路《みずみち》が通っておらない。分かるか。地方の国は元々、金が回って来ぬように組み上がっているのだ」

なにを分かり切ったことを、とは思えなかった。貧乏の正体なるものを初めて垣間《かいま》見た気がして、分かり切ったつもりのことでも、分かっていないことは多々あることが分かった。

「それでだ、奥脇！」

不意に、兵右衛門は自分の名を呼んだ。

「金が足らないとどうなる？」

「困りまする」

咄嗟《とっさ》に、その言葉が出て、藩札掛の部屋は爆笑に包まれた。「そうだ、そうだ」という声も上がった。「ずっと、困りっぱなしだぞ」。声が裏返っていた。

「いや、そうだ。困る。みんな困る。商人はもとより、我ら武家も、いまや百姓だって困る。もはや、百姓とて米と味噌だけでは生きていけん。ならばな。みんなが困るのであれば、自分たちで足らない分の金をつくってしまおうではないかというのが藩札だ」

そのときはまだ、なにか誑《たぶら》かされている気がした。そんなことができるのなら誰も苦労はしない。

「金が足らなくて困るのは、商いの取引ができないからだ。金は取引の手段である。金を仲立ちにして、物を、あるいは用役を引き換える」

身構える一同に、兵右衛門は鎮《しず》まった口調で言った。

「取引の量が少なければ、金も少なくて済む。金が足らないというのは、その国で必要とされている取引の量に見合った引き換え手段がないということだ。引き換え手段の少なさが取引そのものを縛って、本来、行われるべき量の取引が行われない。即ち、いつまで経っても商いが大きくならない。国の身上《しんしょう》は大きくなりたがっているのに、きつ過ぎる服が育つのを阻んでいるのだ。だから、軀に見合った服を与えて成長の枷《かせ》を解き放つ。金が入ってこないのをただ嘆いて縮こまっているのではなく、自ら金をつくって、まず、国の身上を大きくする。大きくなって力を付ければ、御公辺の井戸への水路も自ずと開けてこようというものだ」

「ひとつ、お尋ねしたいのですが」

声を上げたのは、垣内助松《かきうちすけまつ》だった。藩札掛に来るまでは御役目そっちのけで釣りに没頭し、一部では釣術《ちょうじゅつ》の俊傑《しゅんけつ》として崇《あが》められていた。

「おう、なんだ」

「札というからには、それは紙なのでしょうか」

「そうだ」

「そんな紙の金を、人が信用して使うものでしょうか」

途端に部屋がざわついた。みんな、同じことを考えていたのは明らかだった。黄金色に輝く小判を、たかが紙と、進んで交換する者がはたしているだろうか。小判はそれじたい値打ちを持つが、紙は紙でしかない。

即座に、兵右衛門は答えた。

「まさに、そこだ」

「そこが最も難しい。西国のさる大藩では、士民の統治に自信を持つがゆえであろう。正貨と交換できることを約定せずに藩札のみを通用させようとしたが、ものの見事に失敗した。逆に、大藩でありながら札元を藩ではなく、三井組にして成功させた例もある。いくら強大な権勢を誇ろうと、金に関しては通用しない。金には、人々の赤裸々な本音が込められている。偉い殿様よりも、卑しい豪商を信じる。いつでも正貨に換えられてこその藩札であるということだ」

ひとつ息をついてから、兵右衛門は続けた。

「逆に、そこさえきちんとしておれば、運ぶにも取引をするにも軽くて扱いやすいから使われる。繁く金を使う商人ほど、紙の金の値打ちが分かる。商人が使い出せば、百姓も使う。この扱いやすさは藩札の最も大きな売り物であるからして、正貨と引き換える札場《ふだば》の配置や、引き換える際の比率など、さまざまに工夫を凝らして、よりいっそうの扱いやすさを追求し続けなければならん。藩札はいったん仕組みをこさえればそれで終わりではない。金という生き物相手の御勤めだ。常に、状況に応じて手を加え続けることが肝要である」

「某《それがし》も一点、お尋ねしてよろしいでしょうか」

助松に引き摺られて、抄一郎も慣れぬ問いを発した。

「むろんだ」

「先程、軀に見合った服と伺いましたが、服が大きい分にはどうなのでしょうか。紙を刷って金になるなら、幾らでも刷りたくもなりますが」

「いや、大きいのはまずい。軀と服とはぴったりと釣り合っていなければならん」

「では、服の丈《たけ》はどのように計ればよろしいのでしょう。恐れながら、その軀というのは、つまりは、本来、国で必要とされている取引の量というのは、この軀とちがって、目には見えぬものと思われますが」

「さっき『困りまする』と答えた者の口から出た問いとは思えんな」

初めて兵右衛門が笑顔を見せた。

「先刻の垣内のと同様、藩札の勘所《かんどころ》を押さえた良い問いだ。大坂の経世《けいせい》学の塾とて、いきなり、そこまで弁《わきま》えた上での問いは出てこんぞ」

　思わず、耳が熱くなった。

「たしかに、軀は見えぬ。見えぬからして、他《た》の徴《しるし》を観て服の丈を整えなければならん。その徴が、ほかならぬ藩札の使われ具合だ。服が大きい、つまりは藩札をつくり過ぎると、通用が滞《とどこお》ってくる。また、額面通りの価値がなくなって半分へ、三割へと下がってゆき、やがて、ただの紙切れとなって通用が止まる。そうなれば、行き着く先は、皆が一斉に正貨との引き換えを求めて札場《ふだば》に押し寄せる取り付け騒ぎだ。これだけは断じて、起こさせてはならん。そのためにも、常に使われ具合を注視し、少しでもだぶついてきたと判断すれば、速やかに相応の分の藩札を回収しなければならない。これができるか否かで、藩札の成否が決まる。だからこそ、各々方《おのおのがた》！」

　兵右衛門は一同をきっと見据えてから声を張り上げた。

「藩札を板行するに当たっては、あらかじめ、服を大きくさせようとする者をしっかりと見定めておかなければならない。我々の敵は誰なのか、ということだ。実は、我々の最大の敵は内にある。御家老をはじめとする御重役方こそが、最も用心せねばならぬ相手である」

兵右衛門はまるで、わざと重臣たちが詰める部屋まで届くように話している風だった。

「政《まつりごと》を預かる御重役方は、国の内証が厳しいからして、どうしても藩札を多く刷りたがる。ある程度、上手くいっているときが最も厄介だ。つい、これで大丈夫なら、もう少しなんとかなるだろうということになる。しかし、それをやったら藩札は終わりだ。その、もう少しが次のもう少しを生んで、どんどん膨らんでいき、仕舞いには収拾がつかなくなる。藩札は傾いた国の内証を立て直す、最後の手立てだ。その最後の手立てが失敗した後の傷は深いぞ。それゆえ、いまから各々方に断わっておくが、御重役方はむろん、たとえ御当代様《ごとうだいさま》の命《めい》といえども、この儀ばかりは己の一命を賭しても阻止せねばならん。それができぬ者は、即刻ただいま、この部屋から立ち去ってもらいたい」

部屋の空気が、しゅっと締まった。

「心構えを説いているのではないぞ。ほんとうに腹を切ってでも止めてもらうし、脱藩してでも藩札の版木を守ってもらう。それでな。いまからしばし、儂《わし》はここを離れるので、そのあいだに外してくれ。なに、なんで勝手に御役目を離れたのだと問われたら、佐島の爺《じじい》がいま言ったように言っていたと話せばよい。御重役方の言うことはけっして呑んではならんとな。毛頭、止め立てはせん。元々、儂一人でやろうとしていたことだ。お主らにしてみれば、本来の御役目を外されてここへ来させられた上に、命《いのち》まで求められたのでは立つ瀬があるまい。ではな。また会うことになるのかどうかは分からぬが、ひとまずさらばだ」

兵右衛門の姿が消えると、部屋はしんとなった。それぞれがそれぞれの理由で、唇を閉ざした。

「あれは、やはり、ものの例えでしょう」

しばしの静寂を破ったのは、鈴木四郎兵衛《すずきしろべえ》だった。斑《ふ》入りアオキの栽培に熱中していて、庭造りも玄人はだしと噂されていた。

「ま、一命云々の話は、実際にそういうことになったときに、考えればよいのではないでしょうか」

高い山を見ると登りたがるという奇癖《きへき》を持つ森勘三《もりかんぞう》も続けた。勘三の両手の指は、冬の山に挑んだ際の凍傷のために六本しかない。寒くなると、ない指先が痛むのだと、透《す》けた歯を見せて笑った。

二人とも、版木で紙を刷るだけの御勤めなら、己の時間がたっぷり取れると踏んだらしい。あるいは、その期《ご》に及んでも、藩札掛など早晩なくなると踏んでいたのかもしれない。

「では、御一同、残るということでよろしいな」

締めたのは、長坂甚八だった。場をまとめるといった役回りからは、いつも猫のように身を避けてきた男だけに、いかにも柄にもなく見えた。

そういうわけで、四半刻の後、再び、兵右衛門が痩軀《そうく》を見せたとき、藩札掛の五人は五人のままいた。一同打ち揃って、やる気があるのかどうかは分からなかったが、ともかく、いたのだった。

◆◆◆

藩札は四十年以上も前の宝永《ほうえい》四（一七〇七）年、いったん御公辺によって禁じられた。が、その後、新井白石の建議による正徳《しょうとく》・享保《きょうほう》の改鋳《かいちゅう》があり、含まれる金・銀の割合が大幅に上がって、つまりは出回る貨幣の量が激減する。世の中は金不足となり、とりわけ地方ほど深刻で、二十三年後の享保十五（一七三〇）年、再び許された。

おそらく佐島兵右衛門は、その頃から長い時をかけて周到に準備を進めていたのだろう。

寛延三年の秋、藩札板行が決まって藩札掛がつくられたときには、骨組みと血肉はもちろん、薄皮や爪までもが盛り込まれた計画ができ上がっていた。なにをするか、にとどまらず、なにをどのようにするか、が明示されていたのである。

たとえば、正貨と藩札を交換する札場の項では、その数や配置のみならず、用員の取るべき態度まで示され、受付の御勤めに限っては商家に委託するとされていた。

藩札を出す側の本音からすれば、藩札から正貨への引き換えは好ましくない。元々、役所の端くれでもあるから、札場に詰める者は〝換えてやるぞ〟といわんばかりの態度になりがちだ。これが、兵右衛門の言う扱いやすさを損なう。好きで使っているわけでもないのに、引き換えるたびに偉そうにされたのでは使ってやろうという気も失せる。その小さな穴から、大きな仕組みが崩れ出すのだ。

また、札場はどこも同じではなく、商家が多い地域では備え金の用意を厚くした。繁《しげ》く国外と取引する商人ならば、正貨への速《すみ》やかな引き換えこそが商機を逃さぬ前提となる。急で多額の引き換えにも対応して、商いの場における使い勝手のよさを徹底し、商人が率先して使い出すようにしたのである。兵右衛門によれば、扱いやすさは、塵《ちり》が積もって山になるように実現されるものだった。

そうした甲斐あって、翌年の春、半年の準備期間を経ていよいよ企てが動き出すや、兵右衛門の藩札は異例ともいえる速やかさで通用していった。

その間も抄一郎たちは兵右衛門に付いてさまざまに学び、また自ら検証した。肝腎の藩札の量の調整にしても、使われ具合に応じて加減するのではなく、仮に年ごとの板行額を藩の最大の収入である大坂廻米《かいまい》代銀の範囲内に抑えたとしたら、どのくらいのちがいが出るかをたしかめたりした。

ほかにも、藩札のみを流通させる仕法と、正貨を組み合わせる仕法とではどのような差が出てくるかなど、見極めるべきことは山ほどあった。どんな問題が起こりうるかをあらかじめ想定して、問題の種が問題となるときの兆しを整理し、いち早く察知して手を打った。

元々、抄一郎たち五人はなにかをしでかした者だった。それがなにかはともあれ、人並みを越えてなにかをやらかし、しくじった。なにもせぬ者とはちがい、おもしろそうな玩具を与えればすぐにいじり出す者たちだったのである。

藩札が出回って三年も経った頃には、城内で使われていた〝佐島札《ふだ》〟という呼び方がそのまま巷《ちまた》でも通用するようになって、国内のみならず、隣接する幕府御領地や隣国の一部でも佐島札が金として扱われるようになりさえした。

藩札としては稀有な成功で、はみだし者の頭だった佐島兵右衛門の名声は弥《いや》が上にも高まり、抄一郎たち五人にはいつの間にか〝佐島五人衆〟という仇名《あだな》が付いていた。

この間、女のほうは自然と遠ざかった。最初はなんとはなしに、そのうちはっきりと、脂粉の匂いを避けるようになった。縁付きかけても、わりない仲になろうとする気がどうにも起きず、きっと当分は、小ざっぱりと暮らしていくのだろうと感じていた。当分とやらが、けっして短くはなかろうという気もしていた。

抄一郎にとって藩札は、ようやく巡り合うことができた、命を賭すに足る御勤めだった。女遊びの片手間に、取り組んでよいとは思えなかった。

けれど、そのように己を戒《いまし》めて、無理を強《し》いているわけでもなかった。かつて、あれほどにのめり込んだのが嘘のように醒めて、なんで自分が、剣の代わりに女を選んだのかが分からなかった。

きっかけは、承知していた。実は抄一郎の腹の深くでは、三年前、若後家の加津《かつ》が匕首を突き立てた後で口にした言葉が、ずっと虫の羽音のような唸《うな》りを立てていた。刺されたことよりもむしろ、その言葉が疼《うず》いた。

御勤めに打ち込んでいるときは気にもならぬが、御城で根《こん》を詰めた後で〝骨休め〟の言葉に誘われ、めっきり訪れることも少なくなった夜の街に出て、川端《かわばた》に並ぶ提《ちょう》灯《ちん》なんぞを目にすると、緩《ゆる》む気持ちを諫《いさ》めるかのように羽ばたきが始まる。

かつての〝獣〟から、「たまには、川向こうへ繰り出すか」などと水を向けられれば、いよいよ羽音は大きくなって、「いや、俺は遠慮しておく」と不粋《ぶすい》を言うのが常だった。

〝鬼畜〟などという仇名が付く前、抄一郎は仲間内から〝ムサシ〟と呼ばれていた。随分と開きがあるようだが、一目《いちもく》置く気持ちと、揶揄《やゆ》が綯《な》い交《ま》ぜになっている点ではどちらも同じで、剣は一応別格だが、柔らかい遊びとはとんと無縁な、おもしろみのない〝剣術遣い〟と見られていたのである。

抄一郎にしても、さしたる苦労もせず、ほとんど持って生まれた天分だけで取立免状まで行ったとはいえ、剣に欠かせぬ筋を日々維持する努めだけは欠かさなかったわけで、往来で〝ムサシ〟と声をかけられれば、半分、馬鹿にされているのは承知していても、すぐに顔を向けるくらいには了解していた。

そんな〝ムサシ〟のことだから、二十代の半ば近くになって、〝鬼畜〟への路を踏み出すと、当然のごとく有頂天になった。

出会う相手は皆それぞれに素晴らしく、女への畏敬の念のようなものさえ覚えて、だからこそもっとさまざまな素晴らしさを知りたいと、〝獣〟の指南を仰いだのである。日々、道場に通っていたことを悔やみこそしなかったが、その素晴らしさを知らなかったのはいかにも馬鹿げて思え、過ぎてしまった時を取り戻すかのように動く的を追った。

そういう、抄一郎が、初めて不快な臭いを嗅《か》ぎ取ったのは、陽が落ちても熱気の取れない夏の夕、珍しくひと月近く続いていた、ある女の家の濡れ縁に座っていたときのことである。

女が庭に降りて打ち始めた水が、たまたま抄一郎の浴衣の裾にかかった。といっても、わずかな量で、気に留めることでもない。なにもなかったように団扇《うちわ》を煽《あお》ぎ続ける抄一郎に、女は足を停めて言った。

「あなたがわるいのよ。そんなとこに座っているから」

別に、抄一郎のほうから文句を言ったわけではない。それに、女が打ち水をしていたときに抄一郎が濡れ縁に出たのではなく、女が打ち水をするのよりも先に座っていたのだった。

「それはお門《かど》ちがいというものだろう」

やんわりと、抄一郎は言った。すぐに女が非を認めるのを疑わなかった。

「あなただって、わたしが打ち水をしようとしていたのは分かっていたはずでしょう」

けれど、女は頑として退《ひ》かなかった。

「なのに、退《ど》こうとしなかったのは、あなたじゃない」

「随分とべらぼうな言い草だな」

そのときはまだ、諭《さと》せば通じるはずだと思った。が、抄一郎が並べた道理は、ことごとく訳の分からぬ言い分で跳ね返された。なんで、それほどに依怙地《いこじ》になるのか分からず、いささか面喰らって、些細《ささい》なことにも理不尽は宿るものだと思った。

なんにつけ、抄一郎は嫌なことはさっさと忘れるようにしている。けれど、いったん、その臭いを知ると、段々と、その臭いが別に珍しいものではないらしいことが分かってきた。

付き合いが浅いうちは非を認める形をつくりはするが、馴染んでくればすぐに形は霧散して、非はすべてこっちへ回される。

抄一郎の左手の甲には、わずかだが火傷《やけど》の痕《あと》がある。これも、ある女の家で、炭が勢いよく熾《おこ》った火鉢に手をかざしていたときのことだ。女が五徳《ごとく》に置かれた鉄瓶を取ろうとして手元を誤り、なかの熱湯が抄一郎の左手にかかった。

傷とはまったくちがう痛みに思わず悲鳴を上げた抄一郎に、女は「あなたが手なんか出しているから」と口を尖《とが》らせた。いかにも、ついでの調子で、大丈夫かと聞いてきたのは、抄一郎が井戸端に駆け込んで、手を冷やし続けた後だった。

そんなことが幾度となく続くうちに、女への畏敬の念のようなものが急に醒めていった。

抄一郎の知る限り、その性癖《せいへき》はあらゆる女が備えているように思えた。男勝りの商家の女主人も、捉えどころのない妖しさを醸している囲われ者も、まだ可憐さを残す武家娘も、その点においては変わることがない。

美形も、醜女《しこめ》も、老女も、若い女も、少女も、学問があるかないかも一切、関わりがない。どうせ、この女もいざとなったら同じ顔つきをするのだろうと思うと、それぞれの素晴らしさを知りたいというかつての想いは萎《な》えて、街へ出る回数もめっきり減っていった。

それでも、いや、勝手な想い込みはよくない、すべての女を知ったわけでなし、そうではない女だっているはずだと思い直し、頭に浮かんできたのが若後家の加津だった。

まだ中年増《ちゅうどしま》の齢だったが、抄一郎の知らぬ苦労を知っていて、ふと口にする言葉の端々《はしばし》にも奥行きを感じた。だから、しばらくぶりで加津から呼び出しがあったときは、自分がずっと放りっぱなしにしていたことなど露ほども顧みず、やはり、これも巡り合わせというものなのだろうと独り合点して、久々の高揚を覚えつつ出かけたのだった。

上酒《じょうざけ》が手に入ったということで、まずは再会の燗酒を酌み交わし、ほどよく回った頃に、加津の注《つ》ごうとした酒が抄一郎の袖にかかった。思わず身構えたが、謝りもしない代わりに責めもせず、黙って笑みを浮かべたまま袖を拭いた。

やはり、想っていたとおり加津はちがうのだと、気を入れて肌を合わせ、果てたあともすぐに褥《しとね》を離れようとしない己をたしかめながら、余韻に浸っていたときである。加津がやおら軀を起こし、布団の下から匕首を取り出して、形の良い乳房を揺らせながら抄一郎の腹を刺した。

自分で刺しておきながら突き立った匕首を見ると、「いや、いや」と叫んで首を横に振り、そして言った。

「わたしのせいじゃない。あなたが逃げないのがいけないのよ」

白く美しい乳房が、随分と獰猛《どうもう》に見えたのを覚えている。

〝獣〟の長坂甚八が、かつて女に刺されたときの顚末《てんまつ》を語ったことがある。

「俺は女誑《たら》しのけじめは守っていたつもりだ」

甚八は言った。

「未練はあっても長くは続けず、気を持たせる言葉もけっして口にしなかった。遊ぶのではなく、遊ばれた。だがな。そんなものは所詮、気休めのお呪《まじな》いだ。いくら呪文を唱えたって、刺されるときは刺される」

少し間を置いてから、甚八は続けた。

「詰まるところ、そのとき女が不幸せだったということだろう。いまが幸せならば、女はけっしてそんな真似はしない。要は、俺が女の不幸せの深さを、見抜けなかったということだ」

甚八はむろん、その女が誰かを言わなかった。それも「女誑しのけじめ」であり、だから抄一郎も、加津に刺されたことじたい伏せていた。当然、加津の言葉も、誰にも言わなかった。

その、けじめを一度だけ破ったのは、藩札掛に移って二年目の、寛延四年の夏だったろうか。

日がな一日、細かい突き合わせが続き、込み入った頭を解《ほぐ》そうと、夜になって、甚八と二人で運河沿いに延びる盛り場の居酒屋に入った。

そのとき、数字疲れもあったのだろう、女遊びの師匠だった〝獣〟ならば別の景色を見ているかもしれぬと、女が非を認めぬ話を口にした。

甚八は杯を傾けつつ黙って聞いていて、抄一郎の話がひと区切りつくと、「それで、お前は……」と言った。「女には潔《いさぎよ》さがないと言いたいわけか」。

別に、そんなたいそうな言い方をせずとも、己の非を非と認めるのは人として当たり前のことではないかと思いつつも、「ま、そういうことだ」と答えると、甚八は
「やっぱり、お前は〝ムサシ〟だな」と言ってから続けた。

「それで、潔く己の非を認めない者を、どうやって信じればいいのだろう、くらいに思っているのだろう。あるいは所詮、女とは分かり合えぬものなのかもしれぬなど
と」

「おかしいか」

「だから、お前は〝ムサシ〟だと言うのだ」

相手が〝獣〟でも、さすがに続けて二度、言われると気に障《さわ》った。抄一郎よりも随分と前に足を洗ったとはいえ、かつては甚八も〝剣術遣い〟であり、十八のときにはもう富田流《とだりゅう》の目録まで許されていた。嫌でも人目を引く美丈夫の上に、滅多にはいない凄腕でもあるわけだから、随分と目立ったものだ。

「相手が男ならば、それでよい。が、女相手ではちがう」

それでも、甚八が言おうとしていることへの関心のほうが勝って、口を閉ざしたま

ま次の言葉を待った。

「あれはな、女の潔さなのだ。男の潔さなんぞ足下にも及ばぬ、筋金入りの潔さだ」

「女の、潔さ……」

けれど、甚八の答は、皆目分からないものだった。

「女は人の子を産んで育てる生き物ぞ」

それも、だから、なんなのだと思うしかない。

「犬の子ならば生まれたその日に自分の足で立つ。二十日もすれば乳も離れて、ふた月経てばもう一丁前だ。立派に自分で生きていく。野の獣ならば、もっと早く自分で喰っていくだろう」

それはそうだろう。だから、どうなのだ。

「ところが、人の子だけは生まれた後もおしめなんてものの世話になる。いつまで経ってもびーびーと泣いて乳を欲しがり、半年でよちよちと歩き出せば早いほうだ。犬ならば血気盛んな三歳になっても、まだ自分では喰っていけない」

「そうだな」

とにかく、話を聞くしかないのだろうと、抄一郎は腹を据えた。

「他人事《ひとごと》ではないぞ。俺も、お前も、そうだったのだ。いまでは、こんなでかい面《つら》をしているが、生まれて三、四年までは、達者に逃げ回る鶏《にわとり》よりも簡単に首を捻《ひね》られる、ひたすら弱い生き物だった。だから人の母親だけは、その何年ものあいだ、一刻《いっとき》も目を離さずに付きっ切りで子の世話をやかなければならん」

川面を渡る風が開け放たれた窓から入って、汗ばんだ首筋を撫《な》でた。

「つまり、その間、母親はなんとしても生き延びねばならんということだ。自分が死ねば、子も死ぬ。とにかく生きることが先決だ。とはいえ、自分一人の身ではない。傍らには常に無力な子がいて、守らねばならず、ひたすら無防備である。危険に満ちた状況が、延々と続くのだ。そんなときにあっさりと己の非を認めて、いちいち責任を取っていたらどうなる。もしも、そんな母親がいたら、子はまちがいなく野垂《のた》れ死にだぞ」

「ああ……」

「だから、女は非を非と認めぬようにできている。一見、母からは遠いような女でも、男勝りを自負する女でも、女は女だ。そのようにできていることに変わりはない。神様がそう造られたのだから、自分が非を認めぬことに気づくこともない。いちいち気づいて、滅入っていたら子は守れぬ。だから、言っても無駄だ。文句があるなら女にではなく、神様に言わねばならん。女に言ったら手痛い反撃が待っている。女を敵に回して得はひとつもないぞ」

それは、頷くしかなかった。

「それに、文句を言う筋合でもない。どんな手を使おうと、とにかく子だけは守り抜く……それこそが、女の潔さなのだ。男の、理屈に塗《まみ》れた潔さとはちがう、生き物としての潔さだ。女の潔さのお蔭で、人は代を繫げていく。俺も、お前も、母の潔さのお蔭で、いつ死んでもおかしくはない子供時分を乗り切ることができた。で、ここで、こうして生きている」

ふーと息をついてから、抄一郎は言った。

「文句など言ったら、罰《ばち》が当たるということか」

「その通りだ。むしろ、ひたすらありがたく思わねばならん。子供はそれを知っている。あらかたの子は、男親よりも女親に付く。あれは、ただ共に過ごす時の長さゆえではない。まだ弱い子供は己を守るために、意識せずとも、女の潔さのほうが頼りになることを嗅ぎ取る。理屈ごときで死のうとする、男の潔さの胡散《うさん》臭さを見抜く。父よりも、母に付いたほうが、生きていけることを知っているのだ。だから、母を選ぶ。実は、俺も、お前も、ずっと深いところでそれを覚えている。だから、いつまで経っても母なのだ」

「そうなのかもしれん」

「それに気づこうとせぬ男どもが、〝女の浅知恵〟などと言う。目の前だけを見て、遠くを見ることができぬと、したり顔で言う。では、遠くを見ているうちに、今日、死んだらどうなる。生き抜くためには遠くではなく、目の前を凝視して、一日一日を無事に送らなければならん。俺たちは、母が懸命になって守ってくれた目の前の一日を積み重ねて、今日を生きているのだ」

　抄一郎はただ、頷くしかなかった。

「随分と練《ね》れてきたと思っていたが、そんなことを言うようでは、まだお前は〝女の浅知恵〟を口にする男どもと変わらん。それでは、いつまで経っても〝ムサシ〟だぞ。せっかく腹を刺してくれた女が泣く。〝鬼畜〟の看板は返してもらわなければならん。そんな入り口に突っ立っていないで、もっと奥へ踏み込め。無辺《むへん》の平原に咲き乱れる花を愛でつつ、辺を見究めろ。お前はまだなにも見ていない。やはり、女はそれぞれ女が香《かぐわ》しいかはともあれ、甚八の言葉の多くは腹に落ちて、なぜ、そこまで考え至ったのかに関心が向いた。

人は、考えずに済むなら深く考えたりはしない。考えざるをえないから考える。甚

八もきっと、考えずにはおられなかったのだろう。どうして……。

そのとき抄一郎は、かつて張り合っていた松永重蔵《まつながじゅうぞう》家老の末娘、珠絵《たまえ》を甚八がい

まも追っているらしいという噂を思い出した。

けれど、珠絵は、さる親密藩で重臣を務める御家の惣領との縁組が決まって、近々

嫁ぐとも聞いていた。

あるいは甚八は、己を叱咤《しった》しているのかもしれぬと抄一郎は思った。

抄一郎の知らぬ二人だけの世界があって、早晩消えようとするその世界のなかで、

珠絵の潔さの向こう側を、見究めようとしていたのかもしれなかった。

はたして珠絵が、そこまで甚八が想い入れるに足る相手なのかは分からなかった。

珠絵との縁が、まったくなかったわけではない。それどころか、甚八と珠絵を張り

合っていた頃に、抄一郎は一度だけ関わりを持った。

いまから振り返れば、よくもあんな無謀ができたものだと思うが、あれが〝鬼畜〟と呼ばれた頃の勢いだったのだろう。

狂歌の集まりの際に、城下外れの枝垂《しだ》れ桜の大木を見に行こうと書いた付け文を渡した。駄目で元々と、運河の船着き場の外れに舟を停めて待つと、さほど立ち続けることもなく、伴連れを撒《ま》いた珠絵が姿を見せた。舟に乗せ、上から筵《むしろ》をかけて、運河から本流に分け入り、葦原《よしはら》の陰に舟を寄せれば、もう人目を気に懸ける必要もなく、城下一と謳われた十八歳の美しさに触れた。

けれど、その直後に加津に刺されたゆえだろうか、舟上での記憶が薄い。覚えているのは、葦を透けてきた光が珠絵の白い肌でちらちらと舞っていたことだけで、いまとなっては、ほんとうにあったことなのかどうかも定かではない。

果たして、どんな女だったのか、固く閉じた記憶の蓋《ふた》に手こずっているうちに、しかし、珠絵は話に聞いていたとおり、他領に嫁した。

それが節目となったのか、甚八も、女に明け暮れた日々をどこかに置き去って、〝佐島五人衆〟の能吏としての姿を濃くしていった。

そういう女の匂いが伝わらない甚八を、抄一郎は好ましく見た。かつての女誑しの師に、自分の流儀を押し付けるつもりはなかったが、もう、そろそろ甚八も、〝獣〟の看板を下ろしてもいい頃だと思った。

いくら女遊びを重ねても、その向こうに、武家の死に場所が垣間見えるとは思えなかった。

◆◆◆

佐島札が出回って三年目の宝暦三（一七五三）年の冬、生みの親の佐島兵右衛門が風病であっさりと逝《い》った。

藩札は滞《とどこお》りなく回り、城下が次第に活気づいてきた頃で、弔いの場には、「あるいは、いちばん良い時期に成仏したのかもしれんな」と口にする者もいた。ずっと頑張り続けた御褒美に、天がその時期を選んだのかもしれない。

代わって、藩札頭《がしら》に就いたのは抄一郎だった。理由は明快で、五人のなかでは最も奥脇の家の家禄が高かったからだ。

貧乏藩の役職には、見返りがない。持ち出しが増えるだけで、負担がきつい。だから、進んでなろうとする者はいない。もしも五人のなかから頭を出すのなら、奥脇の家の者が引き受けなければならないことは、抄一郎も覚悟していた。

上役の勘定頭には、まったく勘定畑には縁のない人物が、やはり相応の家格という理由だけで横滑りしてきた。

働くことにではなく、いることに意味がある人物に舞い戻ってしまったのは、いささか落胆したが、幸いというべきか、毒にも薬にもならない人柄だったので、敢えて異を唱える理由もなかった。訳も分からぬまま、やたら口を出したがる輩《やから》よりははるかにましだった。

翌年も、藩札の流通に問題が生じることはなく、兵右衛門の死はとりあえず藩札には影を落とさなかった。けれど、抄一郎たちは常に微《かす》かな不安と共にいた。

兵右衛門の姿が見えなくなってみると、いかに自分たちが気持ちの面で、いまにも折れそうなか細い老人を頼っていたのかが分かった。とりわけ抄一郎は、家禄の見返りのような半端な気持ちで、頭を引き受けるべきではなかったと痛感させられていた。

生前、兵右衛門は重役たちから、藩札に関する決定はすべて藩札頭の専権事項とすると明記した証文を取っていた。こと藩札に関する限り、たとえ筆頭家老といえども藩札頭の決定に口を挟むことができない。そのときは、さすがに押さえるべきところは押さえるものだと感じ入ったが、いざ自分が頭になってみれば、自分の後ろには誰もいないのだった。

抄一郎はずっと四人の仲間と共に御役目を務めてきた。いまも変わらずに佐島五人衆としての関わりを保ち、合議で判断を下してはいる。一見する限りでは、仲間のままのようである。が、最後の決定を下すのはあくまで抄一郎であり、そして四人はあくまで部下なのだった。

藩札は藩の内証と直に関わり、士民の暮らしの首根っこを握る。もしも自分が誤った決定を下したらと考えると、ぞっとした。そして、あらためて、これは一命を賭さねばならぬ御勤めなのだと肝に銘じた。兵右衛門の言ったとおり、もしも重臣たちが藩札の刷り過ぎを断行しようとしたら、〝ほんとうに腹を切ってでも止めなければならないし、脱藩してでも藩札の版木を守らなければならない〟のだった。

そんな不安が現実の色を帯びてきたのは、翌宝暦五年の七月も末の頃である。

その年は冷たい春が続いて、夏に入っても気温が一向に上がらず、稲の生育が危ぶまれてきたが、とうとう二百十日に至っても、出穂《しゅっすい》している稲は一割ほどにとどまった。不安が渦巻く村々をさらに強風が襲って、多くの稲が倒れる。秋になってみれば、恐れたとおり田は一面の不実《ふじつ》と白穂《しらほ》で埋め尽くされて、人々は茫然と立ち尽くした。

宝暦の飢饉の始まりだった。

立ち尽くしたのは藩も同じだった。藩札が上手く回るようになったとはいえ、いまだ内証が劇的に改善されるまでには至っていなかった。

三都からの金の水路を広げる米以外の産物も想うようには育っておらず、凶作はさほどのときを置かずに藩の金蔵を脅《おびや》かした。領民に分け与える米や雑穀を国外から買い求めるため、藩は藩札の備え金に手を付けなければならなくなったのである。

出費はそれだけでは済まなかった。翌年の収穫までの収入が見込めなくなった百姓のために、藩は川除普請《かわよけぶしん》などの事業を起こし、日当の形で暮らしの糧《かて》を与え続けなければならない。藩札の拠り処である備え金が、これからも減り続けることは明らかだった。飢饉は、藩の内証が想っていたよりもはるかに弱っていることを、赤裸々に炙《あぶ》り出した。

佐島兵右衛門は抄一郎たちにさまざまな智慧を授けてくれたが、そのなかに飢饉への対処は含まれていなかった。最も難しい問題を、習っていなかったのである。抄一郎ら佐島五人衆は額《ひたい》を寄せて、藩札掛が取るべき態度を討議した。

本来なら、備え金が減った分、すでに出回っている藩札を回収しなければならない。しかし、金が幾らあっても足りないときに金を絞ればどうなるか。飢饉の災いの広がりを食い止める手立てが狭まることは明らかだった。さりとて、手をこまねいていれば、藩札の枠組みそのものが瓦解する。

どういう出口を見いだすか、厄災の状況と藩札の値動きに気を張り詰めていた五人に、ある日、筆頭家老の松永重蔵からの下知《げち》が下った。非常のときゆえ、藩札を藩札頭の専権事項とする取り決めを解き、藩札十割の刷り増しを命じるというものだった。

重蔵は三年前、つまりは専権事項の証文が記された後に、筆頭家老に就いている。自分が政《まつりごと》を司《つかさど》る前の取り決めについては与《あずか》り知らぬということなのだろうが、抄一郎には事前になんの声もかかっていなかった。藩札掛の意向を無視した一方的な命に、黙って従うわけにはゆかない。抄一郎は直ちに寄合に入った。結果は、割れた。

甚八は意外なことに、刷り増しに賛成した。

「とにかく、いまは国の至るところで血が滴《したた》っている」

悲痛な顔を浮かべて、甚八は言った。

「かかる非常時にはとりあえず血を止めるのが先決である。いまは要るだけ藩札を刷らねばならぬ。備え金の縛りに、拘泥《こうでい》するべきではない。むろん、藩札の枠組みが傷むのは避けられぬが、それは血が止まったあとになって考えるべきことである」

甚八以外の三人は、分からないと言った。

「卑怯《ひきょう》と誹《そし》られるだろうが、分からぬものは分からぬ」

手に負えぬ風を露《あらわ》にして答えたのは垣内助松だった。

「かかる事態の先を見通すことができるほど、自分たちは藩札の仕法を手の内に入れていない。正直、力不足である」

森勘三も言った。

「分からぬものを分かったように振る舞って、採るべき路を誤ることはできぬ」

鈴木四郎兵衛も言葉を加えた。

分からぬとなれば、結果として筆頭家老の命に従うことにもなるかもしれぬが、それでもよいかと問うと、「致し方あるまい」と口を揃えた。

「実は、俺も分からぬ」

抄一郎も言った。実際、分からなかった。頭のなかでいくら理をいじくり回しても、解は組み上がらなかった。

あくまで藩札のたしかな流通を確保するのか、刷れるだけ刷って、そのあとのことはそのあとでどうにかするべきなのか、どちらが餓死者を出さずに済み、一揆を未然に防ぐことができるのか、答の緒《いとぐち》にさえも辿り着くことができなかった。力不足は抄一郎も同じだった。

「ならば、抄一郎も刷り増しということでよいのか」

腹を据えたかに見えた助松ら三人が、途端に不確かな顔になって言った。腹を据えても、迷いが断ち切れたわけではないのだ。

「分かりはせぬが……」

抄一郎は続けた。

「今回の御家老の命には従わん」

甚八が伏せていた目を向けて、「どういうことだ」と訊いてきた。

「十割刷り増しはせぬ、ということだ」

「御下知に背《そむ》くのか」

甚八の目が大きく見開かれた。

「背きはせん。いや、背きようがない。藩札を藩札頭の専権事項から外す場合は、藩札頭の承認を要すると証文に明記されている。で、俺は承認しておらん。よって、御家老の命は不法であり、下知を受ける筋にない。当面、藩札はこれまでの板行高を保ち、引き続き注視をして、異変に備える」

「なぜだ」

抄一郎を見据えて、甚八が言った。

「分かりもせぬのに、なんで刷り増しに異議を唱える？」

「それは、俺が〝ムサシ〟だからだろう」

抄一郎は答えた。

「なんと言った？」

「俺が〝ムサシ〟だからだ」

それが、正直な気持ちだった。

「かかるときに、ふざけているのか」

「そうではない。俺は剣術遣いでもあるということだ。理でなく、軀で諮《はか》ることに慣れている。考えても分からぬときは、軀に聞く。その軀が異を唱えた。命に従ってはならんと言った。よって、藩札頭として認められん」

「そんな戯《たわ》けた言い分が認められると思っているのか」

これまでに見たことのない、眼光の鋭さだった。

「言っておくが、俺は戯けたと思っておらん」

抄一郎は甚八を見返した。

「理で導き出された解が、軀が察知した解よりも正しいとは限らない。いくら考えても考えつかんことはごまんとあろう。そういうときは、軀に聞くしかない。軀はなんとしても死を避けようとする。理が命じる前に、勝手に死を避けるべく動く。俺は、その生き延びようとする軀の意志を信じる。俺の軀は、藩札の刷り増しに嫌気《いやけ》を見せた。俺はその命に従う」

もしも、佐島兵右衛門が生きていたとしたら、なんとするだろうと、抄一郎は幾度となく考えた。夢に出てきて、採るべき仕法を教えてくれればよいにと願った。

けれど、いくら望んでも兵右衛門は現われなかった。あまりに姿を見せぬので、そのうち、兵右衛門は現われぬのではなく、出てこられぬのではないかと思った。あの兵右衛門にしても、どうしてよいのか分からぬのではないかと思った。

そして不意に、生きていた頃も、分からぬなかで敢然と決断を下していたのではないかという想いが湧いた。兵右衛門が抄一郎らに飢饉への対処法を教えなかったのは、時期を逸したのではなく、知らなかったからではないか。兵右衛門自身、その答を見つけようとしてもがいていたのではないか。

抄一郎が己の軀に聞こうと思ったのは、そのときだった。後ろのない席に座る者は、理が届くところだけでなく、理の及ばぬところでも決断しなければならないことが、くっきりと伝わった。あたかも、女がそうしているように。人の子の母が、日々の危機を乗り越えるように。

「それで通るはずがあるまい」

吐き捨てるように、甚八が言った。

「そんな理由を御家老が聞くと思うか。いまはまだ証文の存在じたいは認めているが、すぐに初めからなかったことになって押し切られる。そんな時間の無駄をするくらいなら、速やかに従って、その後の対処の仕法に智慧を絞ったほうがよい。考え直せ、抄一郎。我々の御役目は血を止めたあとにある。傷んだ枠組みをどのように修繕するかが、藩札掛の本来の務めだ」

「血が止まらずに、逆に吹き出したらどうなる？」

抄一郎が唇を動かす前に、抄一郎が言おうとしていたことを言って甚八に顔を向けたのは、先刻、分からぬと言った助松だった。

「そういうことだって、なくはあるまい。混乱に輪をかけるかもしれん」

勘三も口を添えた。

「分からぬことに変わりはないが、藩札頭は抄一郎だ。頭がそう決めたのなら、我々は従う」

四郎兵衛も晴れ晴れとした顔でそう言い、そして続けた。

「力不足で自らは動けぬが、抄一郎が先頭に立ってくれるのなら、ない力も少しは出てこよう。頼む、抄一郎。俺たちを引っ張ってくれ」

「よいのだな」

「むろんだ」

三人は声を揃えた。

これで退路は塞《ふさ》がったと、抄一郎は思った。いまより自分は、ほんとうの頭になららねばならない。

自分もまた、力不足である。しかし、頭にとって、力不足は罪ではない。たかが力不足なんぞの理由で、力を出せぬのが罪なのだ。

けれど、三人は、抄一郎に付いていくことはできなかった。

抄一郎たちの国には、城下のある城付き領のほかに、五カ所の飛び領がある。二日後、三人は藩札掛の御役目を解かれ、それぞれ三カ所の飛び領の支配所勤めに飛ばされた。非常の折り、民に近いところで飢饉に対処する者を増やすという名目だった。

藩札頭は、専権をもって藩札に関する一切の決定を下すだけでなく、本人の同意なしに御役目を解かれることはないと、証文で取り決められている。が、掛の者は、その限りではなかった。そこを突かれたわけだが、抄一郎の知る藩はそういう荒っぽい真似とは無縁のはずだった。

けっして小藩ではなかったにもかかわらず、よくまとまっていて、派閥らしい派閥もなく、北の国ならではの長い冬が終わると、家老から御目見《おめみえ》以下の御徒士《おかち》に至るまで一同打ち揃って、さまざまな花が爆発するように咲き乱れる小山に登り、一斉に弁当を広げるのを習いとするような藩だった。

抄一郎や甚八や、助松、勘三、四郎兵衛らはみだし者の存在を許した、貧しくはあるが笑顔には満ちていた藩が、ほとんど意味があるとも思えぬ細々《こまごま》とした藩士への規制を強いるようになったのは、松永重蔵が筆頭家老に就いた三年前からだろうか。その頃から、衣《ころも》の下の鎧《よろい》が、ちらちらと覗《のぞ》くようになった。

藩は畢竟《ひっきょう》、軍団である。戦国の世を生き抜いた軍事組織をなんら変えぬまま、いまや百五十年続いている平時の政《まつりごと》を執り行っている。なにもないときには隠れている軍団の問答無用の性癖が、背負えぬ重石《おもし》を背負わされると呆気《あっけ》なく露出し、やがて隠そうともしなくなる。宝暦の飢饉は、まさにその重石なのかもしれなかった。

「すまんな」

三人揃って旅立つ朝、それぞれの任地へ分かれる往還の追分で、助松がぽつりと言ってから続けた。

「抄一郎に付いていくなどと気張ったことを言っておきながら、御役替えを命じられればあっさりと従ってしまう。許してくれ」

勘三は、凍傷を逃れた六本の指で抄一郎の両肩を摑み、涙を流しつつ言った。

「さんざ迷ったのだがな。やはり、俺は腹を搔《か》っ捌《さば》くことはできなんだ。慚愧《ざんき》に堪えん。佐島様に、命を賭す覚悟がない者は去れと言われたとき、素直に退出するべきであった」

「お前ら下っ端《ぱ》ごときに腹を切られてたまるか」

抄一郎は笑みを浮かべて言った。すでに両親共に逝き、まだ妻も娶《めと》っていない抄一郎とちがい、三人にはそれぞれに守るべき者たちがいた。

「従うことは適《かな》わなくなったが、抄一郎がいかなる路を選ぼうと、我々は味方する。飛び領から気を送る」

四郎兵衛も言った。

「これは手前勝手な頼みだがな。腹を切るならば、版木を持って逃げてくれ。とにかく、生きてくれ」

「ああ、そうしよう」

三人はやはり部下ではなく、仲間であると思いつつ、後ろ姿を見送った。

勘三と四郎兵衛の二人は左の路を、そして助松は右の路を歩んでいった。

その助松が、十歩ほど足を送ってから、不意に立ち止まった。どうしたのかと目をやると、ゆっくりと振り返り、抄一郎のところまで戻ってきて、おもむろに言った。

「これは、言ったものかどうか迷っていたのだがな」

顔がいかにも曇っている。

「甚八のことだ。抄一郎は昔からの友ゆえ聞き入れにくいとは思うが、先日たまたま、甚八が松永家老の屋敷から出てくるのを目にした」

「そうか」

初耳だった。

「昨今の言動と併せて考えれば、甚八が松永家老の意を汲《く》んで動いていることも考えておいたほうがよいかと思われる。友を疑いたくはなかろうが、一応、気をつけてくれ」

「承知した」

支配所勤めに飛ばされたのは三人だけだった。甚八が一人、藩札掛に残った。加えて、助松の言うように、寄合の席での甚八の発言からすれば、そういうこともあるかもしれぬと覚悟しておくべきなのだろうとは思っていた。

立場こそちがえ、甚八の仕法は筋が通っていた。それはそれで、ひとつの見識だった。しかし、そこが甚八らしくなかった。抄一郎の知る甚八なら、あんなもっともらしいことは口にしない。誰からも異論が出にくいような、妥当な話はしない。むしろ、甚八のほうが、理で導き出された解が正しいとは限らぬと、採るべき策は軀に聞くと、嘯《うそぶ》いてもよいはずだった。

それでも抄一郎は、甚八が松永家老の受け売りを言っているとは思わなかった。藩札掛に就いて以来、甚八が人知れず研鑽を積んでいることは知っていた。学問を毛嫌いし、書など読めば理でしか世の中が見えなくなるとひたすら退けていた甚八が、経世学や折衷学の儒家の書を読み漁《あさ》った。

佐島兵右衛門存命の頃は、独学の不足米《たらずまい》を補うために問答を頼んで、書の行間を埋めてもいたようだ。きっと、あの仕法は、〝獣〟であることをやめた甚八が、精魂込めて組み上げたものであり、それがたまたま、松永家老の施策と重なったのだろうと、抄一郎は判じた。

よしんば、松永家老と繋がっていたとしても、敵とか味方とかで括《くく》られるわけではない。ただ、信じる路が、ちがっているだけのことだ。

抄一郎は気持ちを鎮めて、あらためて助松を見送ろうとした。

助松が、勘三と四郎兵衛の耳には入らぬよう、抄一郎が一人になったときを選んで話しかけてきたのは明らかだった。仲間内にさえ、要らぬことは言わない。篤実《とくじつ》な人柄がひしひしと伝わった。

けれど、助松は語り終えた後も、なかなか背中を見せようとしなかった。

「どうした？」

不審を笑顔で包んで、抄一郎は言った。

「実は、見たことはまだある」

助松が、ためらいを隠さずに答えた。

「一度は、抄一郎に言わんで去ろうと決めた。しかし、いざ別れる段になってみると、やはり、言うべきではないかと思えてきた」

「らしくもないぞ」

抄一郎は言った。

「話してくれ。なにを見た？」

「告げ口のようだが、言おう。見送りに出ていたのは、珠絵殿だった」

「たまえどの？」

「松永家老の末娘の珠絵殿だ」

「珠絵殿ならば、他領であろう」

　三年前の宝暦二年、珠絵は巷間の噂どおり、さる親密藩で重臣を務める家の惣領の妻となった。以来、甚八とは無縁のはずだ。

「知らんのか」

「なにを」

「ふた月ほど前、婚家から離縁を言い渡されて、松永の家に戻っておられる」

「どうして？」

　知らずに、気持ちがざわついた。

「分からん。当然のことながら、松永の家は黙したままだ。それでも、出戻ったとはいえ、珠絵殿はまだ二十四で、娘時分にも増して美しいから、さまざまな噂が飛び交うのは避けられん。その、いずれの噂も、人並外れて恵まれて生まれついた者が路を踏み外したときの常で、優しいものではない」

　ひとつ息をついてから、助松は続けた。

「聞くか？」

「むろんだ」

ただの噂話ではない。事は甚八と関わっている。

「いくら諌《いさ》めても浪費癖が治らなかったとか、夫の世話をほとんどしなかったなどというのはまだ良いほうだ」

助松の話は、想ってもみなかったものだった。

「夫の叱責に激高した珠絵殿が、短刀で斬りかかったという噂もある。なかには、婚家の家侍《いえざむらい》と不義を犯して本来は妻仇討《めがたきう》ちにされるところを、親密藩の家老の娘ということで、内聞にされて戻されたというものもあった」

聴いているうちに、抄一郎は自分を怪しんだ。とんでもない話を聞いているはずなのに、少しも驚かない。それどころか、自分がとっくに知り尽くしている話を、なぞられているような気さえする。

どういうことなのだろうと訝って、理由を探るうちに、珠絵を乗せた舟を、葦原の陰に寄せた日のことが浮かんだ。十八歳の白い肌の上で、ちらちらと舞う光のほかは思い出すこともない漠とした記憶。あるいは、そのなかに、驚かないだけの何事かが収まっているのかもしれなかった。

「それだけではない。不義の相手は家侍ではなく、駕籠《かご》かきの陸尺《ろくしゃく》だという尾鰭《おひれ》も付いたし、さらには、どれかひとつというのではなく、その全部だという声さえ広まっている」

　抄一郎は無理と知りつつも、その漠とした記憶の蓋を開けてみようと試みる。が、蓋は相変わらず、ぴくりとも動こうとしない。

「そして、最も新しい噂が、甚八とのものだ」

「甚八と？」

　やはり、と思った。

「松永家老が疵《きず》だらけの珠絵殿を甚八に押し付けようとしていて、出世に目が眩《くら》んだ甚八が、喜んで受けようとしているという筋だ」

「それは、あるまい」

　それは、ない。そんな浮わついた理由では、甚八は女に近づかない。

「噂は噂だ。が、理由はともあれ、珠絵殿と甚八がごく近しいことは、この目で認めた」

「そうだったな。して、甚八はどんな様子であった?」

「心より楽しく、満ち足りた風であった。一瞬、訳が分からなかった。家老と組んで謀《はかりごと》をしている者が、あれほどの心底からの笑顔がつくれるものか、とな」

「そうか」

「つまりは、松永家老との繫がりは、容易なことでは切れまいということだ」

「ああ」

「言ってよかったかどうか」

「いや、聞けて、よかった」

「ではな」

路の両脇では、七竈《ななかまど》の梢《こずえ》が風に揺れていた。

抄一郎が子供の頃、炭の良材であるという理由で、城下の路という路に植えられた。

紅葉はまだだが、実は赤く色づいている。

「稲穂を枯らす天候の異変も、この実だけは関わりないようだな」

踵《きびす》を返しかけた助松が、変わらずに結び続ける赤い実に目をやりながら、ぽつりと言った。

「そうだな」

やがて紅葉になって、葉がすっかり落ちても実は枝にとどまり続け、冬鳥の嘴《くちばし》を待つ。そうして新たな土地で、若い芽を伸ばす。

「では、今度こそ参る」

七竈から顔を戻して、助松は言った。

「ああ、道中、無事にな。いつまでも達者でいてくれ」

そのまま立ち続けて、助松を見送った。

書を読む甚八の姿を思い出しながら、見送った。

甚八は、折衷学の書を読んでいた。儒学のなかでも実用を重んじる、折衷学の書を読んでいた。

虎が草を食むがごとくに映った。

しかし、虎は懸命になって、草を滋養にしようとしていた。

甚八はそうして女の季節を潜《くぐ》り抜け、藩札の御勤めと向き合ってきた。

久々に再会した珠絵と笑顔を交わしていたからといって、草を食むのをやめたことにはならない。

甚八はたった一人残った、藩札掛の仲間だった。

明日からは、甚八と二人で危難を乗り越えるのだと思い、敵とか味方とかで括られるわけではないという先刻の想いを、もう一度繰り返した。

◆◆◆

三人の姿が藩札掛から消えても、要員の補充はなかった。

松永重蔵にとっては、もう藩札の十割刷り増しは決まったことで、後は刷ればよいだけの話だから、あれこれと余計な口出しをする要員の必要はまったく認められないということなのだろう。

藩札掛の御用部屋には、抄一郎と甚八だけが残り、そして甚八は、日に日に松永家老の懐刀《ふところがたな》の立場をあからさまにしていった。

「早く、御家老の命に従え」

うんざりした様子で、甚八は言った。

「俺が歯止めになっているのは分かっているだろう」

「ああ」

甚八が合議の席で語ったとおり、いまや松永家老は証文の存在など歯牙《しが》にもかけていなかった。

その気になれば、抄一郎を城門の警護役なり、三人と同様に飛び領の支配所勤めなりに飛ばして、藩札掛の御用部屋への出入りを力で差し止めるのはごく簡単なことだった。あるいは、屋敷なり牢なりに押し込めることだってできた。

それを思いとどまらせているのは、たしかに甚八の心配りなのだろう。これまでの縁もあって、松永家老に気を遣いながら、なんとか穏便にことを進めているのだろう。

「いまはまだ辛抱いただいているが、そろそろ、そのご辛抱も切れる頃だぞ。俺の力もそれほどのものではない。踏ん張るのにも限りがある。もう、三日と待てん。一日、二日のうちに、刷り増しを決めろ。そうすれば、お前は勘定方藩札掛頭取のままだ。あの三人だって、戻って来られるかもしれん」

「それよりも……」

抄一郎は答えた。

「御家老に直にお話しする機会をつくってくれ。とにかく、一度、顔を突き合わせて、きちんと説明申し上げたい」

抄一郎にしても、押し込めの危険を引き受けてまで登城しているのは、最後の最後まで、真っ当なやり方で藩札の流通を守りたいからだった。

たしかに、刷り増し阻止は軀に聞いて決めた。しかし、いったん、そうと定めてみれば、理はいくらでもあとから付いてきて、幾度となく反芻《はんすう》しても決断の正しさを信じることができた。

その理を尽くせば、松永家老とて聞く耳はあるはずであり、ともあれ一度、会わねばならぬと思ったのだが、面会の申請はことごとく退けられ、取り付く島もなかった。

「まだ、そんなことを言っているのか」

呆《あき》れた顔つきを隠さずに、甚八は言った。

「お前は自分の置かれた状況が、まったく分かっていない」

度しがたい、という風だった。

「押し込め程度で済むと思っていたら大まちがいだぞ。御家老はやるときはとことんやる御方だ。筆頭家老の下知に背いたのだから切腹だってあろうし、あるいは、そんな面倒さえ飛ばして人知れず始末する挙に出るかもしれん。お前は自分からそういう厄介な場処に入り込もうとしているのだ。呑気《のんき》に高説を垂れるのもいい加減にしろ。御家老にしても私利私欲のために刷り増しをされようとしているのではない。民を救うための刷り増しだ。一国の宰相の決断を、藩札掛ごときが覆そうとするなど僭越《せんえつ》にもほどがある。国の舵取りの責任を負うのはお前ではない。筆頭家老である」

「聞けんな」

即座に、抄一郎は言葉を返した。

「俺も藩札の板行において後ろのない責任を負っている。一命を賭しておる。御家老も一命を賭しておるとして、その限りにおいて、そこに軽重はない。同列である。俺は藩札掛〝ごとき〟などとは一度として思ったことがないし、僭越を恐れるのは、己かわいさゆえの無責任と捉えておる。重ねて、頼もう。御家老に直にお話しする機会をつくってくれ」

甚八は、はっ、と一気に息を吐き出すと、想いを断つように立ち上がり、唇を閉ざしたまま御用部屋を出ていった。

刻は朝四つ（午前十時）だった。抄一郎はそのまま部屋で待ち続けた。

かつての同役だった番方がやってきて排除に出るかもしれぬし、あるいは甚八が言ったように切腹を告げる使者がやってくるかもしれなかった。けれど、とにかくその日一日は、甚八が松永重蔵との面談を取り次いでくれることに懸けた。

松永重蔵とて、家老に就いたばかりの頃は、むしろ開明派とされていた。藩の重臣にしては珍しく、登城前の屋敷を若手に開放し、広く藩政への意見を求めた。

「遠慮には及ばん。ここでの発言には一切、責めを問わない。忌憚《きたん》のないところを聞かせてくれ」

その気になって無防備に自説を語る若手を陥《おとしい》れることもなく、いくつかの献策は陽の目を見た。いずれも御役目の引き継ぎの仕法など、枝葉の変更に限られてはいたが、それでも風穴は風穴だった。

「儂は、空手形は出さんぞ。これは手始めだ。いずれ、共に御主法替えに取り組む日も来よう」

筆頭家老の席が近づくにつれ、力のみを恃《たの》むようになり、どこにでもいる退屈な権《けん》家《か》となって、いまやあの頃の面影は微塵《みじん》もないが、尻尾《しっぽ》は消え切っていないと思いたかった。

すぐに午が過ぎ、八つ半（午後三時）になり、暮れ六つ（午後六時）になったが、灯《あか》りを点《とも》しに来る者はいなかった。藍に染まった部屋でさらに一刻半ほど待ち、すっかり夜も更けた夜四つ（午後十時）になって、「これまで」と己に告げ、城を後にした。

とうとう、面談の許可を知らせに来る者は姿を現わさなかった。その代わりに、排除にも遭わなければ、切腹も告げられなかった。とりあえず今日一日だけは、猶予を与えられたようだが、しかし、城でなにもなかったということは、帰り路になにかがあるかもしれぬということでもあった。

きん、と肌寒さに芯が通るようになった秋の夜気に分け入って、屋敷への路を辿ると、鈴木四郎兵衛が、旅立つ朝に言った言葉が蘇《よみがえ》った。

「これは手前勝手な頼みだがな」と言ってから、四郎兵衛は続けた。「腹を切るならば、版木を持って逃げてくれ。とにかく、生きてくれ」と。

万が一の用心のために、松永重蔵の命があった日に、版木は屋敷に持ち帰り、そうと分からぬ場処に隠していた。

版木を渡しさえしなければ、藩札の刷り増しができないというわけではない。新たな版木を彫ればよいだけの話だ。とはいえ、時間はかかるし、前とまったく同じ版木を彫るのは難しい。つまりは、まったく同じ藩札を刷るのは難しい。新札の流通に、なんらかの支障が出ることは十分に考えられた。

藩札は専用の厚紙でつくり、偽札を防ぐために透かしを入れる。紙の厚い、薄いの差を使って、絵を描くのだ。けれど、偽造防止の手立ては、透かしだけではない。複雑な紋様のなかには、市井《しせい》の者には字とは見分けられない梵《ぼん》字や神代《じんだい》文字がさまざまに組み込まれている。この在処《ありか》を知っていないと、同じ紋様のようでも、随分なちがいが出てくる。ひとつひとつは微妙なちがいでしかないのだが、二枚並べて全体を比べてみれば、誰の目にも明らかなほどのちがいが生じてくるのである。

兵右衛門のつくった藩札、佐島札は例外ともいえる信用を得ていた。すでに、人々の脳裏には、佐島札の図柄が刷り込まれている。新札がそれと異なれば、人々は偽札を疑うだろう。

ただでさえ、いつ崩れるかもしれぬ土台の上に成り立っている藩札だ。だからこそ、兵右衛門と佐島五人衆は細々《こまごま》とした注意を積み重ねて、土台の揺れを抑えてきた。偽札の疑いは、そうして保ってきた信用を大きく揺るがす。それが分かっていれば、新札の刷り増しを躊躇《ちゅうちょ》することだってあるかもしれない。幸か不幸か、松永重蔵の一派には甚八もいる。

　自分の屋敷が見えた頃には、抄一郎の覚悟は決まっていた。鈴木四郎兵衛の言葉に従うと決めていた。自分が腹を掻《か》っ捌《さば》いて刷り増しを思いとどまるよう訴えたところで、重蔵にはなんの効き目もない。絵に描いたような犬死にだ。となれば、抄一郎に唯一残された路は、佐島札の版木を携えて国外へ欠け落ちることしかなかった。

　そうと腹を据えれば、一刻の時間も惜しかった。藩札掛を一命を賭すに足る御勤めと認めて以来、いざというときになって慌てぬよう、脇差は常に研いでおいたし、国を欠け落ちるための用意も整えていた。

　速やかに旅支度を済ませると、抄一郎は仏壇の前に座して手を合わせ、深々と頭を下げて父と母と、先祖に、家禄を守れなくなったことを詫びた。そして、位牌を手に取り、丁寧に布に包《くる》んで、荷に収めた。

　行き先は、江戸と決めていた。御公辺が「買い物をする」ことで、金を行き渡らせるあの都だ。

　どうせ国を欠け落ちるのならば、一度、その大きな金の井戸を目にしなければならないと思った。二度と藩札掛の御用部屋には戻れぬだろうが、自分の内側では、藩札掛の御勤めはまだ終わっていなかった。なにしろ、荷のなかには、佐島札の版木があった。

屋敷へ戻る路には襲撃者は姿を現わさなかったが、江戸を目指す路にも現われないという保証はなかった。日は九月の十三日で、夜空に懸かる月は満月近くまで肥え、夜更けの路もその青い光を得れば明るい。抄一郎は月光の陰を縫い、七竈の樹が見下ろす路を歩んだ。

そうして、ようやく城下を抜け、助松ら三人と別れた往還の追分に差しかかったときだ。

想っていたとおりの人物が、その追分の真ん中に、あざといほどに輝く月の光を浴びて立っていた。

「版木は荷のなかか」

甚八は言った。三十になっても生来の美しさは翳《かげ》りを見せず、月の青い光がよく似合う。

「ああ」

いまさら隠しても仕方なかった。

「俺が版木を取り戻しに来たと思っているか」

こんなところまで出張って待ち受けていたにしては、声が鎮まっている。けれど、ほかに理由は考えられない。

「それしかあるまい」

やれやれと思いながら、抄一郎は言った。もしも、自分を阻《はば》むとしたら甚八であろうとは想っていたが、できればそんな予想は外れてほしかった。

「それもあるが、それだけではない」

声は変わらずに、鎮まったままだ。

「俺がこれからお前を斬ろうとしているのは分かるか」

「正直、分からん」

当然、それも覚悟した。敵というわけではないのに、結び合うことになるのを覚悟した。

が、これから本身《ほんみ》を抜こうとする者にしては、剣気が淡かった。腕が同等ならば、死に焦がれる覚悟を固めない限り、相手の命を獲《と》ることなどできない。本身を振る腹を据《す》えた者は嫌でも剣気が迸《ほとばし》り、それこそ獣の臭いを放つ。

「ならば、分かってもらわなければならん。俺はこれからお前を斬るのだ。しかし、その前に、少しばかり話しておかねばならぬことがある」

九月の半ばとはいえ、刻は真夜中の暁《あけ》九つ（午前零時）である。北国の夜気は冷たく研がれて、吐く息を白く見せた。

「御家老の末娘の珠絵殿が、御実家に戻られていることは知っておるか」

「知っておる」

「今度の件を乗り切れば、俺は御家老から、珠絵殿と世帯を持つのを認めてもいいと言われておる」

「そうか」

そうと当人の口から聞けば、もはや抄一郎も己の不明を認めざるをえなかった。

やはり、甚八はずっと珠絵を追い続けてきたのだ。

そして、いまも珠絵の内に棲む女の、潔さの向こうを見究めようとしている。

虎が、目の前の鹿を喰らわず、鹿なるもののすべてを知りたがっている。

果てしなく、鹿の皮を凝視し、ざらりと嘗《な》め、鼻をひくひくと動かして匂いを胸の深くに吸い込み続けるが、牙を立てることなど考えもつかない。

虎は、鹿に、恋をしている。初めて会ったときから、ずっと、恋をしている。

「しかし、その話と、藩札の刷り増しの話は一切、関わりがない。まず、それをお前に言っておきたかった。珠絵殿と藩札の件は、厳に切り離しておる。刷り増しの件については、俺自身で考え抜き、正しいと信じて説いておる」

「ほお」

かつての、筋金入りの女誑しの、矜持《きょうじ》が伝わった。女を御役目に持ち込めば、〝獣〟の名折れになる。

「因果を含められているのではないぞ。初めて佐島様と出会ったとき、俺は藩札掛が一命を賭すに足る御勤めであると信じることができた。以来、浅学を埋めるべく、俺なりに努めてきた。その路筋において、今回、俺は、とりあえず血を止めるのが先決であると信じるに至った」

「ああ」

そこは、素直に聞くことができた。

「それゆえ、俺は俺の意志で、お前から版木を取り返さなければならん。さりとて、お前が素直に渡すことはありえまい。だから、本意ではないが、これから俺はお前を斬ることになる」

それでも、藩札の刷り増しを説く言葉が、甚八の本来の言葉とはちがうという想いは一向に消えなかった。

いくら甚八が、藩札と珠絵は関わりないと信じたくとも、人のなすことに、これはこれ、あれはあれ、はありえない。すべての営みは、一体となってなされる。一事が万事だ。

「もうひとつ、本意として、お前を斬らねばならぬ理由がある」

「本意として……」

それはなかろう、と、抄一郎は思う。それでは、ほんとうの敵ではないか。

「思い当たることはあるか」

甚八は言う。

「ない」

即座に、抄一郎は答えた。いまでこそ立つ場処を異にしてはいる。が、それはあくまで、藩札に絡んでの話だ。まともに道場に通っていた十代は誰よりも互いの剣を認め合った仲だったし、女遊びでは師匠と弟子だった。共に藩札掛に就いてからも、特に強い紐帯《ちゅうたい》で繋がっていたと言っていい。「本意として」などと告げられる謂《いわ》れはない。

唯一、考えられるとすれば、六年前に、一度だけ珠絵と関わりを持ったことだろう。けれど、誰にも口外はしていない。

「そんなに慌てて答えずともよい。じっくりと、己の行いを振り返ってみろ」

無駄とは思いつつも、一応、再び時を遡る。

行き当たったのは、やはり、舟上での曖昧な記憶だ。けれど、その蓋《ふた》は前にも開けようとして、果たせなかった。

それでも、敢えてまた、こじ開けようとしてみる。

すると、きっと、これから命のやりとりをするかもしれぬ場に立っているせいなのだろう、固く塞がっていたはずの厚い蓋に、ぴっと筋が入る。

意外を覚えながらも、さらに気を入れると、裂け目はみるみる広がって口が開き、ずっと呼び戻すことができなかった記憶があっさりと現われ出た。

すべてが蘇ってみれば、そんなことだったのかと思った。が、抄一郎は〝そんなこと〟を、二度と思い出したくなかったのだ。

珠絵は、〝鬼畜〟だった頃の抄一郎が、怯《ひる》んで逃げたただ一人の女だった。そして、遠くにある的が必ずしも尊いわけではないという想いに、止《とど》めを刺された相手でもあった。

その想いと加津に刺された衝撃とが相俟《あいま》って、傷が癒えるのを待つひと月のあいだに、ゆっくりと封印されていったのだろう。

珠絵が離縁に至った理由を聞いても、なぜ、自分が驚かなかったのか、抄一郎はようやく理解した。

珠絵は、いつどこにいても、常に鏡を放さずに、己の姿を映し出しているような女だった。

春が匂い立つような風が川面《かわも》を渡っても、枝垂れ桜の舞いを目の当たりにしても、なんら心を動かすことなく、己の姿や仕草のみに気が向かった。

恥じらうような花弁の色を共に称《たた》えようとして話を始めても、すぐに珠絵の唇は己のことを語り出す。花には興味がないのだろうと、さまざまな話題を振ってもみたが、結局、ことごとく珠絵自身の話に舞い戻って、そこから外れようとすると無関心を露《あらわ》にした。

枝垂れ桜の大木が眼に入ってきたときのことだ。珠絵が突然、言った。

「わたくしと桜と、どちらがきれい？」

枝垂れ桜に預けていた視線を戻すと、珠絵は真顔だった。その顔つきが気にはなったものの、あまりに童女めいた物言いに悪戯心《いたずらごころ》が湧いて、抄一郎は笑みを浮かべつつ答えた。

「それは桜だろう」

半ば本音だったし、筆頭家老の末娘が、どう返してくるのかという興味もあった。

途端に、珠絵は烈火のごとく怒った。

「無礼者！」

「戯《たわ》けを申しおって」

短刀を抜きかねない激しさで、家臣に対するように叱責した。

「御馬廻りごときが、図に乗るではないぞ」

女遊びに、身分の上下はない。ただ、男と女として対する。こっちが上でも下でも、それが分かる相手を選ぶ。あるいは、分かるように持っていく。その持っていき方を誤って、身分の上下の行き来にしくじれば、男と女の問題が、生き死にの問題に繋がりかねない。けれど、それがまた、女遊びの醍醐味だ。だから、珠絵の罵声を浴びたときは、身分を忘れることのできぬ、つまらん奴だと思った。そして、それ以上に、訳が分からん奴だと思った。

相手は、枝垂れ桜の大木だ。なんで、人が樹に挑まなければならん。まさか、樹といわず、石とも水とも張り合うつもりか。

が、珠絵は、その、まさかのようだった。しだいに大きくなる枝垂れ桜に注がれた目は、あたかも仇敵に対するかのごとく険しく、抄一郎を唖然とさせた。そして、長々と凝視すると、勝ち誇ったように言った。

「桜なんぞ、少しも美しくないではないか」

珠絵は本気で、三百年という時を越えて華やぎ続ける命に立ち向かっていたのだった。

「わたくしとは比べものになりません」

そこで、どんな闘いが繰り広げられていたのか、抄一郎には知る由もない。けれど、きっと珠絵の内で、珠絵は枝垂れ桜に勝利したのだろう。そう言い放つと、途端に頬を緩め、ころころと笑った。そして、続けた。

「あなたは幸せね」

それはそれで、美しい笑顔だった。不気味ではあるが、美しかった。そして、美しいほどに、抄一郎は萎《な》えた。すぐにでも舳先《へさき》を返して、船着き場に戻りたかった。けれど、抄一郎は女誑しだった。恋をしているのであれば退くのは勝手だが、女遊びではそうはいかない。甚八を師と仰いだとき、厳に「女誑しに、退却はないぞ」と言われていた。

「女遊びをする限り、けっして己の好みは持ち込むな」

師の遠さを保って、甚八は言った。

「いったん誘ったからには、好みに合わんとか、想ったようではないとかいうのは一切なしだ。それでは、なにも得られん。なにひとつとして分からん。好む処がひとつもなくとも、なにか手掛かりを見つけて、きっと、終《しま》いまで辿り着け。あれこれ言うなら、その後だ」

抄一郎はなんとか己を奮い立たせてその「手掛かり」を見つけようとしたが、どうにもならない。

女誑しとはいえ、逢瀬を重ねるあいだには恋をする。己の身を割《さ》いて相手に預け、相手が割いた身を預かる。でも、珠絵の岩のごとき殻の前には、己の身を割きようがない。珠絵にしても、なにより愛しい己を自ら割くわけもない。気の交わりを拒む、というよりも、気の交わりを知らぬとしか思えず、「手掛かり」は一向に見つからない。

とどめは珠絵が舌打ちをしたことだった。理由は分からない。珠絵の振る舞いはすべて理由が分からない。一度、なぜを問うたら、なにも語らぬまま、そんなことも分からないのかという目を寄こした。

ともあれ、眉間《みけん》に深い皺《しわ》を寄せて舌を打つ珠絵の顔は、抄一郎がそれまで出会った女のなかでも図抜けて下品だった。品は身分が育むのではなく、蚕《かいこ》が繭《まゆ》をつくるように、その者が自ら織るものであると気づいたのもそのときで、抄一郎は、これまで、と腹を据えた。

　なぜか舟を葭原の陰に寄せるように〝命じる〟珠絵を無視して、船着き場に向かって櫓を漕いだ。加津に刺されたときとて、女を怖いと感じたことはない。が、そのときは怖かった。後にも先にも、〝鬼畜〟だった頃の抄一郎が「終いまで辿り着け」という師の教えを破ったのはあの一件だけだ。いまから振り返れば、記憶を封印したのも、唯一の「退却」を恥じたからではなかろう。きっと、懸命に櫓を握る自分の背中に注がれ続けていたであろう目から、逃れたかったのだ。


「抄一郎！」

　甚八の呼ぶ声が、追憶を遮る。

「なにを、ぼけっとしておる。黙って版木をくれようとでもいうのか」

「いや、すまなんだ」

　我に返って、抄一郎は言った。

「で、どうだ。なにか思い当たったか」

「いや、やはり、ない」

思い出しただけでも疲れを覚えて、口をきくのが、どうにも億劫《おっくう》だった。

「ない……？」

甚八が、言葉をなぞった。

「ない、のか」

「ああ、ない」

「それは、なかろう！」

即座に、甚八は言い返した。

「お前は女の一生を狂わせたのだぞ。その張本人が、なにも心当たりがないのでは、ちと勝手すぎはせんか」

「一生を、狂わせた……？」

珠絵の影が濃さを増した。

「俺がか」

「お前しかあるまい」

あの日、櫓を動かしながら、抄一郎は想っていた。珠絵の〝命令〟を破ったのだ。

このままでは済むまい、と。六年の時を経て、いま、それが現実になるのかもしれなかった。

「どういうことか、教えてもらおうか」

抄一郎はなんとか唇を動かした。問題は、珠絵が甚八に、あの日のことをどう話したかだった。無理矢理、乱暴されたのか。騙《だま》されて舟に連れ込まれたのか。ひとつ、はっきりしていることは、珠絵に恋をしている甚八には、どう抗弁しても無駄かもしれぬということだった。

「やれやれだな」

うんざりとした調子で、甚八は言った。

「お前がそんな風では、俺は女にどう伝えたらいい。張本人が覚えていないのでは、あまりに女には酷《むご》いぞ」

「時が惜しい！」

峻然と、抄一郎は言った。

「頼む。言ってくれ」

「お前の勝手に付き合わなければならん謂《いわ》れはないが……」

甚八は言った。

「ならば、言おう。お前は珠絵と夫婦《めおと》の約束をしたではないか！」

こいつはなにを言っているのだと思った。相手は珠絵だ。どんな言われ方をされていてもおかしくはない。けれど、夫婦の約束などという造り話だけは、露ほども予期していなかった。

「珠絵はずっと、お前が迎えに来るのを待ち続けていたのだ。三年のあいだ、数ある縁組の話を拒み通して、操を守った。とうとう抗し切れずに他家に嫁したが、それでもお前が忘れられない。それゆえ、わざと離縁されるように振る舞って、実家に戻ったのだ。珠絵はそこまで身を捨てているのに、お前は覚えておらんと言う。それでは、あまりに珠絵が憐《あわ》れではないか」

「覚えておらぬのではなく……」

思わず萎えようとする気を振り絞って、抄一郎は唇を動かした。

「そういう事実はない」

たとえ無駄と分かっていても、言わねばならぬことはある。

「俺は断じて、夫婦の約束などしていない」

時と場合によっては、濡れ衣も引き受けよう。けれど、その濡れ衣だけは御免だった。

「問答無用、ということか」

小さくひとつ息をついて、甚八が言った。

「ならば、そろそろ始めるか」

そう言うと、着ていた羽織の紐を解き、路端《みちばた》へ放り投げた。それでもまだ、剣気は伝わってこない。

「甚八！」

抄一郎は言った。

「お前は、その話を、ほんとうに信じておるのか」

「むろん、信じておる」

甚八は答えた。羽織が払われても、襷《たすき》は付けていない。初めから結び合うつもりで待ち受けていたにしては、用意が足らなすぎる。

「珠絵を信じるか。お前を信じるかだ。となれば、俺は迷わず、珠絵を信じる」

結び合わねばならぬ理由が珠絵と分かれれば、成り行きがどう転ぼうと、本身《ほんみ》を抜く気はなかった。自分の、そして甚八の生き死にの分かれ目が、珠絵であっては堪《たま》らなかった。

戦を知らぬ武家でも、武家は武家だ。己の死に場処をどこに求めるかは、常に念頭にある。そこは断じて、ここではなかった。加えて、甚八に目の前で雑な構えを見せつけられれば、いよいよ剣気は醒めた。

事の顚末《てんまつ》がどうにも情けなく、夢ならば醒めてほしいと願いつつ、青い光の下の甚八に目を凝らすと、心なしか、随分と破《や》れて見えた。ふと、自分が珠絵と関わったのはたった一日だけだが、甚八はもうずっと、共に時を過ごしてきているのだと思った。

それも、ただ過ごしているのではない。あの珠絵に、恋を覚えて添い続けているのだ。岩のような殻に怯むことなく、ずっと、気持ちを逸《そ》らさずに、珠絵のすべてを知ろうとしてきた。いくら甚八といえども、疲れていないはずがない。

「もう一度、訊こう」

甚八の破れを認めると、ふっと珠絵の離縁にまつわる噂話が蘇った。離縁の理由は、浪費か、怠惰か、暴力か、不貞かではなく、そのすべてである、と。あるいは甚八はずっと、そのすべてを引き受けてきたのかもしれない。

「お前はほんとうに信じておるのか」

「抄一郎……」

甚八は薄く笑っているように見えた。

「何度も言わせるな」

左の手を鞘《さや》に持っていき、鍔《つば》の縁《へり》に親指を掛けた。

「俺は〝獣〟だぞ」

雪駄《せった》を脱いで、脇に退《の》ける。

「女を信じるに決まっているではないか。俺が信じないで、誰が信じる」

そうだ、と抄一郎は思った。目の前に立つのは〝獣〟だ。女という女を知り尽くした男だ。

きっと、甚八は分かっているのだろう。珠絵と抄一郎とのあいだに、夫婦の約束などなかったことは、百も承知しているのだ。その上で、信じると、言い切っている。

なぜだ。なぜ、そこまで、あの珠絵を想うことができる。

そうか……。ふと、抄一郎は思う。これが、〝獣〟の恋か。割いた己を預ける術《すべ》が見えなかろうと、相手のほうが預けてこなかろうと、なお預けるのが長坂甚八の恋ということか。

そうと気づけば、いかにも甚八らしい。割いた身を預け合う恋など、もう甚八にとっては恋ではないのだろう。そんな穏やかな恋を幾つ知っても、女を知ることにはならないのだろう。

あの日の記憶が蘇ってからは、抄一郎はなんで甚八ほどの男が、珠絵なんぞにかかずらってしまったのだろうと思っていた。が、それは、逆なのだろう。甚八ほどの男だからこそ、珠絵に恋をしたのだ。

ただし、その代償は、軽くはないようだ。

目の前の〝獣〟は、傷だらけと映る。左手を刀の鞘に持っていったときに袖から覗いた二の腕には、新しいものを含めて、幾つもの刃物疵があった。手練《てだれ》で聞こえる甚八だ。反撃できない相手から、受けたものとしか思えない。庇《かば》い疵か、寝入ったところに、つけられたのか。もしも、抄一郎の想うとおりなら、ひたすら疲れ切っているだろう。

「これ以上は、もう話すこともないようだな」

甚八が承知しているのは、珠絵の嘘だけではなかろう。甚八は己の内で、藩札刷り増しの判断と、珠絵への想いが綯《な》い交ぜになっていることも知っているはずだ。あれはあれ、これはこれでは済まないことを知っている。一事が万事、を知っている。なんとか、二人の己を棲み分けてきたのだろうが、あるいはそっちも、どん詰まりを見てしまったのかもしれない。甚八はそういう、破れ方をしていた。

「では、まいるぞ、抄一郎！」

甚八が鯉口《こいぐち》を切る。けれど、そこに至っても剣気は見えず、一向に本気が届いてこない。まるで、子供の頃の、ちゃんばらごっこのようだ。

「いざ、勝負だ」

いよいよ、甚八は抜いた。月の青い光が、本身を浮かび上がらせた。形は見事である。技が躯に埋め込まれている。ただし、形だけだ。こんな気の抜けた甚八なら、三合《ごう》のうちに仕留められるだろう。

「どうした。早く、抜け！」

言葉だけの勇ましさに、そうか、と抄一郎は思った。

ここが、お前の死に場処か。俺を逃がすついでに、己の始末も付けようというのか。いつ、投げ出したくなった？　なにが、お前の気を折った？　やはり珠絵か。今日は、珠絵はお前になにをした。それとも、松永家老から、俺を始末しろと命じられたか。

気持ちは分かるが、俺はお前を斬れんぞ。ここでお前を斬ったら、俺の死に場処がなくなる。いつ、どのように死ぬにせよ、いまのお前を斬った俺として、死にたくはない。

先刻から、抄一郎は甚八がふつうの袴《はかま》を穿《は》いていることを認めていた。抄一郎は旅支度の裁着袴《たっつけばかま》だ。走れば、振り切るのは難しくなかろう。

抄一郎は無言で本身を抜き、無造作とも思える動きで大きく振りかぶるや、正眼に構える甚八の剣の峰に、力の限りを尽くして打ち落とした。

真夜中の追分に、藍に染まった空を切り裂くような、鋼《はがね》の叫びが響き渡る。

いきなりの力任せの打突《だとつ》に、思わず甚八が面喰らって、一瞬、次の備えが遅れた。その脇を一気に擦り抜け、素早く剣を鞘に戻して、脱兎《だっと》のごとく駆け出す。

呆気にとられた甚八が慌てて追ったときには、もう、抄一郎の背中は随分と小さくなっていて、すぐに闇に紛れた。

「しょういちろうー」

勢いを緩めない抄一郎の足に、甚八の声が絡む。こんなときなのに、随分と間が抜けて聴こえる。

「卑怯だぞー」

抄一郎はさらに大股になって、走り続けた。

「待てえ」

消えかかる声を認めながら、妙だな、と抄一郎は訝った。

本来なら、藩札の版木を持って国を欠け落ちた者として逃げているはずなのに、いつの間にか女を誑かした者として逃げている。

ま、こういうものなのだろう。足を緩めぬまま、抄一郎は思う。

人の世は、一事が万事だ。

すべては繋がっている。

［二］

浅草山川町の裏店に、佐島五人衆の一人だった垣内助松が訪ねて来たのは、それから半年が経った宝暦六（一七五六）年の春のことだった。

その頃、奥脇抄一郎はほんとうに万年青商いをしていた。

まだ国にいたとき、やはり五人衆の鈴木四郎兵衛に育て方を教わったのだ。

当時、四郎兵衛が熱中していたのは斑《ふ》入りのアオキだったが、アオキもまた林床《りんしょう》に根付く陰樹である。万年青とは棲処《すみか》が重なるため、余技という形で万年青の鉢も組屋敷の棚に並べていた。

ある日、甚八と共に、四郎兵衛のアオキ自慢に付き合わされ、自分はどちらかというと万年青のほうが相性がよさそうだと言うと、野生の万年青の探し方から株の分け方に至るまで、懇切丁寧に導いてくれた。

甚八は柄にもなく身を入れて聞いていたが、抄一郎には半ばありがた迷惑だった。けれど、江戸に出て、物は試しと四郎兵衛直伝の仕法で近郊の林を探索してみると、それなりの手間隙《てまひま》はかかったものの、「永島」や「一文字」の野生種を見つけることができた。

そして、駄目で元々と、地回りの面倒のない武家地を主にして売り歩いてみると、想いもかけないほどに声がかかり、さほど時もかからずに贔屓《ひいき》も得て、四郎兵衛のお節介に、心より感謝したのだった。

九尺二間《けん》の棟割りだった裏店を、三間《けん》と四間四方の三間《ま》取りに借り直したのも、万年青を育てる坪庭を確保するためである。最初は、店賃《たなちん》を払い続けることができるかと危惧したが、場処は江戸のどん詰まりの浅草山川町だ。客が付いてみれば、店賃を払ってもなお十分すぎる釣りが残って、これでひとまず江戸でも喰い繋いでいけそうだと、文字通り、ひと息ついたのだった。

「やってるな」

奥の座敷へ足を踏み入れて、坪庭に目をやった助松が、笑みを浮かべながら言った。

「窮してもおらんようではないか」

首を回して、座敷が三つあるのをたしかめる。

「四郎兵衛のお蔭だ」

同じ裏店に暮らす女房に頼んで買ってきてもらった聖天様の米饅頭《よね》と茶を出しながら、抄一郎は言った。独り者の三十男の世話を、女房たちはあれこれと焼いてくれようとする。すっかり女から遠ざかっている抄一郎だが、〝鬼畜〟の余韻は伝わるようだった。

「四郎兵衛はどうしておる？」

すべての知己《ちき》の消息を早く知りたいという想いを抑えて、とりあえず抄一郎は四郎兵衛の名を口にした。

「いまは、京だ」

米饅頭に手を伸ばしながら、助松は言った。助松は無類の甘党だった。

「以前から庭造りの造詣は深かったが、これを機に、京で本式に露除《つゆよけ》への路を目指すらしい」

露除は、庭師の棟梁である。

「武家は捨てるか」

　饅頭を口に入れ、これは旨いな、と言ってから、助松は続けた。

「森勘三も、武門と縁切った。とりあえず、親類の山仕事を手伝うらしい。俺もまだこうして大小は差しているが、江戸に落ち着いたら二本とも売って、釣竿などをつくって凌《しの》いでいくつもりだ。もう、武家はいい」

　助松の作る釣竿と針の見事さは、国はもとより、釣りの盛んな隣国でも評判だった。釣術家としても卓越した助松ならば十分に、江戸の釣竿師としてやっていけるだろう。

「やはり、一揆だ。凄《すさ》まじいものだな、一揆というのは」

　遠い目をして、助松は言った。

「この国のどこにこれだけの数の百姓がいたのかと、唖然とするほどの人垣が御城を取り巻いてな。御城が揺り動かされるかと思うほどで、七百名ばかりの武家など物の数ではなかった。それに、人が増えるほどに、みんな怖気《おじけ》づいてな。次から次と御城を抜け出て、残ったのは百人もいたかどうか。もう、最後はなす術《すべ》もなくなって、百姓たちにされるがままだった」

　また一つ、米饅頭を喰ってから、助松は続けた。

「あの光景を目の当たりにするとな。武家もまた、藩札のようなものであることが軀で分かる。ま、藩札は真面目にやりさえすればまだ備え金があるがな。武家のほうは、自らはなにも作らずに、ただ威張りくさっているだけで、その裏付けはなにもない。国を担っているのは百姓で、武家はただ間借りをしているだけなのが、はっきりと見えるのだ。情けないものだぞ、抄一郎。自分たちが、ただの穀潰《ごくつぶ》しだと突き付けられるのは。ああして国を失ってみると、もう一度禄を得ようなどとはさらさら思わん。もう、まっぴらだ」

抄一郎が欠け落ちて二ヶ月後、藩は新たな版木をつくらせて藩札の十割刷り増しを断行した。結果は悲惨だった。すべての札場で取り付け騒ぎが起き、慌てて正貨との引き換えを停止すると、あいだを置かずに城下での打ち壊しが始まった。

僅《わず》かな稗《ひえ》を分配するだけで、年貢の米の徴収は強行するという失政も手伝って、これに村々が呼応し、一揆は国全体に広がる。たちまち、御公辺の知るところとなり、藩は一揆を治められなかった責めにより、異例とも思える迅速な決定で改易となった。

時は、宝暦五（一七五五）年である。御当代様は、八代徳川吉宗公の次の、家重《いえしげ》公だ。果敢な将軍だった吉宗公の二十九年の御代《みよ》でさえ改易は七家にすぎず、しかも、このうち五家は嗣子《しし》がいなかったことによる除封《じょほう》だった。懲罰による改易は僅かに二家である。温厚で知られる大岡出雲守忠光《おおおかいずものかみただみつ》が側用人となった家重公の御代《みよ》もまた改易はごく少なく、すぐに江戸の巷《ちまた》でも知られるところとなった。

とはいえ、江戸にいながら分かるのは、改易の事実と、御藩主並びに主だった重臣の処分のみである。御藩主は親類筋の大名家に御預けで、筆頭家老の松永重蔵が切腹となったことは伝わってきたが、それ以外のことは一切分からなかった。

「松永家老は腹を召されたようだな」

抄一郎は言った。まずは、ひと通り、知るべきことを知っておきたかった。

「いや、切腹ではない」

即座に、助松は答えた。

「事が重大で、影響が大きいゆえ、御公辺が伏せているのだろう。事実は、屋敷にいたところを鉄砲で打たれた上、火を放たれた。百姓たちが鉄砲を隠し持っていたのだ。となれば、一揆は一藩の事件にとどまらず、天下の泰平を揺り動かす。御公辺が即刻動いたのも、鉄砲が関わっていたからだ」

「鉄砲……か」

武威《ぶい》は、武家の唯一の拠《よ》り処である。だからこそ、慶長から百五十余年が経ったいまでも、ずっしりと重い大小を差し続けている。逆に言えば、泰平の時代の大小は、武家の統治の裏付けがいまだに武威しかないことを表わしてもいた。百姓の持つ鉄砲は、世の中の成り立ちの礎《いしずえ》を崩しかねなかったのである。

「そのとき、長坂甚八も松永家老の護衛で屋敷に詰めていたようだ」

「甚八が！」

真っ先に聞きたかった者の名を、助松のほうから口にした。

「どうなったかは分からん。なにしろ、まさに火中《かちゅう》だったからな。家に戻られていた末娘の珠絵様を救い出して、どこぞへ逃れたという話も洩れ聞くが、はて、どうなのか……。いずれにしても、松永家老の家族の女たちは処払いで、甚八も追って切腹の沙汰があったから、国元にはいられまい。甚八のほうは随分な火傷を負っているとも耳にしたが……とりあえず、どちらも落命したという話は伝わっていない」

「そうか」

なにをどう、考えてよいやら分からなかった。もしも、改易の理由が一揆だけであれば、甚八まで切腹に問われることはなかっただろう。たまたま、天下の泰平に亀裂を入れかねない鉄砲が絡んでいたから、藩札掛までが切腹を命じられたのだ。

それでも甚八ならば、けっしてその裁可を不服と思わなかっただろう。抄一郎が国を欠け落ちた夜、甚八は己の信念において藩札刷り増しを是とすると言い切った。一揆は、その刷り増しを契機に火が点《つ》いた。元々、常に死に場処を探していた男だ。おそらくは、御公辺から命じられるまでもなく、自裁を選んでいたにちがいない。

その甚八が国を出たのは、珠絵を助けなければならなかったからだ。炎をものともせず、あの珠絵を火中から救い出して、共に逃れた。それが甚八にとってよかったのか、そうではなかったのか、抄一郎には分からない。けれど、抄一郎は、よかったのだと思うことにした。そして、とにかく、甚八の火傷が癒えていることを祈った。

「いいか。残り一つだが」

助松が手を両膝に置いて言う。六つあった米饅頭は、いつの間にか、五つがなくなっている。

「むろんだ」

抄一郎は甘味を好まない。

「抄一郎のほうは……」

目尻を下げて、最後の饅頭を頬張りながら、助松は言った。

「この先どうするつもりだ。このまま、万年青商いを続けていくのか。それとも、仕官を目指すのか」

「仕官は望まぬ」

間を置かずに、抄一郎は言った。僅かなあいだに、もう宮仕えは願い下げだと思わされることが多すぎた。

「聞くまでもなかったな」

助松が言った。

「俺たちは国を失ってはじめてこんなことを言っている。国が残っていたら、いまだにしがみついているかもしれん。佐島五人衆などと言われながら、自ら家禄を捨てたのは抄一郎だけだ。すべてをお前におっかぶせて済まんと思っている。四郎兵衛と勘三からも、抄一郎に会ったら幾重《いくえ》にも詫びてくれと頼まれた。まことに相済まん」

助松は深く頭を下げた。

「よせよせ。そんなことをされる謂れはない」

助松の肩に手を掛けて、抄一郎は言った。

「助松、俺はな、最後の最後まで、ほんとうに国が壊れると思っていなかったのだ」

　上がった助松の顔を見て、続けた。

「江戸にいて改易の噂を聞いても、噂に過ぎんと聞き流していた。むろん、無傷でいられるはずもないが、改易で消えてなくなるとは夢想だにしなかった。いや、なくなってみてはじめて、国はほんとうに壊れるのだと気づいたほどだ」

「抄一郎もか」

　目を見開いて、助松が言った。

「実は、俺もだ。さっき、唖然とするほどの百姓の人垣で、御城が揺り動かされるかと思うほどだったと言ったがな。そんなときでも、国がなくなるとは思っていなかった。ずっと続くことをいささかも疑わなかった。まさに、抄一郎の言うとおりだ。なくなってから、国とはなくなるものであることが分かった。しかし、自ら欠け落ちた抄一郎なら見通していたのだろうと思っていたのだが、やはり、そうか」

「ああ。壊れるのを阻止できなかったという点においては、俺とてなにも変わらん」

「いや、そうではない。抄一郎は版木を持ち出したではないか」

「崩壊を僅かに遅らせただけのことだ。ほんとうに、なにもできなかった。だからな、たとえ浪人でも、いましばらく武家でいようとは思っている。武家がなさねばならぬことを、せねばならぬとは思っている」

「武家がなさねばならぬこと……？」

目が、どういうことだと問うている。

「いまはまだ、それがなんなのか分からんがな」

ふっと息をついてから、抄一郎は続けた。

「藩札掛をやっていて、もっと、なにかできることがあるのではないかと、ずっと気にかかっておった」

「やるべきことを、やっておらなかった、ということか」

「そうだが、そのやるべきことというのが分からん。だから、分かりたい。この、なんとももやもやしたものを、なんとかしたいのだ。ただひとつ分かっているのは、ああなってしまってからではもう遅いということだ。ああなる前に、なんらかの手を打たねばならなかった」

「それをやれば、武家が穀潰しではなくなるか」

「穀潰し、な」

そう、言葉の音をなぞってから、抄一郎は言った。

「そうであらねばならぬと思っている」

想えば、激流のような六年間だった。

僅か六年だが、振り返れば、数倍にも感じられる、濃密な時を過ごしてきた。元はといえば、国のことなどなにも考えず、〝ムサシ〟として、〝鬼畜〟として、日々をやり過ごしてきた抄一郎だからこそ、この濃密な時のなかで、考えざるをえなかったことがある。

武家が国の成り立ちにおいて、果たすべき役割についてである。かつてなら、そういう流れになりかけただけで、うんざりとした顔を浮かべ、そそくさと席を外していた話だ。

なにも考えなかった武家が、さまざまに考えを巡らせてみれば、助松の言うように、いかにも武家は穀潰しだった。

が、藩札掛に回り、佐島兵右衛門を知ったことで、ただの穀潰しではないとも思えるようになった。それどころか、国の成り立ちの軸となりうるのは、やはり、商人でも百姓でもなく、武家しかありえないと信じるに至った。

経世において、いまや商人の果たす役割はすこぶる大きい。藩札でも、三井組が札元になれば流通が確保されるように、人々は大名家よりも豪商に信を置く。抄一郎もその力を認めざるをえず、あるいは商人こそ新たな時代を担うのかもしれぬと、主に西国の、豪商が札元となった藩札の事例を調べた。

もはや、大名家による国の成り立ちを見切った豪商が、力を発揮できる経世の面から、国の枠組みづくりに踏み切ったのではないかという、仮の説を組んでみたのである。

しかし、それはちがった。彼らはたしかに札元として藩札に名を刷られていたが、実際に仕組みを動かしていたのは、やはり藩だった。

豪商は藩に備え金のための金を貸して、利子を取っており、その金貸し商いをたしかなものにするために、名前を貸していただけだったのである。

そこには、経世の面から国の成り立ちを担うという志はまったく窺《うかが》えなかった。あくまで、そのままにしておけば眠ってしまう金に、利を生ませるための札元だった。

経世における力の大きさと、志の小ささ……それが、商人の特質である。抄一郎もそう推し量ったように、人は、力が大きければ、相応の志を備えていると思いたがる。けれど、それは願望にすぎない。逆に志が小さいからこそ、力が大きくなるとも言える。行き過ぎを押しとどめる、重石《おもし》がないからだ。

利を生むための視野の広さを、国の成り立ちを考える際の視野の広さと混同してはならない。二つはまったく別物であり、そもそも見ている景色がちがう。

百姓は、可能性がある。とりわけ、幾つかの藩にまたがる多くの村々を、郡の単位で束ねる郡中惣代《ぐんちゅうそうだい》のなかには、なまじの大名では及びも付かぬ志と見識と智慧を兼ね備える者がいる。

なかでも、転封によって繁く領主が替わる国には、特に秀でた惣代が出る。所詮は腰掛けの領主に頼れぬため、百姓自ら国の成り立ちと向き合わざるをえないからだ。

とはいえ、そうした英傑は、やはり例外と言わざるをえない。それに、在方《ざいかた》で目立つようになった豪農は、しばしば豪商と重なる。

ただ、田畑を耕すだけでは、いつまで経っても百姓は豪農になれない。貸金や貸家、肥料などの商いに乗り出すことによって、豪農となっていく。豪農の収入のあらかたは、商いから生み出されており、つまりは、豪商に言えることが、豪農についても言えてしまう。

そして、どんなに商人や百姓に甘く考えを進めても、武家にできて商人や百姓にできぬことが、一つだけ残る。

死ぬことだ。

これまで前例のないことを実現しようとすれば、抵抗は凄まじい。いわゆる守旧派であるとか、門閥重臣に限ったことではない。変革によって利を得る一部の者を除けば、皆が皆、馴れ親しんだ仕組みを変えようとはしない。

それぞれがそれぞれの正論をつくり出して、抹殺にかかる。革新を成し遂げようとする者は、昨日までは味方だった者たちも含めて、全員を敵に回すと覚悟しなければならない。

藩札を板行するか否かを諮《はか》る会議で佐島兵右衛門がそうであったように、これを乗り越えるには、死ぬ覚悟を固めるしかない。

犬死にになることも多々あろうが、しかし、ほかに路はないのだ。むしろ嬉々としてそこに死に場処を見つける者のみが、皆が抱き続ける現実という守り札を打ち破ることができる。

助松は、武家の統治には裏付けがないと言った。藩札のような備え金がないと言った。

けれど、裏付けはある。

武家の備え金は、死に親しむことだ。

さまざまな裏付けが武家から失われようと、この備え金だけは、各々《おのおの》の覚悟ひとつでいつまでも守ることができる。

死に憧れ、常に死に場処を求めている武家のみが、いまや変革なしには望みえない、国の成り立ちと向き合うことができる。

だからこそ抄一郎は、藩札掛を武家にしかなしえない御勤めと信じた。常にその覚悟を忘れずに、務めてきたつもりだった。

しかし、覚悟に見合った成果が上がったかと自らに問えば、否、と答えざるをえない。

なるほど佐島札は、異例ともいえる速やかさで流通した。

商いは膨らみ、城下や在町《ざいまち》の街並みには活気が出て、抄一郎たちは佐島五人衆と持ち上げられた。国境を接する幕府御領地や隣国の一部でも使われ出したときは、それなりの苦労を積み重ねたこともあって、人並みとはちがうことを成し遂げたという感慨を味わったりもした。

とはいえ、そうした積み重ねも、宝暦の飢饉の前には無力だった。異例の成功とはされたものの、力を発揮すべき救荒《きゅうこう》対策において、なんの役にも立たなかったことは厳然たる事実である。藩札板行から五年が経っていたにもかかわらず、御城の金蔵に、飢饉を乗り越えるに足る金は蓄えられていなかった。

それが抄一郎には、どうにも納得がゆかなかった。

たしかに国は、藩札の十割刷り増しを強行したことによって崩壊した。抄一郎の決定とは異なる動きに出て、一揆を招いた。だからといって自分に、罪がないわけではない。

刷り増しによって崩壊が早まったのは事実だろうが、刷り増しをしなかったら崩壊しなかったとは言えない。もしも、あのまま抄一郎が藩札頭の席にあっても、崩壊が少し遅れただけだったことは十分に考えられる。

なぜか。なぜ、佐島札は国を大元から立て直すことができなかったのか……。

渦中にあるときは分からなかったが、江戸に逃れて、国を遠く離れてはじめて、見えてきたことがある。

ひとことで括れば、覚悟に仕法が伴わなかったのだ。有り体に言えば、未熟だった。高い志を現実にするための手立てが、整っていなかった。

あるいは、兵右衛門とて、それを分かっていたのかもしれない。あるべき解を見つけるためにも、とにかく仕組みをつくり、実際に動かして、実践のなかから学びつつ成熟させていくつもりだったのかもしれない。

もしも兵右衛門がもう十歳若かったら、そういう絵図が現実になったことは大いにありうる。兵右衛門はどこまで、国を大元から立て直す仕法に近づいていたのだろうか。

いまでも抄一郎は、折りに触れて佐島札の版木を取り出す。顔料が染み込んだ、使い込まれたそれは、早くその仕法を見つけろと催促しているようにも見える。

抄一郎自身、それを見つけなければ、藩札掛の御勤めを終えることができない。その仕法に辿り着いてはじめて、抄一郎の藩札掛は完結する。

問題は、その仕法を、どのようにして見つけるかである。このまま万年青商いを続けながら辿り着けるのか、それとも仕法を見つけるための仕法をつくり出さなければならないのか。いまはまだ、それさえも分からない。

分からないからこそ、常に念じていなければならないと、抄一郎は思う。強く念じ続けていれば、少なくとも、解に通じているかもしれない戸を、見逃すことだけはあるまい。

そう心掛けて、日々、抄一郎は万年青商いに出かけていった。目では万年青の客を、気では解への入り口を探しながら。

◆◆◆

垣内助松はそのまま抄一郎の裏店に居着いて、結局、七ヶ月余りを過ごした。その間に作った釣竿はすぐに評判を呼び、とりわけ冬場の寒鯥《かんたなご》釣りのために拵《こしら》えた桟取《さんとり》竿《ざお》は江戸の粋人《すいじん》たちの話題をさらった。

「抄一郎。ちょっと、こいつを見てくれぬか」

ある日、助松が掌《てのひら》に収まってしまうほどの細く短い竹筒を手にして、悪戯《いたずら》っ子のような笑みを浮かべながら言ってきた。

「なんだ、それは」

助松がつくったのだから釣竿なのだろうが、しかし、どう目を凝らそうと釣竿には見えない。なにしろ、長さは僅かに二寸（約六センチ）だ。

「穂先《ほさき》を引っ張ってみろ」

言われるままに、ちょこんと覗いた出っ張りを引いてみると、するすると延びて一尺半（約四十五センチ）ほどの振り出し竿になった。数えてみれば、六本の入れ子づくりになっている。それにしても一尺半だ。子供用にしたって小さい。

「こう持つのだ」

助松はその小さな竿を手に取ると、親指と人差し指、中指の三本で、箸を持つように摘《つま》んだ。

「江戸の釣り師のなかでも、とんがった連中が、竪川《たてかわ》や木場《きば》辺りの筏《いかだ》で真冬の鱮《たなご》釣りを始めているそうだ。いろんな遊びを味わい尽くした、粋人とやらが多いらしい。ところが、この釣りに合う竿がないと聞いた。まだ、ちらほらで、数は出んだろうが、おもしろそうだから、つくってみた」

「それにしても、短いな」

「寒鰱というのは、すこぶる淡い魚らしい。なにしろ、豆粒みたいな魚体だ。当然、口も小さくて、餌を吸い込む力が弱い。魚なのに長くは泳げない。元々、生きる力が淡いのだ。その元々淡い鰱が、冬を迎えて、ますます動きが抑えられ、魚信《あたり》もあるかないかになる。だから、釣る竿も、元から撓《しな》る元調子がいいんだが、これまでは二、三本を継いだ先調子しかなかったそうだ。で、六本の入れ子で一尺半をつくってみた。どうだ、元から大きく撓るだろ」

助松はさも自慢気に、くいくいと竿を振った。扱うものは変わったが、新しいことにすぐに飛びつくところは、国にいた頃となんら変わらなかった。助松によれば、釣りというのは、常に新しいやり方を繰り出さないと、魚に気取《けど》られてしまうということだった。

秋も半ばになった頃には、もう助松は注文をこなすのに手一杯の状態で、最初に公言したとおり、大小も売り払って、すっぱりと、浪人、垣内助松から、釣竿師、助松になった。そして冬の初めには、居候暮らしにも別れを告げ、釣道具屋の集まる本所の竪川に、江戸で初めての自分の居を構えた。

共に暮らしていたときも、せっせと手を動かし続ける助松の背中に、ふと、目をやると、藩札掛の御用部屋に詰めていた頃がいかにも遠くに感じられたものだった。抄一郎が国を欠け落ちてから一年ちょっとしか経っていないにもかかわらず、すべては、もうはるか昔に終わったことのように感じられた。

離れてみれば、いっそうその想いは深まって、あるいは、もう自分も、想いを切って昔の自分と訣別し、新たな路を探るべきなのかと思ったりもした。あるいは、自分が藩札に拘《こだわ》るのは、見知らぬ世界へ踏み出す気概が足りないだけなのかもしれぬとさえ思った。

が、そうはいっても、佐島札の版木を処分する気には毛頭なれず、逆に、取り出すたびに、いや、やはり、あの大元から国を立て直す仕法に辿り着かない限り、終わるに終われぬと、あらためて強く覚悟した。版木はまるで、抄一郎の守り札のようだった。

助松が浅草山川町を出る頃と前後して、抄一郎のほうにも変化があった。

それまで抄一郎が万年青商いをしていた土地は、浅草阿部川町《あべかわちょう》から元鳥越町《もととりごえちょう》にかけての、中下級の旗本が集まる界隈だった。浅草山川町からは近くでもあったし、なにしろ所詮は素人の万年青だから、大番組組屋敷のあるその辺りが、自分の身の丈に合っていると踏んだのである。

ある日、いつものように、元鳥越町にある、贔屓の一人である深井藤兵衛の屋敷に出向くと、ひとしきり、万年青の話に興じた後で、愛宕下《あたごした》に屋敷を構える旗本を紹介された。

「同じ旗本といっても、向こう様は三千石級の御大身《ごたいしん》だ。御家の格式は大名家と変わらねえ」

江戸侍らしく、藤兵衛は伝法《でんぽう》な喋り方をした。

「現に、親戚筋には、大名家が幾つも名を連ねている。ま、ちっとばかし、気い遣《つか》ってくんな」

正直を言えば、気が重かった。浅草山川町の裏店暮らしの独り者だ。これ以上、大稼ぎする必要もない。それに、自分の育てる万年青は、わるいものではないが、けっして傑出しているわけでもない。そんな大身旗本ならば、名の通った『連』から凝った鉢が幾つも届いているだろう。抄一郎は頭のなかで、遠慮する言葉を探し始めた。

藤兵衛が再び唇を動かしたのは、そのときだった。

「もう、先様とは話を通じてあるから、行ってもらわなきゃあ、こっちが困る。お主も、禄《ろく》を食《は》んでいたのだから、察しもつこうってもんだが、万年青の好事《こうず》を通じて、そちらの御家と繋がりを持ちたいのよ」

どうやら、話は藤兵衛の儲け話と絡んでいるようだった。

「なに、会うっていったって、むろん殿様なんかじゃねえ。殿様にお目にかかったって仕方ねえ。こっちが繋がりたいのは、もっと細々とした御用に絡んでのことで、つまり、実際に動かしているのは殿様なんかじゃなく御用人だ。お主も御用人と会う手筈になっている」

浮かびかけていた、遠慮の言葉が引っ込んだ。藤兵衛には贔屓のなかでも特に懇意にしてもらっている。そういうことなら、呑まぬわけにはいかない。しかし、そうはいっても、向こうがこっちの万年青を気に入らなかったら、どうなるのだろう。逆に、災いが藤兵衛のほうに降りかかってはこぬかと気に懸かった。

「万年青の出来についちゃあ、心配しなくたっていい。向こう様も、お主の万年青が『連』のものとはちがうってことは、百も承知だ。逆に、どうちがうのかに興味を持たれておる。駄目で元々。お眼鏡に適《かな》わなかったからって、気に懸けるこたあない。

言ってみれば、座興だ」

座興……かと、抄一郎は思った。危惧は消えたが、代わりに、若干の気落ちを覚えた。自分が万年青商いにも微かな自負を抱いていることに気づかされて、人とは厄介なものだと思ったとき、藤兵衛が続けた。

「それに、俺は、お眼鏡に適わぬことはねえと観ている」

思わず、藤兵衛の顔に目が行った。

「俺の観る限り、お主の万年青と『連』の万年青に、さしたる差はない。むしろ、どこで見つけてくるのか知らんが、お主の万年青には、『連』のものにはない力強さがある。必ず、とは言わねえが、おそらくは、気に入っていただけるはずだ。さもなきゃあ、俺だって紹介なんかできねえ」

それから五日後の昼八つ（午後二時）、抄一郎は取って置きのひと鉢を携えて愛宕下へ向かった。

浅草は江戸の東に、そして愛宕下は西に位置している。抄一郎は、愛宕下を含めて、まだ江戸の西に足を踏み入れたことがなかった。神田川さえ越えたことがなく、その日、裏店のある浅草山川町から元鳥越町、茅町《かやちょう》へと足を進めてきた抄一郎は、初めて神田川に架かる浅草橋を渡った。

橋を渡ってすぐの見附門を潜れば、そこが両国橋西詰めの広小路であることは知っていた。その両国広小路が江戸随一の盛り場であることも知っていた。けれど、突如、目の前に広がった空間に足を踏み入れて、押し寄せる熱気に包まれてみれば、あらかじめ頭に入っていたことなどすべてふっ飛んだ。

初めて下谷広小路へ行ったときも驚かされたものだが、目の前の凄まじい賑《にぎ》わいとは比ぶべくもない。河岸《かし》には水茶屋が貝殻のようにびっしりと貼り付いて、もはや川面は見えなかった。向かいには、誇らしげに楼を聳《そび》えさせた芝居小屋や見世物小屋が押し合うように建ち並び、赤や黄や緑の幟《のぼり》を数え切れぬほどに翻《ひるがえ》らせて、冬晴れの真っ青な空を隠さんばかりだ。

小屋の前の看板を見れば、軽業《かるわざ》、手妻、浄瑠璃、はたまた女相撲や蟹娘《かにむすめ》、熊女……なんでもある。そして、なによりも呆気にとられるのは、湧き上がるような人の波だ。数の多さも凄ければ、路往く人の顔にも驚かされる。どの顔も気持ちの羽目を取り払って、祭りの気分にどっぷり浸っている。ここでは、一年のすべての日が祭りのようだ。

度肝を抜かれつつも、なんとか人波のあいだを縫って、西の江戸に通じる馬喰町《ばくろちょう》に分け入る。

ひと息つけるかと思ったが、広小路を背にしても喧噪《けんそう》は消えない。路の両側には隙間なく旅籠《はたご》が並び、人の往来が絶えない。最寄りの郡代屋敷に用のある公事客《くじ》や、隣の横山町《よこやまちょう》の小間物問屋や呉服問屋に、地方から商売物を仕入れに来る客が集まってくるのだ。旅籠のあいだには、そうした客目当ての土産物屋も目立って、こっちはこっちで沸き立っている。

馬喰町の四丁目から一丁目へ、あちこちに目を動かしながら歩を進めるにつれ、抄一郎はいったい自分はなにをしてきたのだと思った。

金を行き渡らせる、大きな井戸を目にしなければならないと覚悟して、江戸に出てきたはずだ。にもかかわらず、一年ものあいだ、江戸を煮詰めたような両国橋にも馬喰町にも、足を向けようとしなかった。

たしかに、住処《すみか》探しやら凌ぎの工面やら、暮らし廻りの算段をするだけで、一年などあっという間に過ぎた。しかし、理由はそれだけではあるまい。こうして、冬をも押し退けるような賑わいのなかに身を置いてみれば、常にぶんぶんと唸りを上げているこの都の熱気に気圧《けお》され、自分が縮こまって暮らしてきたことは明らかだ。

これではいかん、と抄一郎は思った。これでは、国を大元から立て直す仕法に通じる戸になど、出会えるわけもない。探している気でいて、その実、遠ざかっていたのだ。いつの間にか、己の身の丈《たけ》を、小さく、小さく見ようとしていた。しっかりと身の丈を伸ばして、大きな目を持たなければならない。

まだ、どこかに残っていた気の重さを、抄一郎は振り払った。三千石級の大身と聞いたとき、思わず気後れした自分を恥じた。三千石級の大身ならば、解に通じる戸はあちこちに配されているはずだ。こっちから進んで、門を叩かなければならない。抄一郎は大きく、足を踏み出した。ふと見上げた冬空が、さらに青く、澄み渡って見えた。

江戸に出て暮らしてみると、江戸の町人が旗本に愛着を寄せているのがよく分かる。御直参《ごじきさん》であることもさることながら、やはり、その様子のよさが、彼らの気っ風《きぶ》に合うのだろう。

当然のことながら、旗本はその家臣を含めて、皆、江戸育ちだ。大名一人が君臨する地方育ちの武家は、どうしてもお山の大将になりがちだが、全国から二百八十余の大名が集まるこの都に生まれ育った武家は、ごく自然に練れてくる。あらゆる遊びに不自由しない江戸の水に洗われて、すっと肩の力も抜けている。両者の様子を比べれば、江戸育ちに贔屓したくなるのも無理はない。

加えて、大身旗本ともなれば、内証にも余裕がある。千石単位の家禄を持つ旗本は、最も幸せな領主と言えるかもしれない。一万石を越える大名と比べれば、彼らが負担する御公辺への御奉公は格段に軽い。なによりも、江戸在府の彼らには、藩の内証を最も傷める参勤交代がない。五千石の旗本と、一万石の大名のどちらかを選べと言われたら、おそらくは旗本を選ぶ家のほうが多かろう。

深井藤兵衛から紹介を受けた三千二百石の旗本、西脇淡路守頼信《にしわきあわじのかみよりのぶ》の愛宕下の屋敷にも、そうした大身旗本ならではのおおらかさが随処に漂っていた。

万年青を手にした浪人が玄関に立って案内を乞うても、応対に出た若侍の目はなんら不審の色を浮かべない。見下したような様子もさらさらない。「承《うけたまわ》っております」と至極ふつうに言ってから、先に立って座敷へ導いた。

広い庭に面した座敷に通されると、すぐにお茶が出た。急に喉の渇きを覚えて、茶碗に手を伸ばした抄一郎に、若侍は言った。

「用人の深堀勘蔵《ふかぼりかんぞう》が拝見する手筈になっておりますが、前の御用の始末が長引いておりますれば、いましばらくお待ち願いたく存じます。その間、もしよろしければ庭など散策ください。どこを見ていただいても構いません。それでは、手前はこれにて失礼いたします」

そのまま、しばし待ったが、用人は姿を現わさない。馬喰町での覚悟も新しい抄一郎は、迷うことなく庭に降りた。

いかにも大身旗本の屋敷らしい広大な庭は、定石どおりの造りになっている。奥山から発した水の流れが、野を巡って海に至る見立てになっていて、随処に、仏教の三尊仏《さんぞんぶつ》に習って主石《しゅせき》と添石《そえいし》を組み合わせた巨大な三尊石が配されている。思わず、京へ庭造りの修業に行っているという鈴木四郎兵衛のことが思い出され、見立てを逆になぞって庭を巡った。

耳が、気合いを発する声を捉えたのは、奥山の頂きに登ったときである。思わず、声のした方向をたしかめると、やや離れた場処に道場らしき建物が見えた。通された座敷に目を戻してみれば、まだ用人の姿はない。足は躊躇《ちゅうちょ》なくその建物へ向かった。

近寄ってみれば、やはり、そこは道場で、板壁に抜かれた小さな窓から覗くと、六、七人の武家が稽古に励んでいる。面、籠手《こて》を着け、竹刀を手にしているところを見ると、近頃、めきめき頭角を現わしている長沼《ながぬま》道場の直心影流《じきしんかげりゅう》なのだろう。

これまでのように、あらかじめ流派の定めた形をなぞり、木刀による寸止めで終わる形稽古《かたげいこ》ではなく、竹刀で自由に打ち合う打ち込み稽古だ。直心影流二代目宗家、長沼国郷《くにさと》が編み出し、江戸に道場を開いて広めた。そういえば、長沼道場のある芝西久保《しばにしくぼ》は、愛宕下とは隣どうしだ。

初めて目にする打ち込み稽古の動きを追っていると、知らずに軀が疼《うず》いた。もう随分と道場から遠ざかっていて、稽古姿を目の当たりにすれば、ひとりでに軀が動きたがる。抄一郎は仕合っている一人に己を重ね合わせ、胸のうちで、そこだとか、それはちがうなどと、声にはならぬ声を上げていた。背後から呼び掛けられたのは、そのときである。

「いかがかな、当家の者たちの腕は」

振り向くと、六十絡みと見える齢格好の武家が立っていた。体軀は小柄だが、いまなお膂力《りょりょく》が強そうだ。

「これは失礼いたしました。お許しも得ずに、見入ってしまいまして」

一瞬、用人の深堀勘蔵かと思ったが、武家の様子は、小ぢんまりとはしているけれども由緒ある道場の主《あるじ》のようだった。万事をそつなくこなす、用人の像とは重ならない。

「なんの。お主もだいぶやるようだな。背中の様子で分かる。闘う背中をしておる」

あるいは、この道場に招かれている師範かと想い、さて、どう名乗ろうかと思ったとき、武家は言った。

「さ、どうぞ、入られよ。少々、手ちがいがあってな。深堀はもう少々手間取るだろう。その間、お主もここで、ひと汗かいたらよい」

そう言うと、武家は道場の戸を開け、さっさとなかに入っていった。ままよ、と抄一郎も足を踏み入れた。馬喰町での覚悟が、背中を押した。

床に上がった武家は、竹刀と面籠手を持ってこさせると、さも当然のように抄一郎に渡した。そして、言った。

「お主が修めた流派は存ぜぬが、当館では他流試合を禁じておらぬ。自由に打ち合う打ち込み稽古においては、流派の秘技が洩れる怖れがないからだ。さ、遠慮のう防具を着けられよ。先程のお主の背中には、打ち合いたくて仕方ないと書いてあったぞ」

道場のなかに入ったときから、もしも誘われたら断わらないと決めていた。躊躇せずに面籠手を着け、竹刀を握った。

初めての面籠手は鬱陶《うっとう》しく、竹刀は軽すぎた。木刀とちがい、束が丸くて刃筋も伝わらず、想うような太刀筋が描きにくい。

加えて、窓から見ていたときも気になっていたことだが、仕合う相手は上段構えで、浮き足を使った。常に、踵《かかと》を浮かせて爪先だけで立ち、いっときも居着《いつ》くことがない。

最初は戸惑ったが、五合も打ち合った頃には、急に感覚が摑めてきて、相手の隙がはっきりと見え出した。

抄一郎の構えは中段で、相手の額の真ん中に切っ先を向ける星眼《せいがん》である。抄一郎は、やはり、上段よりも中段のほうが攻守に有利であると信じている。

上段構えは攻めの剣とも言えようが、上段からの面打ちは、防御しやすい上に返されやすく、最も難しい打突《だとつ》である。合戦場《かっせんば》での闘いを考えても、すべての兵士は兜《かぶと》を冠っているわけだから、実戦的でもない。その難しい打突を敢えて選ぶのは、多分に精神修養的な狙いがあるのだろう。難しいからこそ精進するという意味筋だ。

むろん、不利な上段構えでも技倆に開きがあれば勝敗は異なったものになろうが、今日の場合は逆だった。ほとんど天分だけで梶原派一刀流の取立免状まで行った抄一郎の剣は、少なくとも、この道場にいる者の剣を圧倒しており、次の六合目、例によって上段から面打ちにきた相手の竹刀を難なく摺り落とすと、流れるように小手を取った。

次の相手は四合目で、三人目からはいずれも最初に竹刀を合わせたときに勝負あった。すべて、打突に余裕があったので、当たりを加減することもできた。竹刀とはいえ、相手の軀を痛めて、要らぬ遺恨を残したくなかった。

「見事だ」

七戦すべてを見届け終えた武家が言った。格別、感心した様子もなく、最初から予期していた風だった。

「では、座敷へ戻るか」

淡々と言い、先に立って道場を出る。そして、奥山の麓《ふもと》近くまで来ると、歩を休めぬまま、ぽつりと言った。

「お主が仕合った最初の相手な、あれは長沼道場の目録だぞ」

そのまま、すたすたと歩いて、最初に通された座敷の方向を目指した。ならば、道場の師範ではあるまい。先刻、武家が用人のことを〝深堀〟と呼び捨てにしていた口調が思い出されて、あるいは、用人よりも上の家老あたりかと思い、抄一郎は足を停めて、ともかく、名を名乗っておこうとした。武家は軽く手で制して、「それは座敷へ戻ってからでよかろう」と言った。

家侍とはいえ、三千石級の旗本の重臣ともなれば、やはり大した貫禄だと思いながら歩を進め、座敷に近づく。

まずは、残していった万年青があるのをたしかめるべく、なかに目をやると、一人の人物が座していて、武家を認めるやいなや両手を着き、深々と頭を下げた。その様子は、想い描いたとおりの用人そのままに見えた。

「用は済んだか」

武家はその人物に声をかけつつ座敷に上がり、さらりと上座に着いた。そして、抄一郎に顔を向けて言った。

「当家の主の、西脇頼信だ」

先刻から、醸《かも》し出すものがちがうとは感じており、ひょっとしたら、と想わないではなかったが、当主と見切るには当たりが柔らかすぎた。抄一郎は慌てて口上を述べた。

「奥脇抄一郎と申します。故あって浪人となり、万年青を扱っております。本日は御申し出により、一鉢携えて参上つかまつりました」

最初は二鉢持っていこうとしたが、いかにも自分が手堅くやろうとしているように思えて、選《え》り抜いた一鉢だけにした。濃い緑の葉を縁取る白い斑に、能筆《のうひつ》の書のような、覚悟の漲《みなぎ》る勢いがあった。はたして気に入ってもらえるだろうかと、気を巡らす抄一郎に、頼信は言った。

「奥脇抄一郎殿というのは、あの佐島五人衆の奥脇抄一郎殿だな」

一瞬、言葉の意味が伝わらず、ただ頼信の顔に見入った。

「深堀から本日、お主が見えられるのを聞いてな、待っておったのだ」

「は……」

「当家の親戚筋が藩主を務めておる、さる藩が藩札を出そうとしておってな。親密藩などに問い合わせてはみたのだが、腹に落ちる答が返ってこない。どうにも困っている様子を知って、伝え聞いていた佐島五人衆筆頭の奥脇抄一郎の名を思い出した。その奥脇殿が今日、来られるという。それで、手ぐすね引いて待ち構えていたという次第だ」

そこまで言うと、頼信は顔を崩して続けた。

「版木を持ち出して国を欠け落ちたという気骨《きこつ》がまた、なんとも頼りがいがあるではないか」

江戸に居着いている旗本がなんでそこまで自分のことを知っているのか、見当もつかなかった。佐島五人衆の評判など、たとえ届いたとしても、せいぜい近隣の国までだろう。

「藩札の界隈では、奥脇抄一郎はとっくに知られている名のようだが、去年の滅多にはない改易の絡みで、儂のような勘定とは縁のない者の耳にまで入ってきたのだ。お主には申し訳ないが、興味を引かれて、目付筋から話を仕込んでみたら、ますます関心が湧いてな。それで、覚えていたのよ」

こんなことがほんとうにあるのだと、抄一郎は思った。

「しかし、話には聞いていたが、剣のほうも見上げたものだ。儂も少しは覚えがあるので、初めは、ひとつ手合わせしてみようかとも思っていたのだが、やめた、やめた。そっちのほうも、また、ひと汗かきたくなったら、いつでも遊びに来てくれ」

そうして抄一郎は、藩札板行指南の、最初の一歩を踏み出したのだった。

◆◆◆

後日、西脇頼信が口にした親戚筋の藩の江戸屋敷に出向いて、直《じか》に顔を合わせてみれば、話は少しちがっていた。

「実は、これなのでござるが……」

担当の勘定掛が抄一郎の前に置いた一枚の紙は藩札のようだが、すっかり擦《す》り切れており、貨幣の体《てい》をなしていない。

「紙の質が悪いらしく、すぐにこのようになってしまいます。このため流通に支障をきたし、藩札を中断せざるをえなくなりました」

その藩はこれから藩札を出すのではなく、すでに出していたのである。

「されば、どのような紙を用いればよいのか、お教え願いたい」

それに、藩札板行の仕組み全体の相談ではなく、札そのものをどうつくればよいのかという相談だった。

「また、これまでの藩札には偽札の心配もあるので、再開するにあたっては、透かしを入れ、紋様も然るべく一新したいと存ずる」

藩札の相談としては初歩とも言えたが、抄一郎は誠心誠意、要望に応えた。初歩であろうとなかろうと、いま、問題が現実にあって、藩札の流通を妨げていることに変わりはない。

それに、国を大元から立て直す仕法へ通じる戸は、どこに隠されているか分からなかった。必ずしも難しい問題のみが示唆《しさ》に富んでいるわけではない。意外にも、初歩の問題のなかに、潜んでいるかもしれない。抄一郎は寄せられる相談に、分け隔てなく応えた。

実際、初歩の問題のなかには、重要な意味を孕《はら》んでいるものが少なくなかった。たとえば、最初にどのくらい藩札を刷るか、である。

「こんな簡単なことをお尋ねして、はなはだ心苦しいが……」

藩札板行の仕組みについて相談に来る者の多くが、そう切り出す。藩札を出そうとする限り、どの藩でも必ず初めに突き当たるのがその問題だ。

「いえ、けっして簡単ではありません」

抄一郎は厭《あ》きることなく答える。

「むしろ、すこぶる大きな問いかけと言ってよいでしょう」

藩札を刷ろうとするあらかたの国は、板行の効果を最大限に発揮させるため、藩札のみを流通させる専一《せんいつ》流通を図ろうとする。

正貨の使用を禁じて、領内のすべての民が持つ正貨を、藩札に替えさせるのである。畑作作物など金納の年貢も藩札で納めさせて、誰もが藩札を用いざるをえないように仕向けていく。

「これを進めていくと、終《しま》いには、すべての正貨と藩札が置き換わって、藩の金蔵には、領内にあったすべての正貨が集まることになります」

抄一郎は、すこぶる重要な初歩を説く。

「逆に言えば、最低限、正貨と同額の藩札を刷らなければ、領内にあるすべての正貨を集めることはできないということでもあります」

このあたりで、質問した者は、ほぼ一様に食いついてくる。

「とはいえ、最初に藩札を板行する段階では、まだ領内にどのくらいの正貨があるかは分かっておりません。つまり、どれだけ刷れば正貨を集め切れるのか、分かっている者は誰もいないのです」

そこを押さえれば、後の話は早い。

「さらに、正貨と藩札が同額では、なんのために藩札を刷るのか分かりません。これまでの例で言えば、藩札は正貨のおよそ三倍出回らせるのが相場です。ということは、つまり、領内に正貨がいくらあるのか分からない限り、藩札の総板行額も決められないということになるわけです」

最初にどのくらい藩札を刷るかという初歩の問題は、そのまま、いま領内にはどのくらいの正貨があるのかという、あらゆる仕法の基礎となる、重要な問題でもあるのだ。

「ですから、さらに逆を言えば、藩札を板行して専一流通を徹底すれば、これまでは藪《やぶ》のなかだった領内正貨の総額が特定できることになります。これまで、あてずっぽうと前例で繰り出していた仕法を、正しい前提を基にして組み立てることができる。藩札には、支払い手段の枷《かせ》を解き放つという本来の目的のほかにも、実は大きな見返りがあるのです」

そのように初歩でありながら難しい問題がある一方で、少し考えれば誰でも分かりそうな容易な問題が、見逃され続けている例も珍しくなかった。

ある西国の藩では、なかなか専一流通が実現しないという問題を抱えていた。

「御国は、播磨灘《はりまなだ》に面していますね」

藩の名を聞くとすぐに、抄一郎は言った。

「いかにも、播磨灘は城からも見えますが、それがなにか？」

「西国街道《さいごくかいどう》も、領内を貫いているのではありませんか」

「そのとおりですが……」

それだけたしかめれば、もう、話を聞くまでもなかった。

「御国では、そもそも専一流通は無理です」

播磨灘は、播磨国のみならず、淡路や讃岐、阿波などの国々を結びつける内海《うちうみ》である。当然、領外と日常的に舟で繋がっている。加えて、下関《しものせき》に至って小倉《こくら》へと続く西国街道《さいごくかいどう》まで領内を串刺しにしている。そのように、商いが領外に対して開きっ放しになっているような地域では、常に正貨が必要になるため、元々、藩札の専一流通は不可能なのだ。

「藩札を板行するなら、正貨と藩札との棲み分けを見極めて、自分の藩に合った混合流通を目指さなければなりません」

ここから疑わなければならないのは、その藩における藩札板行の体制である。詰まるところ、組織であり、人だ。

他国の者でさえ、地図を一瞥《いちべつ》すれば、専一流通が不可能なことは分かる。それが分からないのは、考えることを知らないか、やる気がないか、やる気が持てないか、あるいは、そのすべてかである。

そういう人と組織に任せていれば、いくらだって失敗を積み重ねる。

西国の藩の担当者は、抄一郎が専一流通が無理な理由を説き終えると、「なんだ、そんなことですか」と言った。「そんなこと」ではないのだ。「そんなこと」のなかに、失敗の大元が巣くっている。

だから、抄一郎は、どんな「そんなこと」にも正面から向き合った。それが評判になって、御勤めが御勤めを呼び、明くる宝暦七（一七五七）年にはもう、万年青を商いではなく、好事《こうず》にせざるをえない状況になっていた。それは取りも直さず、藩札の板行についてまともに相談に乗ることのできる者が、稀《まれ》にしかいないという事実を表わしてもいた。

藩札などというまったく馴染みのないものを手がけるとなれば、誰だって、よく分かっている者の話を聞きたい。けれど、現実に話を聞くことができるのは、板行の実績のある近隣の藩か、付き合いの深い親密藩くらいに限られる。

そして残念ながら、実績がある、ということは、よく理解している、と同義ではない。多くの場合、すでに実施されている仕組みを、道理を理解せぬまま鵜呑《うの》みにする。だから、人に説明できず、従って説明を受けたほうもまた鵜呑みにせざるをえない。鵜呑みが鵜呑みを生むのである。

しばしば、藩札の仕組みはどこも同じであるなどと言われる。が、これは〝どこも同じである〟と結論づけるのではなく、〝どこも同じにならざるをえない〟とするのが正しい。それゆえ西国の藩のように、最初から失敗が約束されているような試みが、平気でなされることになる。

実際には、藩札を板行する動機と状況は、藩によって、ときに大きく、ときに微妙に異なる。もしも、そうした藩ごとの差異に細かく耳を傾けて、仕組みづくりを心掛ける者がいれば、けっして〝どこも同じ〟にはならなかったはずである。抄一郎はそういう、差異を聞き分ける万《よろず》指南を目指した。

なにしろ、さまざまな国の、さまざまな要望に応えるので、そこから得られる知見の質と量は、国で藩札掛をやっていたときの比ではない。二年も経つ頃には自分でも、状況を理解する力や、仕法を構築する力が、格段に上がったのが分かった。

とはいえ、それは、抄一郎が求め続けている、国を大元から立て直す仕法に近づいたことを意味しなかった。

抄一郎が自信を深めたのは、あくまで藩札の円滑な流通を妨げている、部分の問題の解決だった。脆弱《ぜいじゃく》な貧乏国が、さほどの時をかけることなく、たとえ飢饉が起きても内証を破綻させないほどに強靭《きょうじん》にするにはどうすればよいかという、大元の問題解決にはいまだに遠かった。

幸運にも、これ以上は望めぬほどの学びの機会を与えられていながら、求める仕法の取っ掛かりにも辿り着けないのは、きっと初めのほうの段階で大きな勘ちがいをしているのだろうと、抄一郎は思った。

けれど、それがどういう勘ちがいなのかを摑めぬまま、年も押し詰まってしまった宝暦八年の暮れ、また新たな藩から相談が持ち込まれた。

江戸屋敷のある赤羽橋北《あかばねばしきた》へ出向いて詳しく聞いてみれば、これまでになかった要望であり、抄一郎はたちまち話に引き込まれた。

「わが藩は、城下のある城付き領のほかに、飛び領を持っております」

この寄合のためだけに国から出てきたばかりだという担当者は語った。

「ただし、飛び領とはいっても、石高は一万二千石です」

「大名領並みですね」

「はい。それゆえ、城下町に匹敵するほどに育った在町《ざいまち》がありますし、領内には弁才《べざい》船《せん》が定期的に寄港する湊《みなと》もございます」

抄一郎はさらに気を集めた。それまで藩札が、飛び領とともに語られたことはなかった。

「わが藩としては、領内のすべてで藩札を流通させる前に、まず、この飛び領のみで実施して、経験を積みたいと存じております。とりわけ、弁才船の湊があるので、領外の商人が領内で商いをするときも、藩札を使わせるためにはどうすればよいかについて策を立て、検証したい。ついては、その仕法について、お導きいただければと存じます」

常にも増して身を入れて耳を傾けるうちに、抄一郎のなかで、なにかが弾《はじ》け跳んだ。そして突然、雲が一気に晴れたように、自分がどこで勘ちがいをしていたのかが分かった。

すぐに、求めていた仕法の背骨がくっきりと浮かんだ。

頭のなかで、その組み上がりをなぞった抄一郎は、興奮を隠しながら、まちがいない、と思った。

これで、飢饉が起きても、乗り越えることができる。

江戸屋敷を出る頃には、もう背骨のほかの骨も組み上がっていた。

あとは、飢饉が起きたらたちまち内証が傾くほど貧乏で、藩札に最後の望みをかけていて、その担当者が、命を賭す覚悟を備えている藩を探すだけだった。

かつて試みられなかったことが詰まっているその仕法を実現するためには、なによりも、死と寄り添って計画を引っ張っていく者が欠かせなかった。

帰路を辿ると、気持ちは昂《たかぶ》っているのに、ようやく解に辿り着いたせいなのだろう、躯の力は抜けてしまっていて、なんとも妙な塩梅《あんばい》だった。

こんなときには、やはり酒だろうと思い、思わず、祝杯を上げる相手が欲しくなった。

けれど、顔が浮かぶのは、竪川の釣竿師、助松だけだった。助松は甘党のくせして酒のほうもけっこういけたが、年末で手が空いているわけもないし、それに、この春、国元から妻と二人の子を呼び寄せていた。

今年に入ってから、たまに会うと、決まって「やはり、武家を捨てたのは失敗だった」と言った。

「いや、いまの職には満足しているのだ。もっと早く江戸に出て、釣竿をつくっておればよかったと思うほどだ」

口を尖らせて、助松は語った。

「女房なのだ。武家の重石《おもし》が効いていた頃は、それなりにしおらしくしていたのだが、町人になったら、もう言いたい放題だ。あれほど文句の多い女だとは思ってもみなかった」

助松の妻、智《とも》は二十六になるが、あっさりとした丸顔のせいか、子供を二人産んでいるのに、四つ五つは若く見える。武家育ちにもかかわらず江戸の町人地の水にもまたたく間に慣れて、釣道具屋の主たちからはすこぶる評判がよかった。その評判が智に自信を与えているのだろう、近頃は随分と艶《つや》が増してきている。助松も、心穏やかではないのかもしれない。

「外顔《そとづら》だけはよいから、みんなころっと騙される。家でのあいつを見せてやりたいほどだ。とりわけ、近頃は、己の非を非と認めぬことが、やたら目立つ。自分で悪さをしておきながら、こっちのせいにしようとする。素直さが取り柄と思っておったのに、とんだ眼鏡ちがいだ」

それでも傍目《はため》では、仲のよい夫婦にしか見えず、万事、うまく収まっている様子で、事実、三人目の子もできたらしく、このせわしい師走、人気の釣竿師、助松を、生業《なりわい》と女房子から引き離すわけにはいかなかった。

はて、どうしたものかと思いつつ、ゆっくりと歩を進めた。

赤羽橋北は初めてではなく、藩札の相談話が持ち込まれる以前から、幾度か足を運んでいた。

芝増上寺裏手という土地柄もあって、盛り場には上等とはいえぬ岡場処も用意されているが、抄一郎の目当ては女ではなく、一軒の居酒屋だった。

そこは西脇頼信邸の道場がある愛宕下からも近く、稽古仲間から、近くにいい店があると紹介されると、いっぺんで虜《とりこ》になった。江戸の東では滅多に喰えない、芝魚《しばざかな》を出したのである。

日本橋の魚河岸に届く魚は相模や房総物が多いのに対して、最寄りの芝浜の雑魚場《ざこば》に揚がる魚は、地の漁師がその日に船を繰り出した朝獲《あさと》れである。生きのよさのちがいは半端《はんぱ》ではない。

抄一郎は特段、喰い物にうるさいわけではなかったが、国にいた頃から、助松のお蔭で旨い魚にだけは不自由しなかったために、魚となると、なんでもいいというわけにはゆかなかった。

助松が無理ならば、稽古仲間でも誘い出そうかとも思ったが、やはり彼らは江戸の武家だった。その様子のよさを好感し、敬ってもいたが、ようやく目指す仕法に辿り着いた今日に限っては江戸者ではなく、様子のよくない、練れていない、自然薯《じねんじょ》のような国の武家と杯を酌み交わしたかった。

それに、このところ、西脇邸の道場からは遠ざかってもいた。

藩札指南で入り組んだ頭をほぐすには、軀に一鞭《ひとむち》入れて、たっぷりと汗をかくのがなによりで、二年前に初めて屋敷を訪ねて以来、けっこう繁く出入りしていた。門弟は江戸者らしく皆、さりげなく歓迎してくれて、抄一郎にとっては気の置けぬ場処になろうとしていたのだが、抄一郎の知らぬ間に遺恨を溜めていた門弟が一人いて、いささか厄介になっていたのである。

相手は、初めて竹刀を握ったとき、頼信が「あれは、直心影流の目録だぞ」と伝えた者で、あの日から、ぷっつりと姿を見せなくなっていた。それが、ふた月ほど前より、また顔を出すようになって、抄一郎が訪れると、他の者には目もくれずに、延々と仕合いを申し込んでくるのだった。

名を松浦信之《まつうらのぶゆき》といい、抄一郎よりは四つ下の二十八で、西脇家とは親類筋の大名家の江戸屋敷に詰めている。その道場で相当の稽古を積んでいたのか、随分と腕を上げていて、七本に一本は取られた。

それでも、「わざと負けたな」と言って、納得しない。他のことであれば意図して退くことはあっても、神の居《お》わす道場で作為は法度だ。本気であることを繰り返すのだが、聞く耳を持たない。

「本気か、そうでないかは、竹刀を合わせればたちどころに分かる。格下だからといって見くびるな。さ、尋常に勝負しろ」

「見くびってなどおらん。お主の技倆が上がっただけのことだ」

「まだ、言うか」

そういう繰り返しである。道場を閉める刻限さえも意に介さず、飽きることなく竹刀を向けてくるので、他の稽古仲間にも迷惑がかかるようになり、道場通いを遠慮するようになった。

すると、今度は山川町の裏店まで押しかけ、あまつさえ本身での仕合いまで口にする。どうしたものかと思案した抄一郎は、二度目に姿を見せたとき、「では、参ろうか」と言って、信之を千住大橋《せんじゅおおはし》へ続く路に連れ出した。

山谷堀を渡り、新鳥越町《しんとりごえちょう》を過ぎて、浅草山谷町《あさくささんやちょう》に分け入れば、ほどなく路の両側は田地ばかりになる。背後からは、俄《にわか》に真《まこと》になりそうな本身での仕合いに気持ちを揺らす、信之の荒い息が届く。

「こちらへ来られい」

しばし歩んだ後で、抄一郎が足を停めたのは小塚原の仕置場《しおきば》だった。刑死体は葬られることがない。周りの荒地に打ち捨てられ、薄く土で覆われるのみである。ところどころに骸《むくろ》の断片が覗き、腐臭が辺りを包む。山川町に住まうようになって、万年青探しに山谷町界隈の草地を巡ったとき、抄一郎は初めて骸の原に紛れ込んで、自分の暮らす町がどういう界隈にあるのかを理解した。

「とくと見られよ」

乾いた声で、抄一郎は言う。

「それでも、本身を所望されるか」

口を押さえていた信之は、すぐに背中を見せ、仕置場を離れた。

あれから信之は、再び顔を出さぬらしい。いまは、済まぬことをしたと思う。抄一郎と仕合いさえしなければ、信之は様子のよい江戸者のままでいられたことだろう。直心影流の目録として、皆から敬意を受けていたはずだ。

あのとき、こっちは、ただ久々に打ち合ってみたかっただけだった。向こうは、大身旗本の道場での、己の成り立ちが懸かっていた。それもまた、戦のない世での戦だ。松浦信之の執拗を妄執と見なすのは、非礼でしかあるまい。

　結局、抄一郎は一人で、居酒屋の暖簾《のれん》を潜った。

　刻は七つ半（午後五時）に入った頃で、始めるにはちっとばかり早かったが、暮れ六つを待つ余裕はなかった。

　まずは燗酒を頼んで、腹に送った。米の精が染み渡っていくようで、あらためて、この世にこんな旨いものがあるのかと思った。

　立て続けに三杯、杯を傾け、ひと息ついて、肴《さかな》を見繕《みつくろ》っていると、店主が自分で釣ってきた落ち沙魚《はぜ》があると言った。

　この時期、温かな深みで卵を産もうと棚《たな》を下り落ちる沙魚はとりわけ脂《あぶら》が乗って、形も七寸（約二十一センチ）を楽に越える。一も二もなくお任せで頼むと、先刻まで泳いでいた沙魚ならではの、淡《あわ》い朱鷺《とき》色を艶《つや》めかせた刺身で出てきて、その美しさに思わず嘆声が洩れた。

　舌に乗せても、旨いなどという生易しいものではない。素直に、そうと口に出すと、「魴鮄《ほうぼう》の味噌椀などもできますが……」と言うので、それも頼んだ。

　二合入りの燗徳利を二本空ける頃には、旨い酒と肴のお蔭で、気持ちと軀の折り合いのわるさも随分と治まってきたが、その代わりに、一人で旨い酒を飲み、一人で旨い肴を喰う侘《わび》しさが、妙にくっきりとしてきた。

江戸に出てきて三年と三月《みつき》。助松が居候《いそうろう》をしていた七ヶ月を除けば、いつも一人で飯を喰ってきた。

朝も昼も夜も、一人だった。それでも、ことさらに一人を意識することはなかった。

裏店の女房や後家がちょっかいを出してくることもあったが、思わず誘いに乗ってしまうほどに侘しさを覚えたことはなかった。

けれど、今夜は、はっきりと侘しかった。落ち沙魚が、魴鮄が、嘘のように旨いほどに、侘しかった。一人で旨いと思うのではなく、誰かと、声に出して、旨いと言い合いたかった。

誰がいいだろうと考えて、やはり甚八かと思った。

どこでどうしているのだと、三本目の燗徳利を傾けながら思った。

助松から珠絵を助けて国を出たと聞いてから、もう二年半が経っている。あれから、新しい消息は届いていない。火傷は治ったのか。いまも珠絵と一緒なのか。虐《しいた》げられていないか。もうとっくに捨てられたか。ちゃんと世話をしてもらっているか……。

何年もかけて、さまざまに迷いつつ、ようやく、追い続けていた仕法に辿り着いた夜だというのに、そんなことばかりが頭を巡った。

三本目の燗徳利を空にして四本目にかかった頃には、侘しさがさらに募《つの》った。

いつの間にか、気持ちの昂《たかぶ》りが引いて、力の抜けた軀だけが残っていた。

自分の軀が、打ち直す前の綿のように感じられた。

誰でもいいから、昔の自分を知っている人間が、いま目の前にいてほしいと思った。

落ち沙魚ではなく、丸干しでもなんでもいいから、誰かと向き合って飯が喰いたかった。

そして、聞いてほしかった。

自分が、ようやく国を大元から立て直す仕法を見つけたことを。

それが凄《すご》いことなんだということを。

自分が頑張ってきたことを。

いろいろあったことを。

いろいろあって、凄く頑張ったのに、いま、こうして、たった一人で旨い肴なんぞを喰っていることを。

自分の非を認めなくたって、人のことになど関心がなくたって、ぜんぜん構わないから、一人の相手に向けて、いつまでもべらべらと喋り続けていたかった。

［三］

新しい仕法は、明くる宝暦九（一七五九）年に、最初に藩札板行の全体の仕組みを相談してきた藩でやってみることに決めた。

初めは、実施する藩を選んで、とにかく成功例をつくろうと考えていた。が、細かく条件を定めて、それを満たさない限り除外していたら、後ろへ後ろへとずれていきかねない。

それに、国もまた生き物であって、絶えず変わり続ける。たとえ、すべての条件が合ったとしても、あくまでたまたまであって、次の瞬間にはもう、あれやらこれやらが逸《そ》れていく。

そういうあやふやさを引き受けて、変化に音を上げない仕組みを組み上げるのが藩札の万指南であり、となれば、どんな内情であろうと最初の藩でやると決めたほうが腹も据わった。

そう覚悟して、宝暦九年を迎えてみると、しかし、最初の案件は、藩札の図案の相談だった。

そして、二件目は、良い彫り師と、良い紙を教えてほしいという要望だった。

経験を積んで、名が通るようになったからといって、たいそうな注文ばかりが舞い込むわけではなかった。

藩札の板行指南を生業にしてから、変わったことはたくさんあったが、変わらないこともまた、たくさんあった。

住まいにしても、そうだ。浅草山川町を離れる気になれず、いまや好事となった万年青を隠れ蓑《みの》にして、かつて助松が居候していた、三間と四間四方の裏店にそのまま暮らし続けていた。

女房たちと井戸端で肩を並べて、毎朝、その日一日分の米を研ぎ、飯を炊いて、日々、棒手振り《ぼてふ》を呼び止め、豆腐を、煮豆を買った。

ただの豆腐だけでなく、味噌漬け豆腐ならばどこがよく、蒲鉾《かまぼこ》豆腐ならばどこがよいかまで、手の内に入れた。

相談を寄せる側の、れっきとした国の藩士には似合わぬ町かもしれぬが、相談の窓口は、最初に西脇家を紹介してくれた元鳥越町の旗本、深井藤兵衛に相応の歩合を払って頼んでおり、必要があるときには、注文主との面談の場処も提供してもらっていた。

お蔭で、浅草山川町暮らしでも格別の不便はなかった。むしろ、どん詰まりから見える世の中の景色が、ともすれば理に走ろうとする頭を諌《いさ》めてくれたし、御用で長く裏店を空けたときは、女房や後家が気持ちよく万年青の水やりを買ってもくれた。

「あたしは、万年青だけじゃなく……」

客先から山川町に戻って土産を届けたとき、女たちの心柱《しんばしら》になって万年青を看《み》てくれている後家の銀《ぎん》が言った。

「あんたの世話だって、したっていいんだけどねえ」

最寄りの新町《しんまち》にある白山神社の禰宜《ねぎ》の囲い者で、奥二重《おくぶたえ》の憂《うれ》い顔が加津とよく似ていた。けれど、不思議と、腹を刺されたときを思い出すことはなかった。

「あんた一人くらい、どうやったって、あたしが喰わせてあげるよ」

自分の内で、もう事件ではなくなったのか。それとも、女への目が変わったのか。

とはいえ、「では、頼もうか」という軽口は、洩れ出てこなかった。

もうひとつ、山川町を動く気になれない理由があった。藤兵衛の近くにいると、為になるのである。

藤兵衛は嘘偽りなく旗本ではあったが、むしろ商いのほうに関心が高かった。無役の小普請《こぶしん》であるのを逆に使って、いろいろな儲け話に絡んでおり、とりわけ中古の大《おお》船《ぶね》の仲介では名を知られているようだった。

万年青商いをしていた頃、なんで、旗本が船なのかと訊いたことがある。

「なんで、旗本が船を売ってはいかん？」

そっくりそのまま、藤兵衛は返して寄越した。

「金になると思えば、なんでも身に付くものだぞ。お主もやってみねえか」

そして、笑みを浮かべながら続けた。

「精進次第では、番頭くらいにはしてやるぜ」

番頭になるつもりはなかったが、船の商いの手解《てほど》きは受けた。

ただ座して学ぶのではなく、共に鉄砲洲《てっぽうず》や新川《しんかわ》辺りを繁く巡り、時には相模の浦賀《うらが》まで足を延ばした。

「これからは浦賀だ」というのが藤兵衛の口癖で、聞けば、たしかに、もっともだった。海から物の動きを捉える視座は新鮮で、いっときはほんとうに、こっちに替わろうかと迷ったほどだ。

どこもかしこも糞詰まっているかに感じられる宝暦の世でも、動いているところは動いているようで、なかでもとりわけ激しく変わり続けているのが、浦賀を軸とした廻船の世界だった。

まったく縁もゆかりもなかった土地が、浦賀を母港とする廻船で繋がり、それぞれの国だけで出回っていた産物が、全国で捌《さば》かれるようになっている。

新しい藩札の仕法を着想してみれば、そうした廻船の智慧が役に立つことはまちがいなく、抄一郎はやはり藤兵衛と縁を繋げていてよかったと思ったものだった。

手のかからぬ藩札の相談は、その後も続いて、ようやく全体の仕組みの相談が寄せられたのは、二月も半ばに近づき、江戸に吹く風も随分と温《ぬる》んだ頃だった。

北の海に臨む島村《しまむら》藩一万七千石が、藩札を導入して国の内証を立て直したいという、お誂《あつら》え向きのざくっとした注文を寄越してきた。

抄一郎にとっては、いい小ささの藩と言えた。

藩の内証を大元から立て直すには、ただ藩札を板行するのではなく、御主法替え、即ち藩政改革のなかに組み込まなければならない。

つまりは大掛かりになり、大藩ほど踏み切るのが容易ではなくなる。その点、一万七千石の小世帯なら動きやすいし、飢饉が起きたらたちまち内証が傾く規模だから覚悟も定まりやすい。勝手に、これもなにかの巡り合わせと思った。

国が北の海に面しているのも、仕法を進める上では好都合だった。海がなくてもできないことはないけれど、海があればずっと助かる。あとは、担当者が命を賭す覚悟を備えていればよいのだが、窓口の藤兵衛の話では、今回は江戸に出てきていないとのことだった。

相談の御勤めをどこでするかは、案件によった。先方の江戸屋敷のみで進めることもあるし、必要なときのみ国元へ出向くこともあるし、ずっと詰めることもあった。満足のいく仕上げにするためには、現地に詰め切りとはゆかぬまでも、できるだけ繁く足を運ぶに越したことはなく、その費用を注文主が確保できるようにするためにも、抄一郎は報酬を抑えていた。が、今回、新たな仕法を実施するからには、たとえ持ち出しだろうと現地に赴き、献策の結果を見極めるまで領内にとどまろうと思っていた。

赤坂にあった上屋敷へ出向き、江戸家老の田中惣右衛門《たなかそうえもん》と顔合わせをして、とにかく、担当者と会って諸々の話を詰めたいと申し出ると、しかし、惣右衛門は「いや、会うと申されても、遠方のことではあるし……」と、煮え切らぬ様子をあからさまにした。

「お主からの指示は、適宜《てきぎ》、こちらから国元に伝えよう。それに、藩札なるものは、この江戸で刷るのでござろう。やはり、お主は江戸にあったほうがよいのではござらぬか」

そのひとことで、惣右衛門が、藩札は刷り上がればそれで終わりと思っていることが、つまりは、藩札のことをなにも分かっていないことが手に取るように分かった。

別に落胆はしなかった。当事者たちの輪から離れれば、ふつうの武家の藩札への理解など、皆、こんなものだ。いちいち気落ちしていたら、この御勤めは務まらない。無理解は承知で、前へ進めなければならない。

「いや、やはりお会いしなければなりません」

きっぱりと、抄一郎は言った。惣右衛門のような手合いには、切り口上に聴こえるくらいの調子で語らないと、伝えるべきことが伝わらない。

「一度、お国を拝見する必要もございますれば、こちらから出向いて、掛《かかり》の方《かた》へご挨拶申し上げたい。ついては、面談のお手配等、お願い申し上げます」

「出向くと申されても……」

惣右衛門は急に慌て出した。

「江戸から国元までは、十二、三日ばかりもかかり申す。その間、旅籠《はたご》代なども要り用になるし、お主もただで動くわけではあるまい。国元に着いてから、何日、滞在されるのかは存ぜぬが、率直に伺おう。お主の日当は、いかほどか」

据わらぬ目には、警戒の色が溢れている。いくら一万七千石の小藩とはいえ、江戸家老ともあろう者が、自ら費用の話を口にし、請け負わせた者の日当まで尋ねてくるとは、よほど内証が窮迫《きゅうはく》しているのだろう。藩札の掛の者が江戸に出てきていないのも、費用を捻出できないからかもしれない。

抄一郎は、ふーと息をついた。抄一郎の育った藩も貧しくはあったが、これほどではなかった。旅籠代は削られたが出ることは出て、江戸滞在中も、少額とはいえ補助があった。あるいは、この藩から見れば、抄一郎の藩など貧乏のうちに入らないのかもしれない。これは、腹を据えてかからなければならぬと自戒しつつ、抄一郎は言った。

「旅籠代は実費にて。日当についてはご懸念なきよう。求めはいたしませぬ」

いつもならば、現地へ出向くときは一日一朱の日当を取る。出費をすれば、相手は元を取ろうとするからだ。

つまりは、当事者として身が入り、だらだらと結論を先延ばしにしたりすることも少なくなる。けれど、今回は、通用せぬようだ。

往復二十四日として、一両と二分。向こうに四日とどまったとしても、一両と三分。その額のために、担当者と会えないのは馬鹿げている。日当不要でも難色を示すようなら、旅籠代だってこちら持ちで構わなかった。

「さようか……」

惣右衛門は少し安堵したようだが、まだ警戒心を解いたわけではない。

「国元での滞在だが、どうされるおつもりか」

これも、つまりは費用のことを問うているのだろう。

「泊まるところは、どこでもよろしいので、空いているひと部屋を使わせていただければ。食事はこちらでなんとでもいたします」

藩札の万相談をしてから、二年と四ヶ月。この間、幾多の国の人間と面談してきたが、さすがに、初対面の江戸家老と、いきなりこんな細かい話をしたことはない。もはや、江戸家老などではなく、出納掛としか見えない。

「されば、手配いたすことにしよう。国元での藩札の掛は、梶原清明《かじわらきよあき》と申して、御主法替えの執政を兼ねておる。齢はまだ若く、お主と同年輩といったところだ」

御主法替え、を口にしたときの軽すぎる言い方が、なんの期待もしていないことを伝える。

齢が若いと言い添えたのも、清明のことを説明したのではなく、要するに、藩政改革を牽引《けんいん》するには力不足だと言いたいのだろう。無駄なことをしてくれているという様子が、衣の下から覗いた。

「それでは、追って連絡を入れ申す。御旗本の、深井氏の御屋敷でよろしいな」

「よしなに。お待ち申しております」

深井藤兵衛を窓口に頼んでおくと、こういうときに具合がよい。

なんのかのと言いながら、旗本が相手ならば、皆、さほどおかしなことにはならないと思っている。あるいは、おかしなことになっても、藩内で言い訳がきく。宮仕えにとって、言い訳の余地を残すことほど大事なことはない。相手が素浪人では、なんでそんな輩を相手にしたのだということになり、自分が責めを負わされかねない。

「しかし、いま一度、たしかめたいのだが……」

辞去の言葉を用意しようとした抄一郎に、惣右衛門は言った。

「ほんとうに、日当は不要なのだな」

◆◆◆

惣右衛門からの連絡が来たのは、それからひと月後だった。

そして、受け取ってからほとんど間を置かずに、執政兼藩札掛の梶原清明より直接、藤兵衛のところに文が届いた。宛先は、深井藤兵衛殿方、奥脇抄一郎殿となっていた。

文面は簡潔で、御主法替えは急務であるが、こちらには智慧がなく、抄一郎に期待をかけていること、藩札の板行をその柱として認識していること、そして、指定した国元到着の日時に合わせて、案内の者を国境《くにざかい》に遣《つか》わせておくので、その者から聞いて、城下に入るまでに国の状況をひととおり頭に入れておいてほしい旨が記されていた。

もしも、梶原清明なる人物も田中惣右衛門のようだったら、さすがにそのまま江戸に引き返すことになるかもしれんと思っていただけに、抄一郎は安堵した。

文面からは、心得た人物であることが十分に伝わってきて、とりわけ、国境から城下までのあいだに、島村藩の現況の輪郭を摑んでおくようにという指示が大いに気に入った。

それはけっして手際のよさなどではなく、顔合わせなんぞに手間取らずに早々に本題に入らねばならないという、危機意識の深さを物語っていたからだ。

折り返し、自分からも梶原清明宛で文を送った。こちらはこちらで、現地に着きしだい、直ちに本題に入ることができるようにしておきたかった。

といっても、向こうで手紙がどう扱われるか分からなかったので、詳細を記すことはできない。自分が、藩札を用いて藩の内証を立て直す、これまでにない仕法を献策する所存であるとだけ書いて、それを検討し、実施する用意があるかどうかを決めておいてほしいと、したためた。

そうして、三月の半ば過ぎに江戸を発《た》って、同月の末に、島村藩領に通じる脇往還《わきおうかん》の国境に立ってみれば、一人の若侍がきっと抄一郎を見据えていた。

「奥脇抄一郎殿ですか」

まちがいないと確信できたのか、急に近づき、声をかけてくる。

「いかにも。奥脇抄一郎でござる」

抄一郎は答えた。切れ長の目が涼しげな、小姓然とした美男なのに、着けている木綿の袷《あわせ》は、いまにも擂り切れそうで、北国の三月末はまだ肌寒いのに羽織も着ていなかった。

「梶原講平《こうへい》と申します。御小納戸《おこなんど》を務めております。これより、ご案内させていただきます」

「梶原……」

執政兼藩札掛と同じ姓である。

「執政は伯父です」

声に、微かな屈託があった。

「では、参りましょう。執政から言われておりますので、路々、この国のことをお話しさせていただきます」

講平はゆっくりと踵を返した。

「奥脇殿はさぞかし……」

肩を並べて歩き出すと、講平は目を前に向けたまま言った。

「わたくしの粗末な身なりに驚かれたと存じますが」

たしかに、藩主の側《そば》に仕えるはずの御小納戸の召物《めしもの》にしては貧しすぎた。講平が梶原清明の甥と聞けば、意外な感はより深まった。重臣の家系に連なる者が、身に着ける服ではない。

「わたくしが特別というわけではありません。この国では皆、似たようなものです。追い追い、城下に入ってくれば、奥脇殿ご自身の目で、そのあたりの事情をたしかめていただけるでしょう」

共に歩く路の両側は、見渡す限りの茅場《かやば》になっていた。一帯の村人が、屋根を葺《ふ》く茅を手当てするための入会地《いりあいち》だ。

春の火入れから間もないのだろう、指の長さほどに生え揃った尾花《おばな》の新芽が、朝五つ（午前八時）の陽に浮かび上がって美しい。ところどころに黒く焦げた跡も残って、黄スミレが小さな花弁を揺らせている。

そういう草原の光景が延々と続いていて、島村藩はまだ、どこの北国でも見られる春景色しか伝えてこなかった。

「しかし、時が惜しいので、わたくしの口から申し上げますが、これより奥脇殿が御城に上がり、執政や家老とお会いになっても、皆、わたくしとさして変わらぬ身なりをしています。重臣自ら、節約の範を垂れているわけではありません。この国では、重臣を含めて、皆が皆、貧しいのです。家老の持ち高さえ、百五十石にすぎません」

「百五十石……」

旗本で最も下級の小十人《こじゅうにん》や勘定の禄が、その百五十石だ。いくら諸色《しょしき》の高い江戸とはいえ、百石取りだと、町人から〝泣き暮らし〟などと揶揄《やゆ》される。それが、この国では、家臣の頂点に立つ家老が百五十石だという。

「それも、宝暦の飢饉以降は、藩が半知《はんち》を借り上げていますので、実際は七十五石です」

これも、幕臣で言えば、七十五石は旗本ではなく御目見《おめみえ》以下の御家人の、御徒《おかち》の禄である。家老がその持ち高なら、番頭《ばんがしら》や物頭《ものがしら》、目付や勘定等の奉行衆はどうなるのだろう。いや、ふつうの平士《ひらし》はどうなるのか。

「もう、ずっと、この国では貧しさが常態となっております。なぜ、これほどに貧しいのか。特段の理由はありません。元々、米が育ちにくい北の小国です。一年、天候不順があれば、その痛手は三年、四年と続きます。二年、天候が想わしくなければ、十年、十五年と続く。そして、この国では、天候不順が三年、四年と重なるのは、珍しいことではありません。理由があって貧しいなら、その理由を取り除きさえすれば貧しさから抜け出すこともできましょうが、この国は理由なく貧しいのです」

その日は穏やかな日和《ひより》で、春の柔らかな陽が注ぎ、風も緩く、天候の牙《きば》はどこにも窺《うかが》えない。けれど、北の天候が、稲の生育にとって最も重要な初夏から夏に豹変することは、抄一郎も躯で知っていた。

「国の内証の礎《いしずえ》である米に頼れないものですから、商いも振るいません。商人が育たず、藩の御用を務めるのは、福田屋という商家一軒のみです。元々は米問屋ですが、ほかに目ぼしい商家がないので、なんでもかでもやります。というよりも、やらざるをえないのです。この国では米のほかにも大豆が穫《と》れ、また、海岸線だけは長いので鰯《いわし》の〆粕《しめかす》も豊富なのですが、頼みの綱の福田屋にしても領外に売る力は期待できず、せいぜい仲買の商人に取り次ぐ程度なので、言い値で買い叩かれるばかりです」

北の国は概《おおむ》ね、石高は小さくとも、領地は広い。天候のせいで米の収量が上がらないため、その分、土地を広くあてがわれているのだ。おのずと、海に臨む国の海岸線は長くなる。

「問題は、これほどに貧しさが当たり前になると、士気の停滞もまた当たり前になることです」

耳を傾けるほどに、抄一郎は講平の明晰さに感心する。話に無駄がなく、それでいて事足《ことた》りている。

「他国では考えられないことでしょうが、この国では、御役目を申し付けても遠慮する藩士が珍しくありません。御勤めに出れば出費になるので、家にいて小さな畑などを世話しているしかないのです。まして、江戸上がりなどもっての外《ほか》ということで、二年に一度の参勤交代を成し遂げるのは至難の業《わざ》です」

二十歳を越えたばかりにも見えるが、いったい幾つなのだろう。

「重臣でさえ、出費を少しでも抑えようと、城下の鐘崎《かねさき》にある拝領屋敷ではなく、自分の知行地の村に住もうとする。村で暮らせば、とりあえず日々の食糧に金を払う必要はないし、下男、下女を金で雇わずとも済むからです。しかし、御藩主の居《お》わす御城の周りに重臣が詰めてない城下など、もはや城下と言えますまい。この国では、拍子が打たれても、上から下まで誰も踊らない状況が、ふつうになっています。いや、真っ当に拍子が打たれてきたのか、それはまた別の問題ですが」

「失礼ながら……」

抄一郎は初めて、口を挟んだ。

「梶原殿はいまお幾つですか」

「執政でしょうか。わたくしでしょうか」

「貴公です」

「二十四歳です」

抄一郎が初めて藩札に関わった齢だ。推量は外れたが、それでも十分に若い。

「なにか、これまでの話で、至らぬところがありましたでしょうか。言っていただければ、直すようにいたしますが」

講平は足を停め、軀と目を真っ直ぐに抄一郎に向けた。

「いや、逆です」

抄一郎も正対し、答えた。

「お若いのに、よく観るべきところを観ておられるなと」

「わたくしなど！」

吐き捨てるように言うと、講平は再び前を向いて足を踏み出した。

「執政と比べたら、なにも観ていないのと同じです。執政はこの十年、ずっとよく観て、考えてこられました。否応なく、考えざるをえないことがあったのです。それがあったために、この国の武家の士気は、さらに豆腐のようになりました」

思わず抄一郎は、講平の横顔に目をやった。

「実は、執政がわたくしに奥脇殿をお迎えしろと命じたのも、奥脇殿が城下に入られるまでに、そのことを知っておいていただくためと、わたくしは存じております。そのことをなんとかしない限り、この国の武家はけっして動こうとしません。わたくしは、それをお話しするために、遣わされたのです」

前方を見据えたままの講平の目が、さらに厳しくなった。

「これは執政の恥であり、わたくしの恥でもあります。梶原家一統の恥なのです。わたくしたちはこの十年ずっと、汚辱《おじょく》を堪えて生きてまいりました」

抄一郎は心の臓を、鷲摑《わしづか》みにされたような気がした。


「この国では、釣りが盛んでした」

意図して口調を鎮めて、講平は言った。

「単なる遊びの釣りではなく、釣術《ちょうじゅつ》として捉え、武術のような体系を整えてきました」

いまや江戸の人気釣竿師となった垣内助松も、国にいた頃は釣術家として崇《あが》められていた。あるいは、その釣術の流れは、島村藩から始まったのかと、抄一郎は思った。

「なぜ、釣りを釣術にしたかと言えば、武術と同様に金がかからなかったからでしょう。皆が皆、先立つものがないために、縮こまった日々を送っています。その日々に終わりがないことも分かっています。知らずに鬱憤《うっぷん》が溜まっていく。どこかで鬱憤を抜く必要がありますが、やれば腹が空くばかりの剣術など誰も見向きもしません。で、釣りを釣術として喧伝《けんでん》し、武家が釣竿を持つように仕向けたのです。釣りは剣術ほどには腹が減らないし、それどころか獲物を家に持ち帰ることができる。幸い、この国には長い海岸線があったことも手伝って、みるみる広まってゆきました」

先刻から講平は、ずっと「この国」と言い続けている。「わが国」とはけっして口にしないことが、講平と島村藩という国との距離感を表わしている気がした。

「この流れをつくったのが、十年前までずっと筆頭家老を務めていた梶原佐内です。執政の父であり、わたくしの祖父でもあります。梶原佐内家は、島村藩にあって代々筆頭家老を出す家柄でしたが、佐内の代は特に長く、もう十五、六年も務め続けておりました。このような小国ではありますが、領内のことはすべて佐内の一存で決まると言われるほどに、権勢を誇っていたようです」

大きくひとつ息をついて、講平は続けた。

「十年前の春、その佐内の肝煎《きもい》りで、藩を挙げての釣術大会が開かれました。御世継《およつぎ》様の御臨席を賜り、数十艘《そう》の舟を仕立てるという大掛かりなものでした。わたくしはまだ十四歳で、参加の資格はなく、岬の上から見ているだけでしたが、御世継様が乗り込まれた、念入りに飾り立てられた親舟を囲むようにして、それぞれの持ち場の幟《のぼり》を立てた舟が大挙して繰り出す様は、まるで水軍の合戦のようで、心が躍ったものです。日頃の鬱憤を一気に振り払うという佐内の目論見《もくろみ》は、見事に功を奏するはずでした」

大会は、それぞれの持ち場を一つの隊に見立てた競技になっていたらしい。持ち場は、定めた数の代表を選び出し、舟一艘に乗り込ませる。一刻（二時間）のあいだに、各々の舟がどれほどの紅鯛《べにだい》を釣り上げられるかで順位が決まった。

単に数を競うのではなく、形《かた》によって点数が決められていたので、三尺（約九十センチ）超えを一尾釣れば、それだけで一等に躍り出る可能性もあった。きっと、冬のあいだから城下は、釣術大会の話題で持ち切りだったにちがいない。

「ところが、半刻が経って競技が半ばに入った頃、晴れ渡っていた空が俄《にわか》に掻き曇って、海が大きくうねり出しました。実はその前夜から、古老の漁師は、明日は天気が荒れると注進していたのです。けれど、釣術大会は、貧乏国の藩士の心をひとつにする年に一度の大仕掛けです。また、これまで準備にかけてきた費用を無駄にすることもできません。佐内は、天候の変化を承知して強行しました。ですから、古老の注進どおり海が荒れ始めても打ち切ることはできなかった。一年間、溜まり続けた鬱憤を消し去るための大会です。中途半端にやめたら、逆に鬱憤が膨らみかねない。採った対策はといえば、自分の乗る審査舟を御世継様の乗られる親舟に添わせただけで、競技そのものは継続しました」

たしかに、三尺超えで逆転を狙っていた者は、舟が波に煽《あお》られても、竿を仕舞おうとはしなかっただろう。中止となれば、憤懣《ふんまん》が噴き出したことは十分に考えられた。

「高さが二間《けん》に届こうかという大波が舟を襲ったのは、それから四半刻（三十分）ほど経った頃です。岬にいたわたくしの目にも、海一面に立つ白波が入ってきました。さすがに佐内も打ち切りの号令を出して岸に引き返そうとしました。しかし、もはや遅かった。結果として、大会に参加した九十余名のうち十二名が、波に攫《さら》われて帰らぬ人となりました。そして、そのなかには……」

講平は不意に足を停め、頭を下げてから続けた。

「御世継様が、いらしたのです」

なんてことだ、と抄一郎は思った。

「当然、城下の者は誰も、佐内が腹を切るものとばかり思っていました」

停めていた足を戻して、講平は続けた。

「親類の者さえ、わたくしを含めて全員が、佐内が自裁《じさい》するのを疑いませんでした。それはあまりにも当たり前すぎて、自裁以外のことが起こりうるとは誰も考えなかった。ところが、そのありえないことが起きたのです」

講平の横顔に、慚愧《ざんき》に堪えぬ風が覗いた。

「佐内は筆頭家老を辞し、自ら逼塞《ひっそく》はしましたが、自裁はせず、処分は家老衆に預けました。誰もが驚き、呆れ果てました。そして、不本意ながら、家老衆が切腹の沙汰を下すのを待ちました。幸か不幸か、島村家には御世継様のほかにも男子がいらしたので改易の恐れはありませんが、自らが差配した催事で御世継様が身罷《みまか》られたとなれば、どう考えても切腹が相当です。ところが、家老衆が下した沙汰はそうではなかった。あろうことか、佐内の隠居と、梶原家の家禄二百石の二十石への減知《げんち》のみを命じたのです」

たしかに、ありえぬ処分だと、抄一郎も思った。というよりも、そんなことが現実に起こるのだと思った。

「家老衆としては、藩祖の頃から筆頭家老を送り出してきた家筋《いえすじ》の当主であり、長く事実上の領主として君臨してきた佐内に厳罰は下せなかったのでしょう。ずっと、佐内から命を受ける立場にいた者たちです。急に、厳罰を下せと言われても、軀が付いていきません。しかし、そのために、藩士のみならず領民にも、この国ではなにをやっても責めを負うことはないのだという考えが染み込んでしまった。元々、駄目な国が、真から駄目な国になってしまったのです」

講平はいまにも、自分の祖父を誅殺《ちゅうさつ》すべく駆け出しそうだった。

「なぜ、佐内が命を惜しんだのか、わたくしはいまでも分かりません。あれがために親類一同、塗炭《とたん》の苦しみを味わいました。佐内の惣領だから致し方ないとはいえ、執政にしてもそうです。当時、執政はいまのわたくしと同じ二十四歳で、妻女《さいじょ》を娶《めと》られたばかりでした。御相手は、佐和《さわ》様と申されて、ずっと執政の想い人だった、それは美しい御方です。齢は二十歳。誰もが祝福した良縁は、しかし、半年と続きませんでした」

路の両側の焦げた茅場は、まだまだ続いていた。

「梶原佐内家には、執政のほかに六人の兄妹がおり、そのうち二人は幼子《おさなご》でした。召し放ちにならなかっただけでも幸いとはいえ、家禄二十石で舅夫婦を含め十人が喰い繋いでいくのは、どうやっても無理な話です。佐和様はかろうじて手に入る食料を幼子たちに回され、自らはほとんど口にされませんでした。いくら、お若いとはいえ、そんなことがいつまでも続くはずがありません。間もなく軀を壊され、寝込まれて、仕舞いには口減らしのために御実家に戻されました」

抄一郎は大きく息をついた。話を聞くのも御勤めのうちだが、段々と聞くのが辛《つら》くなっていた。

「この国では、苦しくない家などないので、御実家とて安息の場処ではありません。それでも六年のあいだ、機織《はたお》りなどをして御実家を助《す》けておられましたが、昨年の秋、代を継いだ弟が嫁を迎え入れたのを機に、さる番方の後妻に入られました。先妻との子が二人いる家なので、そこもどうなのか……。清明様が執政として御役目に復帰されたのは、それから三月《みつき》後です。もしも、返り咲くのが秋よりも前ならば、執政は迷うことなく佐和様を迎えに行かれていたのではないでしょうか」

わずかに温かい気持ちになれた抄一郎は、久々に問いを発した。

「何えば、梶原清明殿もずっと御役目を離れていたようですが、このたび、執政に就くことになったのには、どういう背景があるのでしょうか」

「ああ」

事もなげに、講平は答えた。

「誰がやっても、うまく行かなかったからです」

ようやく茅場が切れかかって、向こうにちらほらと百姓家が見え出した。そろそろ話も、切り上げる頃合いなのかもしれない。

「この十年間、誰が政を司っても、国はわるくなるばかりでした。仕方ないのは皆分かっているはずなのに、それでも暮らし向きがさらに厳しくなれば、人は上に立つ者を無能と見なします。藩を率いても役得がない上に、後ろ指さえ指されるので、誰もやりたがらない。どうせなら、元筆頭家老の倅《せがれ》に貧乏籤《くじ》を引かせようということになったのでしょう。元々、あんなことさえなければ、次の筆頭家老は執政が務めるはずでした。案外、ほんとうに期待している者だって、いなくはないのかもしれません」

想っていた以上に、大変な処に来てしまったと抄一郎は思った。

しかし、想っていた以上に、梶原清明は興味深い人物のようだとも思った。

二人はようやく覗き出した城下への路に、足を踏み入れた。

◆◆◆

島村藩は一万七千石ではあったが、陣屋ではなく城を持っていた。それなりに、風格のある城だった。

しかし、城下の鐘崎の街並みは、その城と釣り合っていなかった。目抜き通りと思《おぼ》しき通りに、人の往来はほとんどなく、梶原講平が語ったように、ひと目でそれと分かる大店は福田屋のみだった。その福田屋ですら、表に活気が伝わることはなく、店構えも妙にくすんでいた。

国が振るわなくとも、主要な街道が領内を通っていれば、外から賑わいが持ち込まれる。けれど、抄一郎たちが歩んできた脇往還は城下の鐘崎を外れていた。その上、島村藩領に入る手前の隣国に、別の脇往還と交わる宿場があって、繁盛を極めているため、旅の者は皆、島村藩の領内を素通りした。

鐘崎はたしかに町であり、しかも城を戴く町だったが、まるで、あの野放図《のほうず》に広い茅場が、ここまで追いかけてきているようだった。

城下の寂寥《せきりょう》から逃れるように城に入ったのは、午には半刻ほど残した四つ半だった。畳の敷かれていない御用部屋で、梶原清明との初対面を果たしてみれば、これも聞いたとおり、講平とさして変わらぬ身なりをしていた。

「遠路はるばる、たいへん御足労でござった」

着る物は貧しかったが、長旅を労《いたわ》る声はなんとも柔らかく、豊かだった。梶原家は美男の家系なのか、姿形は講平を少し逞《たくま》しくしたようで、誰かに似ていた。すぐに、〝獣〟の長坂甚八だと思い当たった。そういえば、講平から清明と先妻の佐和との縁を聞いたときも、重なる部分はないはずなのに、甚八と珠絵を想い浮かべた。それが微かに、気にはなった。国を大元から立て直す仕法を実践するためのこの御勤めにも、女の影が差すことになるのだろうか。

「早速ですが」

清明は、想っていたとおりの対応をしてきた。ひととおりの挨拶を済ませると、余計な手間隙《てまひま》はかけず、いきなり本題に入ろうとした。それは抄一郎にとっても望むところだったし、急ぐ割には、声も様子も十分に練れて、平易な話し方をしたので、不快な感じはまったく受けなかった。

「路々、梶原講平が話をさせていただいたと思いますが、もしも、その話に関連して、ご不明な点があれば、お尋ねください。なんなりと、お答えします」

「その前に……」

抄一郎は、国境を越えて以来、腹に溜めてきたことを口にした。

「今回、それがしは、藩札を用いて国を立て直す、これまでにない仕法を、梶原殿に献策する所存です」

「承知しております。奥脇殿からの文はたしかに頂戴し、目を通しました。是非とも、伺わなければと存じております」

「こちらも後ほど、仔細に語らせていただきたいと存じておりますが、先刻、梶原講平殿から諸々の話を伺ったところ、仕法の段取りを図る前に、やるべきことがあると気づかされました」

「藩士の、士気の問題でしょうか」

やはり、とうに承知なのだと思いつつも、抄一郎は言った。

「さようです。それがしが献策しようとする仕法は、これまでに例のないものです。実践しようとすれば抵抗が大きく、突破するためには、押し進める側の、やり遂げようとする気概がなによりも問われます。しかるに、お国では、そこに、最も大きな問題があるらしい。そして、その問題の大元は、失礼ながら、梶原殿の御父上の一件にあるようです」

「いや、失礼などではありません」

きっぱりと、清明は言った。

「そのとおりです。誰もが責めを負おうとしない風潮は、あれを機に一気に深まりました。ただし……」

ひとつ息をついてから、清明は続けた。

「あれは、父一人のせいではありません」

おやっ、と抄一郎は思った。清明が父を擁護しかけたのを、意外に感じたわけではない。実は、抄一郎もまた、佐内が自裁しなかったのは、佐内一人のせいではなかろうと考えていたのだ。

路すがら、講平は「なぜ、佐内が命を惜しんだのか、わたくしはいまでも分かりません」と言った。あのときは抄一郎も同意したが、束の間の当惑から醒めてみれば、自裁できなかったのも分かる気がした。

そして、まさにそこが問題なのだった。佐内一人が、武士の風上にも置けなかった、で片がつくなら、むしろ問題は軽い。が、もしも、そうでなければ、士気の停滞を克服するのはすこぶる厄介になる。抄一郎は、どちらなのかを問い質《ただ》したかった。

「実の親を庇《かば》って言っているのではありません。単に、父が卑怯《ひきょう》だったと切り捨ててしまっては、問題の本質を見誤るから言うのです」

とにかく、しっかり聞かねばならぬと抄一郎は気を集めた。

「おそらく、己が自裁しないのを、誰よりも不思議に感じていたのは父自身であると思います。父は誰よりも、武家たらんとしてきた者でした。なんで自分は腹を切らないのだろうと訝《いぶか》りつつ、時だけが過ぎていったのでしょう。いくら待っても自裁せぬ己に呆れ果て、仕舞いには見切りをつけて、切腹の沙汰を待っておりました。けれど、言い渡された処分は隠居だった。死ぬきっかけを失ったまま十年が経って、父はいまもなんで自裁しなかったのかを問い続けています」

遠くを見るような目をしてから、清明は続けた。

「でも、父は答には行き着けない。それが言い訳になるからです」

「言い訳、ですか」

「皮肉ですが、真の武家たらんとしてきた父は言い訳ができません。口が裂けても、自分のせいではないなどとは言えない。つまりは、答に辿り着くことができません。父一人のせいではないという正しい答には目を塞いで、その周りをぐるぐると探し回っているのです」

ひとつ息をついてから、清明は続けた。

「だから、父はずっと問い続けることになります。これからも命尽きるまで、問い続けることになるでしょう」

やはり、齢の功なのか、元々の目のちがいなのか、講平との差を感じながら、抄一郎は言った。

「梶原殿は、なぜとお考えなのですか」

「優しさです」

間を置かずに、清明は答えた。

「貧しい国ゆえの優しさなのです」

ほお、と抄一郎は思った。

「人は腹を切れません。武家が腹を切れるのは学びです。潔くあれ、己に非があれば、即《そく》、腹を切れと、常に周りから導かれているからこそ、武家は脇差を手に取ることができます。ところが、この国では、もうはるか以前から、逆の学びが行われてきました」

「逆の学び……」

「相手に責めを問うな、相手を追い詰めるな、という学びです。この国では、〝喰うや喰わず〟は、比喩ではありません。飢饉でもないのに、喰えずに人が死にます。いつしか、人を追い詰めないのが習いとなりました。追い詰めれば、そこに死が口を開けると分かり抜いているからです。藩士が御勤めに出て来ずとも、藩からの借財を返さずとも、注意をするのみで、それ以上の詮議はしないのが当たり前になっていきました。ほんとうに貧しい国では、誰もが人に対して曖昧に、優しくならざるをえないのです。父もまた、潔くあれという導きが、現《うつつ》の人の世ではいかに虚《むな》しいものであるかを思い知らされ、率先して優しい、責めを問わない長《おさ》になっていった。そうして、いつしか、自身も腹を切れない、というよりも、腹を切るということを思いつくことができない武家になっていたのです」

抄一郎もまったく同じことを考えていた。貧しい国の人間は優しくなる。仲良くなる。仲良くならざるをえない。だから、責めを問わないし、負わない。いちばん、どうしようもない問題と出くわしてしまったという想いが、抄一郎に言わずもがなの文句を言わせた。

「国が貧しさから抜け出すためには、まず、責めを負わぬ源となっている貧しさをなんとかしなければならない。なにやら、出口が用意されていない迷路のようですね」

言ってすぐに、要らぬことを言ったと悔やむ抄一郎に、清明は答えた。

「いや、出口はあります」

苦し紛れには聞こえぬ口調だった。

「ただし、そこを抜けるのは簡単ではありません。抜けるからには、ほんとうにそれだけの甲斐があるのかを、はっきりさせる必要があります。されば、奥脇殿の、藩札を用いて国を立て直す、これまでにない仕法というのを、聞かせていただく頃合いかと存じます。伺った上で、たしかにこれならばと得心できれば、貧しき国ゆえの優しさを壊すこともできましょう」

「承知つかまつった」

ゆっくりと、抄一郎は唇を動かした。

ほんとうに、この島村藩を選んでよいのかという想いはあった。はたして、あまりにも貧しいこの国で、いまだ案のままの仕法を実績にできるのかと危惧した。

抄一郎は新たな仕法に、大いなる自信を持っていた。四つの仕組みから成る仕法の構造が組み上がったとき、抄一郎は思わず身震いした。佐島札で感じていた心残りが、すべて拭い去られたのを認めたからだ。それほどに完璧な仕法の、ただ一つの欠点が、いまだ案であるということだった。

仕法を前に進める上で、相手に理解する十分な力を期待するのは禁じ手だ。こちらが分かりやすすぎるくらい分かりやすいと思っても、相手も分かりやすいとは限らない。〝分かっているはずだ〟は、過ちの元である。だから、どんなに分かりやすい案よりも、分かりにくい実績のほうが勝る。

いかに理解する力に欠ける相手でも、現実に動いているということだけは分かる。これまでにない仕法だからこそ、案のままにはせずに、とにかく実績をひとつ、つくらねばならない。

島村藩はその実績づくりにおいて、壁が多すぎるし、高すぎた。

清明は、出口はある、と言うが、抄一郎にはどこにあるのかが分からない。ない出口を刳《く》り貫くために、どこから取り付いてよいのかも皆目分からなかった。

けれど、島村藩にはひとつだけ、他藩には見つけられそうにない条件が整っていた。

それも、最も重要な条件だった。

御主法替えを率いる、梶原清明だ。

最初に顔を合わせ、瞳の奥を見たとき、こいつはいつでも死ぬぞ、と思った。言葉を交わすにつれて、その想いは確信に変わり、残りのすべての駄目さを吹き飛ばした。

その上、清明は、これ以上望みえぬほど明晰でさえあった。佐内に関する話を聞き終えた抄一郎は、ここしかないと思っていた。前途多難は覚悟の上で、ここで進めなければならない。

いまはまさに、掃き溜めに鶴、の国でしかないが、頸《くび》を項垂《うなだ》れることなく、ひと声を上げる一羽の鶴がいることが、この仕法の肝《きも》なのだ。

「では、よろしいか」

抄一郎は、九年前、重臣たちを前にして献策する佐島兵右衛門の姿を想い浮かべつつ、声を発した。

「仕法は四つの仕組みから成り立っております」

献策はそこから始めると決めていた。

「貧しさから抜け出すには金を稼がなければなりません。つまりは、他国から強く求められる物をつくり、売るということです。この特産物づくりが、仕組みの一です。国が特産物を育て、一括して買い上げて、領外で売る仕組みを構築する。すべては、ここから始まると言ってよいでしょう」

やるべきことをはっきりとさせ、向かう目的地を明確にする。自分たちがなにを目指していて、いまどこにいるのかを明らかにすることは、佐島札の失敗から学んだ教訓の一つだった。

「とはいえ、特産物はひとりでには育ちません。しっかりと育てて、国の稼ぎ頭にするのだという明快な意志をもって育てなければ育つものではありません。有り体に言えば、相応の金をかけなければ育たないということです。とはいえ、国には金がない。そこで、仕組みの二になります」

梶原清明の軀が、だんだんと前のめりになる。

「藩札を導入する国の多くは、正貨の使用を禁じて、領内にあまねく藩札を流通させようとしますが、この仕法はまったく異なります。この特産物を育てる金に、藩札を使うのです。ほかに、育った特産物を一括して買い上げ、領外で売るための金にも藩札を使います」

「つまりは、それ以外には藩札を使わぬということですか」

問う清明の顔に、不審の色が見えた。清明もまた、藩札のみを貨幣として使わせる、専一流通を検討していたようだった。

「そのとおりです。特産物の育成と買い上げ、それに領外での販売に限って、藩札を使います。最初から、藩札の専一流通を目指さぬことが、この仕法がこれまでにない所以《ゆえん》なのです」

抄一郎とてずっと、藩札を板行する以上、領内のあらゆる処で藩札が使われなければ意味がないと思っていた。佐島兵右衛門から教えられたように、幕府しか出すことのできない正貨の量の制約から抜け出すために、その数倍もの額の藩札を隅々まで行き渡らせなければならないと信じ込んでいた。

この想い込みが、ずっと気づくことができずにいた〝初めの段階での大きな勘ちがい〟だったのだ。

それに気づかされたのは、経験を積むために飛び領でのみ藩札を流通させたい、という依頼を受けたときだった。

あのとき抄一郎は、藩札がかならずしも全領内での流通を目指さなければならないものではなく、ある場処に限定して使ってもよいのだということに衝撃を受けた。そして、ある場処に限っての使用が許されるなら、ある用途に限っての使用も許されるはずだと考えた。

その瞬間、藩札を使って国を立て直す、これまでにない仕法が生まれたのである。

「これによって、なにが起こるか。まずは、特産物の育成と専売という用途に限定した藩札なので、その板行額は、全領内での専一流通を目指すよりもはるかに少なくなります。つまりは藩札の信用が保たれ、正貨と同等の価値が実現します。強い藩札になるということです」

専一流通を徹底する佐島札の考え方は、けっしてまちがってはいなかった。〝大きくなろうとしている軀を、小さすぎる服で縛らない〟という考え方は、おそらく正しい。正貨の量の枷《かせ》から脱出し、藩札で十分な量の引き換え手段を確保して、取引を活発にすることによって国の身上を大きくする……きっと、それは正論なのだ。

けれど、現実には、あらかたの藩が常に金不足で悩まされている。そうした藩が藩札を扱えば、小さすぎる服を克服するのを通り越して、大きすぎる服になりがちだ。

佐島札がまさにそうであったように、国の身上が立派に育つのを待てずに、藩札という仕組みが瓦解する。

だから、今度は、まず、金蔵に小判をうならせるという目的をはっきりさせた。たとえ飢饉が起きても藩が揺るがないようにするためには、どう藩札を使えばいいのかを追い求めた。その結果、専一流通は、抄一郎の視界から消えたのだった。

「この強力な藩札で、他国に負けない強力な特産物を育て、藩が一手に買い上げて、領外で売ります。そして、ここが肝なのですが、その代金は、正貨で受け取ります。これが、どういうことか、お分かりになりますか」

「育成と専売には一文の正貨もかかっていないのに、販売代金は正貨で入ってくる……」

「まさに、そうです。俗に言えば、丸儲けです。おのずと藩の金蔵には、急速に正貨が蓄えられます。つまりは、藩の内証が、目に見えて立ち直ってゆくわけです」

仕法の基本形は、この仕組みの一と二で完結している。仕組みの三と四は、この仕法の効果をさらに高めるためのものだ。

商品には相場というものがある。あるときは値が高く、あるときは低い。当然のごとく、高いときに売ったほうが利益が出る。商品は相場の動きを見極めて売らなければならない。

天候や災害など、諸々の要素で相場は動く。鰯が不漁だと菜種が上がる。鰯から取る魚油が不足するからだ。そういう相関をさまざまに弁《わきま》えていないと、十分な利益が上がらないどころか損をする。

だから、商品は業者任せにするのではなく、自ら売る必要がある。むろん、相場を読むことのできる人材を揃えて専門の物産会処を整え、最も利益が大きくなる売り方をしなければならない。借りた蔵では、借り賃のために、売り急いでしまう恐れもあるので、自前の蔵屋敷も必要になるだろう。これが仕組みの三だ。

そして、仕組みの四は、速やかに商品を売れる場処に届けることである。いくら絶好の売りどきを捉えたとしても、商品が買い手のいる場処になければ話にならない。そのためには、いつでも動かすことのできる、自前の船を持つのが望ましい。ここぞと見極めたときに、速やかに商品を送り届ける。

けれど抄一郎は、この三と四を清明に説くことができなかった。仕組みの二を語り終えたとき、清明が腕を組んで、天井を見上げた。そして、小さく呻《うめ》き声を洩らしてから、目を戻すと、ぽつりと言った。

「船が要りますな」

そして続けた。

「それも弁才船《べざいせん》が。わが国にも廻船はあることはありますが、旧《ふる》い羽賀瀬船《はがせせん》と北国船《ほっこくせん》だけなのです」

「船がなければ、できないというわけではありません。当初は旧い船でも、あるいは船なしで始めて、蓄えができてから、弁才船を手に入れるということでもよいのではないでしょうか」

弁才船は帆走のみで航行できる新しい船形だった。船乗りの数が少なくて済む上に、航行日数が大幅に減る。つまりは、速やかに荷を届けて、売る機会を逸するのを少なくできる。

だから、弁才船が使えるに越したことはない。が、ここまで内証が傷んだ島村藩に万全を求めるのは、ないものねだりでしかない。まずは、仕法の核となる二つの仕組みで始めて、余裕ができてからあとの二つに手を着けることを、抄一郎は考えていた。

「やはり、江戸での備えもきっちりとやりたい。金が要りますな。とにもかくにも、金が要る」

けれど、清明は、抄一郎の言ったことなど耳に入らぬ風だった。

清明の理解の早さには感心したが、その感心を不安が上回った。金がないから、この仕法を始めるというのに、とにかく金が要ると言う。抄一郎は、さっきの出口のない迷路と同じではないかと思い、一瞬、清明に信頼を寄せた己の、人を見る目を疑った。

「奥脇殿」

一人、思案を巡らせていた清明が、抄一郎の目を真っ直ぐに捉えて呼びかけたのはそのときだった。

「この仕法、なんとしてもやり遂げたい。ただし、やるからには時をかけられません。追い追い、分かっていただけると思うが、この国には時をかけられない事情があるのです。いきなり最初の年に目に見える成果を上げ、長くとも三年で内証を立て直さなければならない。ついては、初めからすべての仕組みを揃えて、跳び出したいと存ずる」

有無を言わせぬ、言葉の強さだった。

「むろん、そのためには無理をしなければならぬが、この仕法ならば、無理をする覚悟も据わります。前々から、いつかはやらねばならんとは思っていたのですが、背中を押してくれるものを見つけることができなかった。ようやく、この仕法と出会えて、背中を押されたどころか、突き飛ばされました。是非とも、やり遂げるまで、お力添えを願いたい」

清明は両手を突いて、深々と頭を下げた。そして、顔を戻すと、続けた。

「ついては、即刻、前へ進めるために、関わる者たちと稟議《りんぎ》を持たなければならぬので、これにて失礼させていただきたい。たとえ半日といえども、できることをやった上で、また明朝、奥脇殿とこの部屋にて寄合を持ちたいと存ずる」

その動きの素早さには驚いた。抄一郎の期待していた線をはるかに越えていた。けれど、それがまた不安を煽《あお》った。

城を辞し、ともあれ、街をひと巡りしてみようと、福田屋のある通りに出た抄一郎は、いったい清明はどうやって「前へ進める」のだろうと想った。どうやって出口を刳《く》り貫き、金をつくり、船を買うつもりなのだろう。清明の言う、半日で「できるこ

「と」とは、いったいなんなのだろう。「無理をする」とは、どんな「無理」なのだろう。

家老でさえ七十五石の国だ。もはや、家老の自覚を保つのも難しかろう。それを知ってみれば、江戸家老の田中惣右衛門がいきなり費用の話を持ち出したのも分かる。恥だの、外聞だのと、言っていられる段階はとっくに過ぎ去っている。

通りを巡ってみても、やはり目ぼしい大店は福田屋一軒で、川端を歩いても盛り場など見えない。あまりにも深閑とした城下町しか持てないこの国で、清明はなにをどうして、「初めからすべての仕組みを揃えて、跳び出そう」としているのだろう。

到底、できるはずもないと思う一方で、清明ならばやってのけてしまう気もする。清明の言う「無理」を通してしまいそうに感じる。

なぜだろうと訝《いぶか》り、やがて甚八と似ているからかと思った。

初めて顔を合わせた瞬間に感じたのだが、清明からは女の匂いが伝わった。いま、女がいるとか、昔、女と遊んだとかいうのではなく、女と抜き難く関わったことがあって、さながら綴《つづ》れ織《お》りのように、清明のなかに女が組み込まれている気がした。

その綴れ織りが、なにかをしでかすかもしれない。甚八と似ているのは姿形ばかりではないようで、自分はどうやら、こういう男と縁が切れぬらしいと、ふと思った。

◆◆◆

翌朝、目覚めると抄一郎は、清明がどんな「無理」をしたのかを、早速知ることになった。

清明はたしかに、「たとえ平日といえども、できること」をやっていたのである。

昨夜、抄一郎は、御城の周りに目立つ空き屋敷の一軒の、大番士の組屋敷に宿を得た。御城とも間近なので、すぐに連絡がつくようにするためにも、当分は、そこを使ってほしいと言われた。

そして今朝、清明が寄越してくれた下女のつくる芋粉汁《いもこじる》で腹をよくして、昨夜のうちに整えておいた仕法の段取りの資料等を改めていたとき、梶原講平が姿を現わした。講平の御役目は御小納戸となっていたが、それは、形をつくっただけで、実際は清明の手足となって動いているらしく、今日も御城へ付き添ってくれる手筈になっていた。

「もう、お耳に入っておりますか」

抄一郎の顔を見るなり、講平は言った。どうにも落ち着かぬ、見方によっては怯《おび》えているような様子で、いったいなにがあったのだろうと思った。

「いや、なにも」

耳に入っているもなにも、今朝、会った島村藩の家臣は講平が初めてだった。

「なにか、御城でござったか」

講平の不安そうな顔を見て、抄一郎が最初に想ったのは、朝四つ（午前十時）に予定されていた清明との寄合がなくなったことだった。想ってもみなかった事態が起きて、抄一郎と会う予定が立たなくなったのではなかろうか。

あまりに勢い込む清明に危惧を抱いていただけに、やはり、と思った。清明ならばやってのけるかもしれぬという気がしつつも、島村藩の置かれた状況のあまりの厳しさが頭を離れることはなく、ぬか喜びせぬよう、いきなり頓挫する筋書きも用意していた。やはり、そっちかと、想わざるをえなかった。

けれど、抄一郎は、落胆はしなかった。というよりも、落胆する間もなく頭が切り替わって、清明の身を案じていた。単に、寄合が開けなくなったのではなく、清明の身に災いが降りかかったのではないかと危惧した。

なにをどうしようとしていたかは知らぬが、ともあれ、清明はたった半日で事態を前に進めようとしていた。ことを急ぎすぎたあまり、想わぬ反撃に遭ったことは十分に考えられる。

あるいは清明は、誰もが追い詰めるのを避けてきたこの国で、誰かを追い詰めようとしたのかもしれない。ずっと猫も鼠も仲良くやってきたのに、急に爪を見せた猫に驚いて、追い詰められた鼠が猫を嚙んだ……。きっと鼠たちは、清明を猫とは知らずにいたのだろう。

「執政に、なにかござったか」

待っても答が出てこない講平に、抄一郎は重ねて尋ねた。最悪の成り行きさえ頭を過《よぎ》った。

「わたくしは……」

抄一郎の顔を見ずに、講平は言った。

「執政にお会いするのが恐ろしゅうなりました」

さらに怯えを増したかに見える講平の様子に戸惑いながらも、抄一郎はひとまず安堵した。その言い方なら、清明が骸《むくろ》になっていることだけはあるまい。

寄合の刻限まで、まだ半刻（一時間）近くはあった。とにかく、講平を落ち着かせて、状況を摑まなければならないと思った。抄一郎は努めて、ゆったりと構えた。

「昨夜、遅く……」

唾を幾度か呑み込んでから、講平はようやく語り出した。

「わたくしと同い齢の親類が、血相を変えて屋敷に跳び込んできました。そやつが申すには……」

講平は息を大きく吸って丹田《たんでん》に送ってから、言葉を続けた。

「執政が、祖父に切腹を命じたというのです」

すぐには、意味が摑めない。

「祖父とは……」

抄一郎は言った。

「梶原佐内殿のことでござるか」

分かっていても、たしかめずにはいられなかった。

「さようです。伯父が、祖父様《じいさま》に、腹を切れと命じた、ということです。それも、あの釣術大会の責めを問うて」

自分が受け取ったとおりでまちがいないと分かると、突如、腹のなかいっぱいに鉛を埋め込まれたような気がした。

鉛はあまりに重く、放っておけば腹を割られそうで、抄一郎は慌《あわ》てて退《ど》かしにかかった。それが、清明が言った「無理」の始まりと想うには、あまりに法外すぎて、いくらなんでも、そんなことになるはずがないと、思い込もうとした。

戦国の世ならば、肉親のあいだでも命のやりとりは珍しくなかっただろう。が、いまは合戦の時代が終わって百六十年が経った宝暦だ。強《し》いられたわけでもないのに、誰が好き好《この》んで自分の父親に切腹を命じるだろう。

それに、責めの理由となった釣術大会の事件からも、もはや十年が経っている。いまになって、わざわざ事件を蒸し返し、罰を言い渡すはずがない。

現に昨日、清明は「あれは父一人のせいではありません」と言っていた。ことの大元が、「貧しい国ゆえの優しさ」にあるのを分かっていた。清明は佐内に、責めを問うていない。

「いくら執政の席にあるとはいえ、自分の父親に、伯父が切腹を命じるはずもありません」

講平も否定した。昨日、講平は清明のことを「執政」と呼び、佐内のことを「佐内」と呼び捨てていた。今日は、伯父と言い、祖父様と言っている。いくら状況を冷静に観ようとしても、いざとなれば肉親の血が表に出る。人とはそういうものだ。講平は甥の顔になって、孫の顔になって、続けた。

「真《まこと》であるわけがないと信じつつも、まんじりともせず夜明けを迎え、とにかく真偽をたしかめようと一番で御城に上がってみました。ところが、たしかめるどころか、登城してくる者の誰もがわたくしに目を留めて、切腹の御下知はほんとうかと逆に尋ねてまいります。同じ梶原家一統の者ということで、なにかを知っているだろうということなのでしょう。誰にとっても噂でしかないとなれば、彼らがわたくしを取り囲むのも無理からぬことです。けれど、むろん、わたくしはなにも知らされていない。それで、とにかく輪から抜け出して、こちらへ上がった次第です」

「するとまだ、真偽ははっきりしていないのですね」

「はい。それで、こうして、予定の刻限よりも前に参上しました」

腹に収めていたものを出した講平は、少し落ち着きを取り戻したかに見えた。

「おそらく、伯父のごく側に仕える者を除けば、最初に真偽をたしかめることになるのは、朝四つに寄合を控えている奥脇殿になると思われます。わたくしは案内さしあげるだけなので、直に話を聞くことは適いませぬ。寄合の席で、伯父がそのことに触れるかどうかは分かりませんが、もしも話に出ぬときは、是非とも奥脇殿のほうからお尋ねいただきたい。そして、伯父が伏せるという意向でない限り、即刻、わたくしに教えていただけるよう、お願い申し上げます」

講平は深く頭《こうべ》を垂れた。

「たしかに承った」

抄一郎は答えつつ、大丈夫だと思おうとした。質《たち》のわるい噂に決まっている、きっと、清明は一笑に付すだろう、と。しかし、そう思う一方で、ふと、別の考えが過《よぎ》った。やはり、これが、清明が言った「無理」の始まりではないのかと。

「つかぬことを伺うが……」

その疑念が、抄一郎の唇を動かした。

「今朝、登城してきた藩士の数ですが、いつもと比べてどうでしたか」

「それは、随分と多ございました」

講平は答えた。

「こういうことがあったせいでしょう、いつもよりもはるかに多かった。すべての藩士が登城してきたかのようでした。久々に、御城が人で溢れるのを目にして、それどころではないはずなのに、気持ちが昂《たかぶ》りました」

「さようですか」

ふーと大きく息をして、抄一郎は言った。そして、続けた。

「そろそろ御城へ上がりましょうか。まだ間はありますが、早めに備えたほうがよいでしょう。これからの動きは、おそらく急になると思われます」

退けたはずの鉛が、腹に戻っていた。ふと湧いただけのはずの疑念が、講平の返事を聞いて、みるみる大きくなっていった。もはや、ただの噂ではないのは明らかと思えた。しっかりと企てて、流したのだ。となれば、出処《でどこ》は、清明しかありえなかった。

誰もが責めを問わず、責めを負わないこの国では、まともに総登城を命じても、きっと空《くう》を切るのだろう。けれど、執政が元筆頭家老に、子が父に、切腹を命じたとなれば、脛《すね》に疵《きず》持つあらかたの藩士は、事の真偽をたしかめようと、御城に詰めかけてくる。それを見越して、噂を広めたのにちがいない。清明はまさに「無理」なやり方で、総登城を実現してのけたのだ。

大手門を目指す路々、幾度となく反芻《はんすう》しても、それ以外に考えられなかった。問題は、その噂が、藩士を総登城させるための方便なのか、あるいは真《まこと》なのかだった。

ふつうならば、真であるはずがない。が、ふつうならばありえないことをやってこそ、「出口」が開く。責めを負わぬことに、どうしようもなく慣れ切ってしまったこの国の習いを、一気にひっくり返すことができる。きっと、これが、清明が言った「無理」であり、「たとえ半日といえども、できること」なのだろうと、抄一郎は考えざるをえなかった。

しかし、その一方で、ここまでやるかという想いも依然として残った。

理詰めで考えれば、ここまでやらなければならない。国がもはや〝優しくない〟ことを知らしめるには、これしかない。異常の状態を元に戻すには、やはり異常の力をもってするしかない。子が父に腹を切れと命じるのは、しかも、事件から十年も経ってから、誰に強いられたわけでもないのに死ねと告げるのは、十分すぎるほどに異常である。

しかし、そうはいっても、生身の人間は、理詰めでは動けぬものだ。抄一郎とて、清明がこう出るまでは、考えもつかなかった。新たな仕法を実現するに当たって、最も重要なのは、先頭に立つ者が死を賭す覚悟を固めていることだと信じてはいたが、子が父に死を求めることまではまったく考えが及ばず、まさに度肝を抜かれた。

いったい、なにが、清明の背中を押したのだろう……御城の御用部屋に入るまで、抄一郎はずっと考えを巡らせていた。

「もう、噂のことはご存じですね」

抄一郎を御用部屋へ招き入れると、開口一番、清明は言った。様子は昨日となんら変わらなかった。

「はい」

抄一郎は答えた。

「あれは、真です」

要らぬ言葉を挟まないのも、昨日とまったく変わらなかった。

「父には、やはり、若殿が水難に遭われたことの責めを負ってもらうことにしました」

「昨日はたしか……」

　抄一郎は言った。

「お父上一人のせいではないとのお話でした。貧しい国ゆえの優しさであると」

「そのとおりです。父には一人でぜんぶ被《かぶ》ってもらうことにしました。父の責めも、父の責めではない責めも、すべてです」

「それが『出口』ということですか」

「そうです。これが出口です。己の犯した非の責めは負わねばならぬという、至極、真っ当な国に戻るための最初の一歩です」

「正直申し上げて……」

　天井の板目に目をやってから、抄一郎は続けた。

「それがしは『出口』はないと思っておりました。貧しい国ゆえの優しさを拭い去る手立てなどないと。梶原殿がこのようにされて初めて、『出口』があるのだと分かった。しかし、ここまで『無理』をされるとは予想がつきませんでした。きっかけをつくったのはそれがしなのに、覚悟がついてまいりません。いまは、果たして、仕法を献策したのがよかったのかどうかとさえ考えております」

「それは困ります。もう、引き返すことはできません」

「もとより、覚悟はついて来ずとも、献策した責めは負うつもりでおります」

昨日、清明は、ようやく無理をする覚悟が据わったと言った。いつかはやらねばならんとずっと思っていながら、背中を押してくれるものと出会えずに来たが、抄一郎の仕法で背中を突き飛ばされたと言った。

もしも、自分が献策さえしなければ、佐内を生贄《いけにえ》にしなかったのは明らかだった。このままゆけば、佐内の命を奪ったのは、自分ということになる。

「藩札の相談に乗るということは、ここまで引き受けることだと、教えていただいた。ほどなく、覚悟も追い付きましょう。最後の最後まで、付き添わせていただきます」

「かたじけない。恩に着る」

清明は小さく頭を垂れた。

「しかし……」

話を重ねても昨日と変わらぬ清明に、抄一郎は言った。

「今日より、世間は、梶原殿を鬼と見るでしょう」

「もとより、鬼になるつもりでおります」

即座に、清明は受けた。

「これよりは、もっともっと鬼にならねばならない。そうでなければ、このみすぼらしい国が、初めからすべての仕組みを揃えて、跳び出すことなど到底できません。しかし、今回の切腹の件については、鬼ゆえの理由のほかにも、また別の理由があります」

「それはまた、どのような？」

「それがなにかは、奥脇殿ご自身の目でたしかめていただきたい」

「目で……」

理由が、目で見えるというのか。

「本日、午九つ（正午）より、大手門前の広小路にて、梶原佐内の切腹を執《と》り行います。それを、とくと見届けていただきたい」

思わず、抄一郎は清明の瞳を覗いた。

「失礼だが、お気はたしかか」

驚愕《きょうがく》は、切腹が真と知らされたときの比ではなかった。

切腹は知る前からありうると想うことができた。けれど、大手門前の広小路という切腹の場は、まったく考えもつかなかった。

「そのつもりでおります」

「それがしが見た限りでは、大手門前の広小路は城外であり、市中に通じております」

「そのとおりです」

「承知して、その場処にされたということか」

「いかにも」

答をたしかめた抄一郎はひとつ息をついた。そして、言葉を繋げた。

「御父上の名誉ある最期を、巷《ちまた》の見世物にされるおつもりか」

「見世物でも、なんでも」

「そこまでせねば、『出口』は開かぬとお考えか」

「申し上げたように……」

清明は抄一郎の目を見返して、一語一語を嚙みしめるように言った。

「奥脇殿ご自身の目で、たしかめていただきたい」

そして、続けた。

「今朝の寄合はこれにて。続きは、見て、たしかめていただいた後で」

抄一郎とて、こんな気持ちのまま新たな仕法の実務の詳細に入れるはずもなかった。

「それが、よろしかろう」

腹の鉛がさらに重さを増したのを認めながら、抄一郎は御用部屋を辞した。追いつきかけた覚悟が、また揺らいでいた。

たしかに、佐内の切腹を衆人の眼に晒《さら》せば、『出口』はさらに広がるだろう。誰の腹の底にも、己の犯した非の責めは負わねばならぬという戒めが理屈を突き抜けて棲みつくだろう。

しかし、子が親にそこまでできるものか。それでは本物の鬼ではないか。抄一郎は清明の言ったことを、いまだ信じられずにいた。

「いかがでした、でしょう」

控えの間に戻ると、すぐに講平が訊いてきた。

「されば、いったん表へ」

身内の講平が事実を知れば、衝撃は自分の比ではあるまい。我を忘れて、清明の御用部屋に押し入ることもありえよう。とりあえず、それは避けるべきだろうと抄一郎は判断した。

とはいえ、講平に言わぬわけにはゆかなかった。おそらく、清明は間を置かずに、大手門前広小路での切腹を触れ回らせるはずだ。人伝《づて》に聞いたのでは、より酷《むご》かろう。せめて、誰よりも早く知らせてやらねばならない。

抄一郎は御用部屋との距離をとるため足早に城外へ出て、堀端へ足を向けた。そして、おもむろに口を開こうとしたとき、講平は言った。

「分かり申した」

その顔に、先刻までの怯えの色はまったく窺えない。

「ここまで足を延ばされるということは、結果は言わずもがなでしょう。御配慮、痛み入ります。ですが、御懸念は無用です。先ほどは見苦しい様をお見せしてしまいましたが、わたくしもこの国の武家です。言うに言われぬ時を重ねてまいりました。短慮はいたしません」

抄一郎を待つあいだも、さまざまに考えを巡らせて、覚悟を固めようとしていたのだろう。

「午九つ……」

この男なら、すべてを知っているべきだと抄一郎は思った。

「大手門前の広小路です」

「そうですか」

さすがに動揺は隠せなかったが、己はしっかりと保った。

「真に相済まぬが……」

それでも、声は詰まった。

「午九つまで、奥脇殿をお一人にしてよろしいか」

「もとより」

「では、お言葉に甘えて、これにて失礼させていただく」

講平が、一人になって、己がなにをなすべきなのか、もう一度、突き詰めようとしているのは明らかだった。そして、それは抄一郎とて同じだった。

講平の後ろ姿を見送って、松に縁取られた堀端を巡れば、さまざまな想いが湧いた。

「奥脇殿ご自身の目で、たしかめていただきたい」と語った清明の真意はどこにあるのだろう。大手門前広小路での、佐内の切腹のなにを見届けろというのだろう……。

堀端に枝を伸ばす松は、やはり手入れがよくない。春の緑摘《みどりつ》みはおろか、古葉引《こばひ》きも、揉み上げもなされておらず、茶色い斑《まだら》の姿になっているのは、幹に菰《こも》が見えないのは、春になって外したのではなく、最初から巻かれなかったのだろう。り枯れた樹も目立って、いかにもこの国らしい。ゆっくりと息を詰まらせていった国が、いよいよ最期の時を迎えようとしているかに映る。見渡せば、すっか

常磐樹《ときわぎ》であることをやめた松に導かれて堀端を行きながら、抄一郎は思案を重ねた。大手門前広小路での、佐内の切腹はこの国の緩《ゆる》やかな死を止めることができるのだろうか。しかし、それをやったら清明は本物の鬼になるがと、もう一度声には出さずに呟いたところで、もとより清明は鬼になろうとしていたのだと思った。

清明は御用部屋で「もっともっと鬼にならねばならない」と言った。「そうでなければ、このみすぼらしい国が、初めからすべての仕組みを揃えて、跳び出すことなど到底できません」と言った。

あのときは、清明が己の心の内を語っているのだろうと思った。鬼になるという、決意を吐露《とろ》しているのだと受け止めた。

けれど、この国が変わるためには、清明が鬼の気になるだけでは足りない。藩士が、領民が、清明を鬼と見なければならない。

鬼のすることだから仕方ないと、なにをされても士民が諦めるまでに、鬼と了解されなければ、『無理』は無理のままにとどまるだろう。

そうだ、と抄一郎は思う。大手門前広小路での、佐内の切腹は、見せしめだけではないのだ。己の犯した非の責めは負わねばならぬという戒《いまし》めのみなら、こんなことまではしない。

それはきっと、梶原清明の、鬼のお披露目《ひろめ》でもあるのだろう。

本日、午九つ、この島村藩という瀕死の国に、かつていなかった本物の鬼が生まれたことを披露するのだ。

そうして、士民に用意を促す。

この切腹は手始めにすぎない、今日よりは、こんなことが当たり前になるのだという、覚悟を求める。

しかし、と抄一郎はまた思う。

清明は「今回の切腹の件については、鬼ゆえの理由のほかにも、また別の理由があります」とも言っていた。

鬼のお披露目が加わっただけではないということだ。

それは、なんだ。清明は自分になにをたしかめさせようとしている。この上、ほかになにがあるというのだ。

そうこうしているうちに、午九つが近づく。

突然、ピヨッ、ピヨッという愛らしい鳴き声が空から降ってきた。

見上げれば、首の白い鷹が舞っている。

魚を狩る、ミサゴだ。

島村藩は長い海岸線を持つが、城下の鐘崎は内陸に入っている。迷い込んだのだろうか。それとも、近くに湖でもあるのか。ピュ、ピー。ミサゴはゆったりと舞いながら、猛禽とも思えぬ鳴き声を上げ続ける。

抄一郎はふっと息をつき、ゆっくりと大手門前広小路へ足を踏み出した。

午九つの鐘はまだだが、大手門前広小路には、もう人垣ができている。

抄一郎は講平と出くわさぬよう、素早くその人垣に紛《まぎ》れた。

佐内の切腹は、誰にも気を取られることなく、ただ一人で見届けたい。きっと、講平にしてもそうだろう。

人垣は、島村城の大手門に顔を向けている。大手門は南を背にしているから、そこを背後に据えれば、切腹者は作法どおり北に対することができる。

けれど、作法どおりなのは、方角くらいのものだ。

すでに門前には切腹座が用意され、二枚の白縁の畳が撞木《しゅもく》に据えられてはいるが、血を吸い取るための布団は見えない。敢えて畳に、そして広小路の土に、迸《ほとばし》る血を呑ませるつもりのようだ。

白の幔幕《まんまく》も切腹座の背後のみで、両脇にはない。企《たくら》んで切腹者を囲わず、人垣のどこからも見えるようにしているとしか思えない。

そして、切腹座の向かいには検死役の座と思しき一枚の畳が見えるのだが、その位置が随分と近い。切腹者の血飛沫《しぶき》を浴びかねない間合いだ。

おそらく、そこには、梶原清明自身が座すにちがいない。

人垣は、腹を搔き切る佐内だけでなく、目前で見届ける清明の姿をも目に焼きつけることになる。

やはり、切腹は戒めであり、そして、鬼の御披露目なのだ。

切腹座の脇には、数人の役人が落ち着かなげに佇《たたず》んでいる。

そのなかに、抄一郎は介錯人の姿を探すが、認めることができない。刻限間際に現われるのだろうか。きっと、人を得るには、難儀したことだろう。すべてを曖昧に済ますことに慣れ切ったこの国で、介錯を引き受ける者を探すのは至難だったはずだ。

そうしているあいだにも人は次々に詰めかけてきて、背後の人垣が厚みを増す。藩士のみならず、町人、百姓の姿も目立つ。切腹の触れから、まだ半刻と経っていない。にもかかわらず、あれほど深閑《しんかん》としていた鐘崎のどこから、これだけの人が湧いて出たのだろう。

やがて、人垣は切腹座を大きく馬蹄形に囲んだ。検死役の席の後方に立つ抄一郎の目は、自然と左右の人垣を捉える。

その人垣は、それまで抄一郎が見知っているどの群衆ともちがう。

そこには喧噪がない。ざわめきがない。人垣は何重にもなっているのに、しんと鎮まり返って、皆が皆、固唾《かたず》をのんで、これから起きようとすることを待っている。

異様な静けさのなか、午九つの鐘が響き渡った。

前触れもなく、南から白裃《しろかみしも》の武家が現われ出る。それでも、どよめきは起きない。

幾多の顔が、唇を閉ざしたまま武家を凝視する。

梶原佐内ではない。武家は真っ直ぐに、切腹座の向かいの畳に向かう。清明だ。検死役にもかかわらず、白裃を着けているのは遺族となるからか。それとも、白装束を切腹者の血潮で染め、人垣に向かって見得でも切るつもりか。

ややあって、白の小袖に、浅葱《あさぎ》色の麻裃の武家が幔幕の袖から姿を見せ、いったん北へ回ってから、切腹座へ向かった。

うっという押し殺した呻《うめ》きが響き合って、妙な音の塊《かたまり》が広小路を包む。

清明をそのまま齢取らせた顔に、白髪の髷《まげ》と鬢《びん》。月代《さかやき》はきちんと剃っている。梶原佐内、でまちがいなかろう。抄一郎は思わず首を前に送って、目を凝らした。

怯えた様子はない。春の陽が降り注ぐ縁側から、無理矢理連れ去られた気配はない。目にも、無念の色は皆無だ。あくまで淡々と、切腹座に軀を運んだ。

座しても、目は泳がず、和《なご》んでいる。まるで、この日を待っていたかのようだ。検死役の清明に黙礼することもなく、薄く息を吸って、丹田に送った。

頃合いと見た役人の一人が、短刀を載せた四方《しほう》を前に置く。

口上もなにもない。すべては無言のまま、あまりに淀みなく運ぶ。それが、この切腹の異様さを、さらに際立たせる。

佐内は、四方の上の短刀に目を落とす。その期《ご》に及んでも、逡巡する様子はない。落ち着き払って肌脱ぎをし、紙を巻いた本身を左手に持った。

待て！　と、抄一郎は声には出さずに叫ぶ。まだ早い。まだ、介錯人が来ていない。いま短刀を手に取れば、悶絶するほどの苦しみが続くことになる。

慌てた抄一郎の目は検死役の清明に向くが、制止する素振りはない。じっと動かず、眼前の佐内を見詰めている。

視線を戻す間もなく、佐内は右手を添えて押し戴いた短刀を、右手に持ち替え、峰を左にした。佐内の覚悟に、見る覚悟が追いつかない。思わず抄一郎は目を背《そむ》けようとした。

瞬間、抄一郎の脳裏に、「奥脇殿ご自身の目で、たしかめていただきたい」と言った清明の声が蘇って、知らずに顔が戻る。その途端、鎮まり返った大手門前広小路に、肉を刺す音が微かに響いた。

介錯を得ぬまま、佐内は臍上《へそうえ》一寸を左から右へ、一文字に切り進める。

血が畳を伝って広小路の土を染め、大きく割かれた疵口《きずぐち》から、桜色の臓物が覗いた。

佐内は左手で臓物を腹に戻し、一文字を描き切った短刀を、今度は鳩尾《みずおち》に突き立てんとする。縦に切り下げ、十文字腹をやってのけようというのだろう。けれど、短刀を握った右手は、そのまま宙に浮く。佐内は大きく息を荒らげ、力が溜まるのを待っている。

無理だ、と抄一郎は思う。七十に届こうかという齢だ。長く続いた窮乏で、ずっとまともな食事も摂《と》っていまい。一文字腹でさえ、体力の限界を超えている。量りがたいほどの気力のみで、ここまで来た。もう、十分だ。たしかに、見届けた。この目で、見届けた。抄一郎は再び、清明を見やった。

背筋を伸ばし続けていた清明の腰が浮きかけている。己自身で、介錯に出るつもりなのかもしれない。揃えていた右の膝も、ぴくりと動いた。

と、佐内が落とし気味にしていた両眼を清明に向けた。いささかも衰えぬ眼光が、清明を制する。と、すぐさま佐内は短刀を突いた。

その瞬間、一文字腹を押さえていた左手が緩み、臓物が溢れ出た。佐内が畳に落ちて湯気を上げる臓物に目を落とす。もはや、再び腹に収めるのは難しい。

ふっと息をついた佐内の顔から、笑みが洩れた。間を置かずに、短刀を首に突き立てる。

青空に舞うミサゴを狙わんばかりに血が高く噴出して、向かい合う清明を滝のごとく打った。

清明はそのままの姿勢で、父の血飛沫に打たれる。白袴は見る見る赤袴になる。けれど、清明は身じろぎもしない。まるで滝行《たきぎょう》のように血を受け続ける。

やがて、佐内の首から噴き出る血が収まり、軀が前にのめった。

すっくと、清明が立つ。

袖口といわず、袴の裾といわず、血が滴《したた》り落ちる。

さながら血袋と化した清明は、広小路を赤く染めながら、来たときと同じ足取りで、敷絹《しきぎぬ》に隠されることもなく晒《さら》された亡骸《なきがら》の処まで足を運んだ。

腰を落として佐内を抱きかかえ、己一人で、運び込まれた棺に収める。

人垣に向かって、赤く染まった顔を向けることもなく、そのまま棺に付き添って幔幕の向こうに消えた。

叫び出したい衝動を抑えて、抄一郎は呻《うめ》いた。

これが十年前、自裁できなかった男の切腹かと嘆じた。

目を戻して、ふと己の襟を見やると、血が数滴、貼り付いている。

「今度こそ、たしかめた」と、抄一郎は唇を動かさずに言った。

鬼ゆえの理由ではない、また別の理由を、確《しか》とたしかめた。

なんで、いま、清明が佐内に切腹を命じ、しかも大手門前広小路を選んだのかが、手に取るように分かった。

清明は父の佐内に、死に場処を与えたのだ。

初めて会ったとき、清明は「己が自裁しないのを、誰よりも不思議に感じていたのは父自身であると思います」と言った。

「死ぬきっかけを失ったまま時が経って、父はいまもなんで自裁しなかったのかを問い続けています」と言い、「これからも命尽きるまで、問い続けることになるでしょう」と言った。

「誰よりも、武家たらんとしてきた」佐内にとって、この十年は生ける地獄だったにちがいない。そして、その地獄は生ある限り、ずっと続くのだ。

それが分かりすぎるほど分かっていた清明は、おそらくは隠居の処分が決まったときから、佐内の死に場処を用意しなければと念じていたのだろう。

けれど、誰も責めを負おうとしない国の総仕上げをしたのは佐内自身であり、武家として死ぬ場処はすっかり消え失せていた。

そこに持ち込まれたのが、抄一郎の献策だ。

やり遂げようとする気概がなによりも問われる新たな仕法を押し進めるためには、佐内の切腹が決定的な意味を持つ。

きっと清明は、抄一郎の仕法に、この国の明日だけでなく、父の死に場処を見いだしたにちがいない。

清明からそうと告げられた佐内もまた、長い問いかけが終わることを大いに喜び、己の死を、存分に役立ててほしいと願ったのだろう。

あるいは、作法を踏み外した切腹の次第は、佐内が決めたのかもしれない。

己の血を布団に吸わせず、広小路の土に染み込ませたのは、後々まで、そこを往く人の記憶に残すためだろう。

介錯なしの十文字腹も、見る者が忘れたくても忘れられぬように企んだのであろうし、清明に白裃を着せたのも、噴き上がる己の血を吸わせて、鬼の姿にしようとしたのだろう。

すべては、己の犯した罪の責めは負わなければならないという戒めが、より深く人々の腹の底に棲みつくように、佐内自身が考え出したのではなかろうか。

前夜、見た目にはあくまで楽しげに、ああすればよかろう、これはどうだと、あるいは未明近くまで話し込む父子の姿が浮かんで、抄一郎は思わず、目尻を拭った。

この佐内の切腹を、無駄にはできない。

もう一度、抄一郎は、「たしかに自分の目でたしかめた」と、心のうちで言った。

そして改めて、藩札板行指南という、己の役の重さを嚙みしめた。

たかが藩札、ではないのだ。

ずっと、藩札板行指南は、死と寄り添う武家のみが成しうる役目と信じてきたが、もはや、それだけでもない。

この役目は己の死だけではなく、他者の死をも求める。

さまざまな人の、さまざまな生と死を巻き込む。これよりはもっともっと、巻き込むことになるだろう。

父を殺し、その骸《むくろ》を晒して、清明は鬼になった。

けれど、藩士と領民に、鬼として振る舞うのはこれからだ。

遠からず、鬼退治を名乗り出る者が現われるのは、覚悟の上だろう。
なんとしても、御主法替えを成功させなければならない。
己もまた、梶原佐内の血潮に塗《まみ》れたのだと、抄一郎は思った。

［四］

その夜、抄一郎と清明は、新しい仕法を進めていくための最初の寄合を持った。

その夜のうちに始めなければならないことを、二人とも分かっていた。

それこそが、清明のほんとうの闘いであり、佐内の切腹は、酷《むご》い初陣なのだった。

となれば、時を空けてはならなかった。

血の臭いの消えぬ清明と膝を突き合わせ、まずは、清明が改革の期限と定めた三年後に、藩の蔵にいくらの囲い金を貯《たくわ》えるのかから、話を始めた。

「ご承知のような窮状が長く続いたため、年貢の決済もままならぬのが実情です」

淡々と、清明は語った。

「恥ずかしながら、国の実際の石高である内高《うちだか》が、どれほどになるのかさえ摑んでおりません」

血の臭いさえ閉ざせば、清明は昼間、検死役の席に座していた人物とは思えなかった。

「ですから、これは実績の裏付けのある目標ではなく、私の漠とした想いなのですが、三年で五万両と考えております。これは、五万両の貯えが欲しいということであると同時に、三年で五万両を貯えうる国にしたいということでもあります」

抄一郎は目で、話の先を促した。

「五万両あれば、たとえ飢饉が十年続いても領民を飢えさせることはありません。また、三年で五万両を貯えうる国になった暁には、いまのどうしようもない島村藩の武家ではない、国を担うに足る藩士が育っていることでしょう。さもなければ、一年に一万七千両が貯まるはずもない。人さえ得れば、四年目以降も安泰です。はなはだ曖昧ではありますが、三年で五万両、これを目指して進んでいきたいと存ずる」

「よろしいのではないでしょうか」

抄一郎は言った。これまでの国の成り立ちを大元から変える御主法替えは、日々の政《まつりごと》とはちがう。日々の政はなによりも継続を尊ぶが、御主法替えでは、継続こそが最大の敵である。

切るに切れぬ旧弊を断ち切るには、牽引《けんいん》する者の想いと覚悟がなによりも問われる。細かい数字合わせは、勢いを削《そ》ぐだけだ。周りの七、八割方が無茶と反対するくらいの旗を掲げたほうが、むしろ、眠っていた力の蓋を外すことができる。

「して、三年で五万両を稼ぎ出す特産物には、なにを」

「それについては、前夜、父の佐内とも話しました」

そこで、佐内の名が出てくるとは、抄一郎は思っていなかった。

「父は十年前に御役目を辞すまで、十六年、筆頭家老の席にありました。この国を、生まれ変わらせることができなかった張本人です。ただし、この国のことは、誰よりも深く知悉《ちしつ》しております。その父が語るには、やはり、鰯の魚油と〆粕《しめかす》、そして大豆であろうとのことでした」

それは、抄一郎が考えていた産物でもあった。その品目ならば、速《すみ》やかに金に替わる。

「いまから、紅花や藍などの新たな産物を育てようとすれば、経験を積むだけで三年が経ってしまうでしょう。ずっと育てている物で、商いのやり方を変えるだけで化けるもの、しかも、三年で五万両の利益を上げられるものとなると、魚油と〆粕、そして大豆しかあるまいとの話でした。私も、同じことを考えておりました。米の収量が上がらぬ北国の常で、わが国は、米の石高は小さくとも、国土は大きいのです。西国であれば、六万石並みの土地を与えられている。海に面した国なので、おのずと海岸線も長くなります。これまで米に注ぎ込んでいた力を、魚油と〆粕、大豆に振り向ければ、一万七千石の小国が六万石の国になることができると、二人で語り合いました」

その二つに絞った理由までが、抄一郎と一緒だった。切腹の前夜、そこまで御主法替えの話を深めていた父子の想いが忍ばれて、知らずに言葉が詰まった。されど、話を進めぬわけにはいかなかった。

「その、産物を化けさせる商いのやり方ですが、どのように変えるか、腹案はございますか」

昨日、講平に聞いた話では、頼みの綱の福田屋にしても、領外に売る力は期待できないということだった。せいぜい仲買の商人に取り次ぐ程度なので、言い値で買い叩かれるばかりだと。

「そこが、悩ましいところです」

即座に、清明は言った。

「売ることについては、まったく土地勘がない。はっきりしているのは、これまでのように福田屋に任せてはおけないということだけです。さりとて、ではどうするのかとなると策はない。自らの手で江戸に持っていかなければならないことは分かっても、江戸のどこに送ればよいのかは分からぬし、誰に託してよいやらも分かりません。船にしても、弁才船を手に入れなければとは思うが、どうやって求めるかとなるとお手上げです。いまから学ぶ時間もない。正直、申し上げれば、それらを含めて、奥脇殿に引き受けていただければありがたいのだが、いかがでしょうか」

「考えはございます」

淀みなく、抄一郎は答えた。講平から、この国では米のほかにも大豆が穫れ、鰯の〆粕《しめかす》も豊富と聞いたときから、抄一郎の脳裏には、ある土地の名がくっきりと刻まれていた。

「江戸ではなく……」

抄一郎は言った。

「相模国《さがみのくに》の浦賀に、お国の物産会処と蔵屋敷を置かれてはいかがでしょうか」

そこに売りさばくための本拠を置けば、仕法の成功は半ば決まると抄一郎は信じていた。加えて、要らぬ苦労をすることもない。

「浦賀……」

仕法の実践には大きな苦労が伴うと誰もが考える。が、それは楽観を戒めているように見えて、その実、初めから言い訳を用意しているのだ。大変だから失敗しても仕方ないと、頑張りはしたが無理だったと、後から弁明するために最初に断わっておく。が、苦労するのは仕法が陳腐だからだ。

「たしか四十年ほど前、下田にあった奉行所が浦賀に移ったのは記憶しておりますが、それ以上のことは存じません。その浦賀に本拠を置くと、どのようにして産物が化けるのでしょうか」

誰もがやっていることをやれば、それは人一倍汗をかくしかなかろう。が、これまでにない斬新な仕法なら、枠組みをきっちりと作りさえすれば、後は仕法が利を生んでいく。抄一郎の苦労を強いない仕法の肝は、用途を絞った藩札の発行と、そして、浦賀を基点とした産物商いだった。

「されば……」

ひとつ息をついてから、抄一郎は語り始めた。

「まず、いまから江戸で、こちらの想うように、荷を売りさばくのは容易ではありません」

清明が身を乗り出した。

「江戸湊での荷受けは、大商人が集まった十組問屋《とくみどいや》が牛耳《ぎゅうじ》っております。新顔が彼らの輪に入り込むのは難しいし、たとえ入り込めたにしても、彼らにしてみれば、たった一万七千石の小国のちっぽけな産物です。扱ってやっている風になるのが落ちでしょう。こちらの声など、まったく届かないと考えたほうが賢明と言わなければなりません」

それは、抄一郎がずっと、強欲ながらも憎めない、旗本の深井藤兵衛の背中を追って身につけた智慧だった。

「江戸橋《えどばし》から新川《しんかわ》辺りには、十組問屋に入らない新顔の問屋も現われ始めてはいます。しかし、まだ力は弱いし、それに、いずれにせよ江戸は諸々、統制がきつい。その点、浦賀は新興の船主と問屋の巣です。縛りは緩く、新顔の荷主にも分け隔てがありません。田舎の貧乏藩が今頃なにしに来た、などとあしらわれる心配もないということです」

浦賀は元々、肥料にする干鰯《ほしか》を扱う問屋が集まった湊だった。それが、いまから四十年ほど前の享保五（一七二〇）年に浦賀奉行所が置かれ、江戸に出入りするすべての船を船番所で検査する決まりになってから、さまざまな荷を扱う荷受け問屋が集まるようになった。どうせ検査のために船を停められるのなら、いっそここで荷を降ろしてしまおうと考える荷主と船主が現われたのである。浦賀は江戸を抱く大きな湾の、入り口にあった。

「しかも、浦賀は、ただ入り込みやすいだけではありません。江戸ではけっして得られない、すこぶる大きな利点があります。まさに、これこそが浦賀をお奨めする最大の理由なのですが、浦賀は、尾州《びしゅう》廻船の関東における要《かなめ》の湊になりつつあるのです」

「尾州、廻船……」

尾州廻船は、尾張の知多半島を本拠とする新興の廻船だった。おのずと、権益で固まった旧来の湊とは相性がわるい。関東への進出を試みた尾州廻船は、敢えて江戸ではなく、新興の湊である浦賀に錨《いかり》を下ろしたのだった。

「その尾州廻船が、我々の商いとどのように関わってくるのでしょうか」

「尾州廻船は、権益に守られて、ふんぞり返っていた奴らを、虚仮《こけ》にしてくれた廻船なのです。これまで、上方よりも西の国の荷は、いったん大坂に集められてから江戸へ送り出されてきました。江戸に荷を受ける十組問屋があれば、大坂には荷を送り出す二十四組問屋《にじゅうしくみどんや》があります。お上に守られた株仲間の枠組みに入らない限り、西から荷を動かすことはできなかった。なんとも胸糞《むなくそ》のわるい、この決まりを、見事に打ち破ってくれたのが尾州廻船です」

尾州廻船こそは、海路の御主法替えをやってのけた廻船なのだった。

「尾州廻船の本拠のある知多半島は、味噌と醤油造りの本場です。彼らは味噌、醤油を満載して、瀬戸内に入り、下関まで至ります。戻る際は、瀬戸内の湊々を廻って土地の産物を買い集め、諸国へ廻って売るのです。注目すべきは、その際、あの大坂を素通りすることとです。大坂を袖にして尾張へ、駿河へ、そして関東へと廻送するのです」

「なんとも、痛快な」

「尾州廻船のことは知らずとも、阿波《あわ》の斎田塩《さいだじお》を知る人は多かろうと思われます。品物もわるくなく、それでいて値段が安いということで、新顔ではありますが、近年、急速に、二十四組問屋が扱う、播州赤穂《ばんしゅうあこう》の塩に置き換わっています」

「たしかに、わが国にも斎田塩は入っております。しかも、目立って増えている」

「あれも、尾州廻船が浦賀に斎田塩を運んでくるからなのです。浦賀には、尾州廻船だけでなく、奥州《おうしゅう》の奥筋廻船《おくすじかいせん》も入ってき始めています。ですから、尾州廻船が鳴門《なると》から載せてきた斎田塩を、奥筋廻船が浦賀で積んで、奥州へ、さらには蝦夷《えぞ》へと運ぶということが起こる。このため、阿波の塩が全国で使われ出しているのです。この海の路が、これからますます太く、長くなるのは疑いようもありません。即ち、今後は斎田塩に限らず、地方の産物の名が全国で知られ、買い求められるようになるということです」

「つまりは、わが国の魚油と〆粕、大豆も、浦賀へ送れば、全国に買い手を得ることができる、と」

「さようです。これまでなら、関東へ大豆を運べば、最も大きな買い手は銚子か野田の醤油屋と相場が決まっていました。客は、関東でとどまっていたのです。しかし、浦賀へ運べば、尾州廻船の帰りの船で、島村藩の大豆が尾張よりも西へ運ばれることになります。関東のみならず尾張にも、瀬戸内にも、さらには下関にも客ができるということです。しかも、前述のとおり、尾州廻船の本拠の知多半島は、味噌、醤油造りの本場です。つまりは知多の味噌、醤油が、島村大豆と斎田塩から醸《かも》されることにもなるでしょう。尾州廻船に載せれば、島村大豆の買い手は三倍にも四倍にも広がる。ですから、江戸ではなく、浦賀なのです」

「〆粕については？」

「大豆と同じことが言えましょう。魚肥が使われるのはもっぱら綿花畑ですから、関東ならば真岡《もうか》から下館《しもだて》の一帯です。けれど、暖気を好む綿花栽培の本場はなんといっても畿内であり、瀬戸内です。〆粕もまた、全国の客を相手にできます」

「しかも、いまならばまだ、それに気づいている者は少ない？」

「楽ができるうちは、人はそれまでのやり方を変えようとしません。気づいている者は少ないし、たとえ気づいても動く者は少ない。まだまだ大商人は、十組問屋の枠組みにしがみつくでしょう」

「得心、行った」

　きっぱりと、清明は言った。

「奥脇殿に頼り切りだが、いまさら糊塗《こと》しても仕方がない。こちらの手の内はほかにありません。奥脇殿に賭けて生まれ変わるか、やらずに座して死を待つかの二つしかないのです。どちらを選ぶかは言うまでもない。早急に、浦賀での物産会処と蔵屋敷の整備を進めていただきたい。併せて、船の調達もお願いする。とりあえず、魚油と〆粕を運ぶために一艘、そして大豆を収穫する十月までに、さらに二艘を求めたい。むろん、藩札の板行も進めていただかなければなりません。大豆の種播きも来月に迫っています。いったん動き出してみれば、時間の猶予はありません。急《せ》かすようだが、早速に戻っていただきたい」

「しかと、承った」

二人で話している限り、新たな仕法の成功はもう約束されたかのようだった。この国の大豆に島村大豆という名が付き、東で西で、味噌や醤油、豆腐、納豆に生まれ変わるのが目に見える気がした。

けれど、それには前提があった。国の百姓から大豆を仕入れるのは藩札で賄《まかな》うにしても、国外で求める船には正貨しか使えない。たとえ中古船にするにしても、三艘もの船を購《あがな》う正貨をどうやって捻《ひね》り出すのか、見当もつかなかった。

そして、なにより、島村藩の藩士と領民の気持ちの有り様《よう》が、今日の佐内の切腹のみで、すっかり改まるとも思えなかった。

人は忘れることによって前へ進む生き物だ。佐内の腹からこぼれた臓物の、艶やかな桜色さえ、やがて思い出せなくなる。士民のそれぞれが、やるべきことをやるのが当たり前になるまでには、まだまだ幾度《いくたび》も清明が鬼とならなければならないだろう。

それを誰よりも承知しているのは、父の臓物を見た夜に淡々と、仕法を詰めている清明なのだと、抄一郎は思っていた。


翌日は、梶原講平の案内で、種播きを控える大豆畑を見た後、十五里ばかり離れた、魚油と〆粕をつくる浜まで足を延ばした。

江戸へは、次の日に戻ることにしていた。旅立つまでに、自分の目でたしかめておきたいことがあった。

実は、抄一郎は、清明や講平が〆粕と言うのは、誤りではないかと思っていた。干《ほし》鰯《か》のことを、〆粕と呼んでいるのではないかと疑っていたのである。

干鰯は、獲れた鰯を軽く水煮した後、浜に並べて干すだけだが、〆粕は大釜で煮た後、梃子《てこ》を使った絞り器で油を取る。残った鰯粕を干したのが〆粕だ。油を絞るか絞らないかのちがいだけのようだが、実はもうひとつ大きなちがいがある。浜で干す日数だ。

干鰯は煮上がった鰯をそのまま干すから、最も水気が抜けやすい季節でも、乾くまで半月はかかる。長ければ、ひと月だ。これに対して、〆粕は油と煮汁を抜いてある。早いと二日、遅れても五日の天日干しで十分だ。つまり、同じ魚肥でも、〆粕のほうがずっと早く出荷できる。ひいては、たくさん作ることができる。

油が取れる上に、より多くの魚肥を送り出せるのだから、いいことずくめに思えるが、その代わりに金がかかる。大釜が要るし、絞り器が要る。薪もたくさん必要だ。だから、魚肥作りはどこでも、まず干鰯から始まる。魚油と〆粕に乗り出すのは、干鰯商いで蓄財が成ってからだ。

当然、窮乏を極める島村藩で作る魚肥は干鰯だろうと、抄一郎は思っていた。どういう理由かは分からないが、清明も講平も、干鰯と〆粕を混同しているのだろう、と。で、実際に浜へ軀を運んでみたわけだが、推測は呆気なく外れた。そこで作られていたのは、〆粕にまちがいなかった。大釜からはもうもうと湯気が立ち上り、絞り器からは油交じりの煮汁が流れ落ちている。その日は時折り、小雨が降る天気で、空は剣呑《けんのん》な鉛色をしており、湯気がいかにも白かった。

「魚油と〆粕はいつから作られているのですか」

抄一郎は講平に聞いた。

「十年ばかり前からでしょうか」

講平は変わらずに清明の手足となって動いていた。ただし、切腹の前と比べると、随分と口数が少なくなったように思われた。

「どなたが始められたのでしょう」

「魚肥作りは藩営の事業ではありません。いまだ、専売にもなっておりません」

講平は答えた。

「浜を区画した上で、国内外の商人や網元から場処代を徴収し、鰯漁を請け負わせております。手っ取り早く金になるからです」

それで分かった、と抄一郎は思った。場処売りならば、利幅はそこそこでも、なにもすることなく金が入る。打つ手のない、いまの島村藩にはぴったりの事業なのだろう。魚油と〆粕作りが可能なのも、たっぷりと金を使える領外の商人が入っているからだ。きっと、目の前の大釜も、領外の干鰯商かなにかのものなのだろう。

「この浜も、領外の商人が手がけているのですね」

あくまで確認のために、抄一郎は問うた。

「いえ」

けれど、講平は即座に否定した。

「ここは、福田屋がやっております」

「福田屋……」

一瞬、どこの商家かと思った。

「福田屋というのは、城下にある、あの福田屋ですか」

鐘崎唯一の大店とはいえ、やたらとくすみが目立つ店構えが目に浮かんだ。

「はい」

講平が、怪訝《けげん》な顔を抄一郎に向けた。なにを驚いているのだろうと、訝《いぶか》っていたのかもしれない。講平にとっては、干鰯も〆粕も、同じ魚肥なのだろう。やはり、講平は、おそらくは清明も、生粋《きっすい》の武家なのだ。

ひとつ宿題ができたと思いつつ、いよいよ鉛色を濃くする浜を後にしようとしたとき、講平が「あ、おりました」と声を上げた。

講平の視線の先を追うと、さほど粗末でもない身なりの町人らしき男がいる。

「福田屋の主《あるじ》の利助《りすけ》です」

近寄ってくる男に目を預けたまま、講平が言った。

「これは梶原様、お見廻りでございますか」

利助は五十絡みの瘦せ気味の男で、語る口調がいかにも慇懃《いんぎん》だった。

「申しつけていただければ、ご案内さしあげましたのに」

くすみ切った店構えとは裏腹に、顔の色艶がよく、妙に世慣れても見える。

「初めて見るが、これが干鰯か」

抄一郎は敢えて魚肥のことはなにも知らぬ風を装って声をかけた。利助がどう出てくるかを試したかった。

「いえ、これは〆粕でございます」

利助はあっさりと、干鰯ではないことを認めた。

「この土地は陽が弱く、干鰯では乾くまで日がかかりすぎます」

けれど、そう語るときの瞳の奥を見れば、利助は正直なのではなかった。

利助は侮《あなど》っていた。どうせ、ほんとうのことを口にしても、なにも分かるはずがないと高を括っていた。

なにも理解できぬ武家に、わざと真のことを言うのを楽しんでおり、いかにも己の才を恃《たの》む風が見て取れた。この宿題は戻りしだい、直ちに手を着けなければならんなと、抄一郎は思った。

翌朝は、六つ半（午前七時）に宿にしていた大番組組屋敷を出た。昨日と同じく講平が付いてくれたが、清明の見送りはなかった。清明は昨夜も、顔を見せなかった。

昨日、清明がなにをしていたのかは、講平と肩を並べて歩き出してから分かった。

「昨日、戻ってから知らされたのですが、伯父が執政の御役目を辞しました」

目を前へ向けたまま、講平は言った。

「辞した……」

どういうことだと、抄一郎は思った。

「御主法替えから、離れたわけではありません。さらに力強く押し進めるために、江戸在府の御藩主の御墨付を以《もっ》て、勝手掛《かってがかり》惣座上《そうざじょう》の席に着いたのです。これまでの執政職は、家老との職掌《しょくしょう》の分担が曖昧でした」

疑問はあっさり解けた。それまでの、国家老を頂点とする、あらゆる職制に、自らの御役目が優先することを鮮明にしたということなのだろう。これで、正式に、清明の声一つで藩が動く体制になったわけだ。

「家老衆の抵抗はなかったのですか」

「祖父の、切腹の翌日です」

即座に、講平は言った。

「元々、気が入っていなかった上に、あの場に立ち合っていれば、抗《あらが》うべくもありません」

おそらく家老衆は、自ら背中を向けるようにして退いたのだろう。居座れば、却《かえ》って危険が身に迫ると、感じたのかもしれない。

「早速、昨日、勝手掛惣座上としての最初の御勤めをされました」

「さようか」

二人は福田屋の前に差しかかった。相変わらず活気がなく、くすんでいた。

「わが国は領土を三つの郡に分け、役所を置いて、郡奉行《こおりぶぎょう》に率いさせております。その郡奉行を、過去十年にさかのぼって、すべて召し放ちました。現職の三名に、歴代の郡奉行七名を含めた十名です」

解任であれば家禄は残るが、召し放ちとなれば、すべてを失う。始まった、と抄一郎は思った。

「処分の理由は？」

「いずれも、それぞれの郡の年貢を完納させることができず、決済が未達の状態を放置したというものでした」

講平の答をひとまず腹に置いてから、抄一郎は言った。

「つまりは、この国では、当たり前だったことですね」

講平もまた、いったん呑み込んでから唇を動かした。

「恥ずかしながら、そのとおりです。わが国にあっては、検見《けみ》どおりに年貢が集まらないのは当たり前であって、もうずっと、決済は曖昧なままでした。十年前よりも以前は、なんとか数字の帳尻だけは合わせていましたが、それより後はごまかすことさえしなくなりました。帳面だけをきれいにすることに、嫌気《いやけ》が差したのでしょう」

「しかし……」

抄一郎は言った。

「帳尻合わせをやめたら、さらに年貢が集まらなくなったのではありませんか」

ずっと前を向いていた講平が、驚きを浮かべた顔を向けた。

「おっしゃるとおりです。やめた途端に、年貢の収納はめっきりと落ちました。意味もないと思えるごまかしも、無理な御役目を踏ん張るための、最後の歯止めにはなっていたのでしょう。タガが外れたというわけです」

ほんとうにわるい国は、そうなる。はっきりと分かる悪人がいて、わるくなったのならまだ救いがあるのだが、どこにでもいる一人一人が、無理もないと思える営みを繰り返すうちに、ひたすら弱っていく。清明は、その罪のない悪行の連鎖を、断ち切ろうとしているのだった。

「藩内の様子はどうでしょう」

「解任ではなく、召し放ちだったことは、大きな衝撃だったようです。多くの藩士が、郡奉行でさえ召し放ちに遭うのだから、いつ、自分の身に降りかかってもおかしくはない、と怖れているらしい」

そこまで言うと、講平は顔を前に戻して黙した。再び、口を開いたのは、十数歩、足を運んだあとだった。

「わたくしは、彼らの危惧は当たるだろうと思っています」

それまでにも増して、横顔は険しかった。

「これで伯父が鉈《なた》を収めるとは思えません。むしろ、これから始まるのでしょう。もとより、伯父の制裁に例外はありません。十名の郡奉行のなかには、梶原家の親類も入っておりました。梶原正蔵といって、郡奉行に就いたときは、自分が郡政の悪弊を刷新すると意気込んでいた者です」

講平は今日も、清明を役名ではなく「伯父」と呼んでいる。そして、三日前に出迎えてくれたときは、自分の国を「この国」と言っていたのに、「わが国」と言っている。佐内の切腹を目の当たりにして、物事に距離を置き、冷静に観察しようとする態度の限界を悟ったのかもしれない。生身の当事者として、目の前でいま起きていることに、向き合おうとしているのだろう。

路は城下を外れて、畑地に分け入る。来たときは気づかなかったが、大豆畑らしい。昨日と打って変わって、空は真っ青に抜けている。その空で、一昨日と同じミサゴなのだろうか、首の白い鷹がピュ、ピーと鳴いた。

そのまま二人は、黙々と足を動かす。足掛け四日いただけなのに、半年もいたような気がする。その過ごした時の密度が、昏を重くする。心残りもある。まだ、佐内の切腹から二日目だ。鬼退治を討る者が現われるには早かろうとは思うが、いきなり弾ける輩《やから》だっていないとは言えまい。

そうはいっても、戦いの主戦場は、あくまで仕法の完遂だ。いまの自分の御勤めの場は、江戸にある。抄一郎は踏み出す足に、力を込めた。

戻ったら直ちに、諸々、取りかからなければならない。江戸でなすべきことの段取りを頭に描きつつ、ひたすら歩を進める。やがて、畑地も終わり、前方に野放図に広い茅場の丘が見えてきた。そこを抜ければ、もう国境だ。

「失礼ながら……」

再び、言葉を発したのは、講平だった。

「奥脇殿は、剣は修められましたか」

戸惑いつつ、という様子である。

「少々」

抄一郎は答えた。

「お強いのでしょうか」

不意に、ムサシ、という懐かしい言葉が浮かんだ。随分と昔の気がするが、あの頃の自分を生かすならば、きっといまなのだろうと思った。

「自分は剣をおろそかにしてきました」

不安げに、講平は言った。

「なんとしても伯父を護《まも》らねばと思うのですが、自分では果たせそうにありません。伯父は、あれで藤原派一刀流をよく遣います。却《かえ》って、足手まといになるやもしれません」

講平もまた、鬼退治を怖れていることに、抄一郎はようやく気づいた。

「この時節、剣から遠ざかっているのは、貴公だけではありません」

抄一郎は足を停め、講平に向き直って言った。

「まずは、伯父上ともども、逃げることです」

講平の両肩に手を置き、柔らかな物言いで、続けた。

「とにかく逃げる。もしも、逃げ切れず、剣を抜かざるをえなくなったら、息を大きく吸って、手の内を柔らかく保ち、刃筋を立てて強く振ることだけをお考えなさい。

ほかのことは考えずに、それだけ。よろしいですか」

それは、自分に言い聞かせている言葉でもあった。

一刀流の取立免状とはいっても、抄一郎は、人に本身を向けたことがない。唯一、〝獣〟の甚八とは国を欠け落ちるときに一合《ごう》だけ刃を合わせたが、初めから逃げるのが目当てで、斬ろうとしたわけではなかった。

いざとなっても、狼狽《うろた》えぬよう、清明と会ってからは、常にその言葉を念じていた。

「息を大きく吸って、手の内を柔らかく保ち、刃筋を立てて強く振る、のですね」

「そうです。それだけです」

講平の目が、少しだけ柔らかさを取り戻した。

◆◆◆

江戸へ戻るとさっそく、抄一郎は土地の台帳である沽券帳《こけんちょう》を調べ始めた。

「江戸の家持ちの四割方は女だぜ」

沽券帳を預かる町名主の元へ通う抄一郎に、旗本の深井藤兵衛は言った。

「なぜだか分かるか」

藤兵衛には、福田屋の利助が、蓄えた金を江戸の土地に換えているかもしれぬと話してあった。

「実の息子よりも、娘に婿《むこ》を取って、店を継がせる商家が多いからではないでしょうか」

大豆も〆粕も、国外の仲買に買い叩かれるばかりで、利が上がっていないという福田屋。たしかに、鐘崎の店には、どこにも財が蓄えられている気配はなかった。御用を預かっている藩ともども、臨終を待っているだけのように映った。その福田屋が、浜では大釜を据え、絞り器を据え、ふんだんに薪を燃やして、魚油を絞り、鰯粕を干していた。どこかに蓄えた財を、隠しているはずだった。

「それもあるが、それだけじゃあねえ。武家が隠れて町屋敷を手に入れるからよ。武家が町人地を買うのは、表向き、御法度だ。で、沽券状を女名義にしてごまかす。もしも、その福田屋の利助とやらも、他人の名義で沽券状をつくっていたらどうすんだい？」

「それは、お手上げでしょう」

あっさりと、抄一郎は言った。

「しかし、あの男はきっと、そうはしないと思います」

利助は島村藩の武家を見くびっていた。梶原講平さえ軽んじるのだから、他の藩士に対しては推《お》して知るべしだろう。あの男は常日頃から、なんで愚鈍な武家に自分が下手《したて》に出なければならないのかと憤《いきどお》っている。いつも、町人扱いされる己に屈託を抱えている。どこかで、その憂《う》さを晴らしているはずだ。

よしんば、溜め込んだ金を江戸の土地に換えているとしたら、けっして他人の名義になどしない。しっかりと沽券状に己の名を刻んで、その墨字を愛《め》でつつ溜飲を下げるだろう。そして嘯《うそぶ》くのだ。探せるものなら、探してみろと。お前らのような田舎武士が、江戸の沽券帳に目を向けることなどできまい、と。

「第一、ほんとうに江戸の土地に換えているのかい。たしかに、地方で金を稼ぎまくった連中が江戸の土地を買うのは珍しくもねえが、ほかのなにかってことだってあんだろう」

「そのときも、お手上げです。江戸にいる自分が、一人で調べられる範囲は限られている。ですが、江戸の土地に目星をつけている理由は、これくらいしかできないからではありません。あの男は絶対に、江戸の土地を選ぶ気がするのです」

「なんで」

「利助にとって、将軍様のお膝元の家持ちになるのは、蓄えた金を隠すためだけではないからです」

「じゃ、なんなんだい」

「江戸の土地持ちになることじたいが、目的なのでしょう。そうすることで、島村藩の武家の上に立つ己を感じている。お前らが一生かかっても手に入れることのできない都の土地の沽券帳に、町人の自分が名を連ねているのだと、人知れず誇っているのです」

「なるほどな」

ふっと息をついてから、藤兵衛は続けた。

「ま、せいぜい気張ってくれ。なんなら、家の者を使ってくれてもいいぜ。大江戸千七百町の沽券帳のなかから、一人の名前を拾い上げるのは容易じゃあんめえ」

「ありがとうございます。しかし、それについては一応の見当をつけておりますので」

「そうかい。しかし、奥脇も随分と世事《せじ》に明るくなったねえ。万年青《おもと》の鉢を抱えて売りに来た頃とは別人だ。その様子じゃあ、さぞかし確証があんだろう。ま、一応、町《まち》年寄《どしより》には話を通じておいた。どこまでやってくれるかは分からねえが、町名主の連中も知らん顔はするめえ」

「かたじけない。痛み入ります」

「よせやい。奥脇が動けば、俺が儲かるってもんだ。さ、とっとと探りに行ってくんな」

たしかに、千七百の沽券帳すべてを洗い出すとなれば、それはひっくり返した籾《もみ》の山のなかから一粒の蕎麦の実を見つけるような仕業《しわざ》になるだろう。

けれど、おそらくそういうことにはなるまいと、抄一郎は踏んでいた。

江戸の家持ちになることが目的とはいえ、利助のような男は闇雲に買う土地を選びはしない。値上がりは期待するだろうが、それだけで決めもしない。

己の誇りを満たすための家持ちだ。必ず、買う土地になんらかの意味づけをする。自分の選択が、いかに当を得ているかを語ることのできる筋立てをつくり、繰り返し己に説いては悦に入る。

そういう見当から、抄一郎が目星を付けた町は僅かに七町だった。いずれも深川の、佐賀町《さがちょう》、今川町《いまがわちょう》、清住町《きよすみちょう》、冬木町《ふゆきちょう》、海辺大工町《うみべだいくちょう》、そして東西の平野町《ひらのちょう》である。まずは、この七つの町を探り、それで駄目だったら、周りのほかの町に広げることにした。

そのように網をかけたのは、福田屋が最初に土地を買うとしたら十中八九、干鰯場《ほしかば》のある土地を選ぶだろうと判じたからだ。

干鰯場は、魚肥の市が立つ河岸《かし》である。福田屋のように魚肥商いでなした財を注ぎ込むなら、まずはそこに狙いを定めるにちがいない。くすみ切った島村藩の鐘崎の店と、活気溢れる江戸の干鰯場に、糸を繋げようとするはずだ。

となれば、探す町は自ずと狭まってくる。江戸で名の上がる干鰯場といえば、佐賀町辺りの永代場《えいたいば》、白河《しらかわ》界隈の銚子場《ちょうしば》、そして冬木町の江川場《えかわば》である。三つの干鰯場の、最寄りの町を探せばよい。

手始めに抄一郎が当たったのは、永代場のある佐賀町だった。けれど、そこは空手に終わった。ならばと、気を取り直して捲《めく》った今川町の沽券帳にも、福田屋利助の名はなかった。

　ほぼ間違いなかろうと自信を持っていただけに落胆は大きく、途端に迷いが湧いて、実の名前を使っていることも、さらには江戸の土地を買っていることも、すべて自分の思い過ごしなのではないかと疑った。

　それでも、銚子場に移る前に、佐賀町の隣の堀川町《ほりかわちょう》に足を延ばしてみると、はたして、その沽券帳に目当ての名前はあった。

　それからはもう、ほとんど入れ喰いで、十日とかからずに、堀川町と清住町、冬木町、西の平野町、そして海辺大工町の、五町七筆を洗い出した。

　土地の値は、合わせて五千七百両だった。千両、冥加金《みょうがきん》を申し付けるだけでも、中古の弁才船を二、三艘手に入れることができる。

　抄一郎は調査の結果を手紙にしたためて、梶原清明に送った。これで、とりあえず、動き出すことができると思った。

　それから二十日近くが経った五月の一日、抄一郎の姿は、旗本の深井藤兵衛と共に浦賀にあった。

福田屋の土地の調べと併せて、物産会処を兼ねた蔵屋敷を置く土地の手当てにも動き、西の渡し場の北隣りの紺屋町《こんやちょう》に、これならばと思える物件を確保していた。その手付の残金が、前日、ようやく島村藩の江戸屋敷に届き、今日、完済して、土地の沽券状を得たのだった。

　奉行所や御船蔵に近い浜町《はまちょう》や蛇畑町《じゃばたちょう》というわけにはいかなかったが、それでも紺屋町の土地を手に入れることができたのは上出来で、従前から浦賀に喰い込んでいた藤兵衛のお蔭というしかなく、抄一郎はあらためて、この旗本らしからぬ旗本に感謝した。

　すべてが済んだときは、水景色《みずげしき》にうっすらと藍《あい》がかかる頃合いになっていて、これは祝杯を上げねばなるまいということになり、隣りの宮下町《みやしたちょう》へ足を向けた。旧くからある西叶神社《にしかのうじんじゃ》の前の通りがちょっとした盛り場になっており、なかなかの賑わいを見せている。

　かつて浦賀湾の付け根辺りは一面の葦《よし》原で、蛸浦《たこうら》と呼ばれたほどに蛸がよく獲《と》れたらしく、いまも蛸は名物だ。おまけに、産卵間近の五月半ばがまさに旬のようで、町には真蛸料理を売り物にした店が多い。前にも一度入ったことのある、そのうちの一軒の暖簾を潜って、刺身や桜煮を肴に燗徳利《かんどっくり》を傾けた。

「浦賀がほんとうに発展するのは、これからだ」

蛸は謳い文句を裏切らなかったし、羽振りのいい客が多いのだろう、酒も上酒だ。ひと山越えた軀に、酒と肴が旨くないはずがなく、興に乗った藤兵衛は、かねてからの持論を繰り広げた。

「浦賀が新しい産物の、東西の結び目になる。商いが大元から変わるぞ」

ひとしきり語り続けた藤兵衛は、しかし、ほどよく回って、咲かせた話が一段落すると、急に落ち着かなくなった。酒が入ると、藤兵衛は決まってそうなる。

「繰り出すのですか」

抄一郎が笑みを含みつつ言うと、即座に藤兵衛は答えた。

「聞くだけ野暮だぜ」

金が動く町に、遊び場は付き物だ。

「俺がなんのために金儲けに精を出してると思う？　女に温々《ぬくぬく》とあっためてもらうためだ。色男の奥脇には分からねえだろうがな。俺みてえな唐茄子顔が、女に振り向いてもらうのはてーへんなんだ」

「そうは見えませんがね」

唐茄子顔は当たっていなくもなかったが、藤兵衛はよく惚れられる。粋筋《いきすじ》の女を、商売抜きの気にさせる。たしかに一番の理由は、きれいに金を使えるからかもしれない。けれど、それだけではない。藤兵衛はなんとも、可愛いのだ。ひと回りも齢下の抄一郎をして、憎めないと思わせるものが、女にはもっと、ずんっと伝わるのだろう。

「奥脇も行くかい。たまには付き合えよ」

「いえ、これがありますので」

抄一郎は、沽券状を呑んだ胸元を軽く叩く。

「それがなくったって、行かねえんだろう。色男がもったいねえなあ。女はほんとうに嫌いか」

「さあ。深井さんのようには好きになれないかもしれません」

抄一郎は茶化してみたが、藤兵衛は珍しく真に受けた。

「俺あ、好きじゃあねえよ。女は信用なんねえ」

好きじゃあねえ、は冗談にしても、信用なんねえ、は引っかかる。

「でもな、しょうがねえんだよ。人が生きてりゃあ、あったまりてえ。けど、俺は衆《しゅ》道《どう》じゃあねえからさ、男にあったためてもらうわけにはいかねえ。女に温々《ぬくぬく》してもらうしかねえんだ。好きも嫌いもねえのよ。だからさ、俺はいつも騙《だま》されようと思ってんのさ。今日は、どういうふうに騙してくれるかってな、わくわくしてんだ」

「こいつなら騙されたいと想わせてくれる女を、探し続けてるってわけですか」

「そいつはちっと格好よすぎるぜ」

「それかもしれませんね」

「なにが？」

「深井さんが惚れられる理由が。ふつうの男は騙されまいとしながら女に触れる。深井さんは騙されようとする。きっと、女はほっとするのでしょう。ああ、騙していいんだって。そのままで、いいんだって」

　藤兵衛は、刺されると分かって腹を出す。大の字になって、手足の力をずっかり抜く。きっと、女には、赤子のように見えるのかもしれない。赤子であれば、まともな女は刺せない。

「なら、これから、奥脇も一緒に騙されに行こうぜ」

「たぶん、手前は……」

気づくと抄一郎は、甚八と珠絵を思い出していた。

甚八も珠絵に、腹を出していた。刺されると分かって腹を出していた。甚八は、けれど、藤兵衛のように諦めて、力を抜いて晒しているのではなかった。甚八は赤子のようではなかった。

そして、珠絵も、赤子を刺せない女ではなかった。甚八は男として、珠絵の女に挑んでいるのだった。藤兵衛の突き出す腹は降伏であり、せいぜい和解だが、甚八のそれは闘いだった。

「まだ、じたばたしたいのでしょう」

藤兵衛はそう言う抄一郎を見るともなく見ていて、それ以上、言葉を足さないのを察すると、ぽつりと言った。

「お節介のようだがな……」

杯の底に残った酒を干してから続けた。

「女は信用なんねえよ。でもな。それで、女が楽に生きてるわけでもねえ。よしんば、ちょこっとだけ楽してるにしても、たいそう痛んで子を産みなさるお人たちだ。大目に見てもいいんじゃねえか」

それだけ言うと、ふっと息をついて腰を浮かせた。藤兵衛の「お節介」が、じんわりと滲みた。

「じゃ、そろそろ行くかい」

しびれを切らしたのだろうと、抄一郎は思った。その気になった藤兵衛を、随分と引き留めてしまった。やはり、自分は野暮だ。どうしたって、江戸侍にはなれない。

揃って店を出て、脂粉の匂う路地へ消えるのであろう藤兵衛を、見送ろうと立ち止まった。けれど、すぐに路地に消えるとばかり想っていた藤兵衛は、背中を見せない。

「明日は、もう一つ、でっかい山があるもんなあ」

そう言って、宿への路を辿った。

「あっちは、明日の夜のお楽しみに取っておこう」

もう一つの大きな山というのは、船を買うことだった。

新造船は到底無理なので、中古で程度のよい船を探していた。新造船の建造費の見当は、十石十両。いまでは当たり前に見るようになった千石船ならば千両だ。別に、船下ろし代と祝儀で五十両近くかかる。それに、頼んでからでき上がるまで、十月《とつき》は見なければならない。島村藩の置かれた状況を考えれば、新造船はありえなかった。

翌朝、六つ半（午前七時）、二人は、岸壁に舫《もや》っていた伝馬船《てんません》に乗った。浦賀湾の中ほどに碇《いかり》を下ろしている、奥筋廻船の一艘、永楽丸《えいらくまる》を自分たちの目で改めるためだった。ずっと藤兵衛が狙っていた、奥州の海商、野沢屋《のざわや》の持ち船で、二日前に浦賀に入津《にゅうしん》していた。ようやく船改めと荷下ろしが終わって、船底まで見分けができる状態になったのだった。

「たしかに、十三歳には見えませんね」

次第に大きくなる永楽丸に目を預けたまま、抄一郎は言った。大型の弁才船の寿命は、均《なら》しで二十年とされている。船齢十三年は、かなりの年寄りだったが、藤兵衛が目星を付けただけあって、破《や》れた様子はまったく窺えない。

「なかを視《み》るまでは、分からねえがな」

藤兵衛は言った。自分が狙いを定めてきた船だからといって、藤兵衛の目が粗《あら》くなることはなかった。

「永楽丸は去年、中作事《なかさくじ》をやっている。これがどれだけ念入りだったかで、残りの寿命が決まる。そこを、きっちり視なきゃなんねえ」

船を長持ちさせるためには、補修が欠かせない。通常は造ってから七年目でノミ打ちをする。木組みが緩んでくるので、槇《まき》の木の皮でできた水洩れ止めを繋ぎ目に打ち込むのである。そして、十一年を過ぎた頃には、垣立《かきだつ》や屋倉《やぐら》など、甲板の上の造作《ぞうさく》をすべて取り替え、傷《いた》んだ船材を新材にして、釘や鎹《かすがい》も抜き替える。この大補修を、中作事と言った。

すでに話は通じてあって、永楽丸に乗り込んだ藤兵衛と抄一郎は、まず、ふだんは積み荷に隠されて見ることのできない船底の航《かわら》や加敷《かじき》、下船梁《したふなばり》を入念に見分した。言ってみれば、弁才船の背骨の部分で、唐船《からぶね》の竜骨《りゅうこつ》に当たり、ここが船の強さを決める。

「航も加敷も、槻《けやき》なのですね」

抄一郎が、手にした龕灯《がんどう》の光を当てながら言った。通常、弁才船の航に使う上材は樟《くすのき》だ。

「永楽丸を造った船匠《せんしょう》は、下北《しもきた》は川内《かわうち》の舟辰《ふなたつ》だ。暖地に育つ樟は手に入りづらかったんだろう。これが松とかだったら目が吊り上がっちまうが、槻ならまったく問題ねえ。乾くと暴れやすいのが厄介だが、この材は十分に干し切っている。おまけに、おそらくは加敷の槻も、航に仕組んだのとおんなじ厚さの材だ。こいつは強いぜ。そんで、とどめは、この下船梁だ」

「手前も初めて見ました。ただの柱材の梁を渡したのでなくて、船底の形に合わせた厚板にして、航と一つの骨組みにしているのですね」

「いや、俺も初めてだ。たぶん、歴代の永楽丸が長持ちするのは、この屋台骨のお蔭なんだろう」

いま二人が視ている永楽丸は三代目だ。初代も二代目も長寿船で、初代は二十八年、二代目も三十年働き続けた。三代目永楽丸も二十八年持つとすれば、いま手に入れたとしても、あと十五年使えることになる。それが、藤兵衛が永楽丸に目を付けた理由だった。

一番肝腎な船底を見届けた二人は、持ち場を分け合って、残りを見分することにした。船体は、最も幅が大きくなる腰当船梁《こしあてふなばり》の処で、前と後ろに分かれる。帆柱や舵など、重要な装備が集まる後ろを藤兵衛が、前を抄一郎が受け持つことにして隅々まで目を光らせた。あらかじめ、朝四つ（午前十時）には、帰り荷の船積みが始まると告げられている。与えられた時間は、一刻半（三時間）しかない。

結果は、申し分のないものだった。新造のとき、ふんだんに上材を奢《おご》った立派な船も、中作事の際に、どうせあと七、八年の命だからと、下材で補修すると、全体の仕上がりも下材で揃ってしまう。とりわけ釘持ちのよくない材を使うと、寿命は急に縮まる。その点、永楽丸はさすが津軽ヒバの積み出し湊である川内の船匠の作だけあって、見えない部分の新材もすべて上材だった。強度が足らなくなった箇所に打つ釘も、数を惜しんではいない。藤兵衛の目にも、抄一郎の目にも、もう十年以上持つのは明らかだった。

「あれで、譲り値が四百両だぞ」

戻りの伝馬船が船着き場に着いて、陸《おか》に上がると即座に藤兵衛が言った。

「中作事の費用にも満たない額ですね。逆に、どうしてだと疑いたくなります」

浮かれないように己を諫めつつ、抄一郎も言った。

「船主の野沢屋に、急に金に替えなければならない事情があるらしい。こいつはまちがいねえようだ。ほかの奴らが三十年持つ船だと気づかねえうちに、手に入れなきゃなんねえが、島村藩の財布は大丈夫なのか。蔵屋敷の土地の金も払ったし、これから普請も始めなきゃならねえ。金がいくらあっても足りねえはずだ。ほんとうに払い切れんのかい」

まさにそれを、抄一郎も案じていた。福田屋の土地の一件を梶原清明に手紙で知らせてから、二十日ばかりが経つ。一度、礼状が届いて、早速、然るべく動く所存であるとはしたためてあったものの、以来、音沙汰がない。

事情は分からないが、福田屋からの冥加金を当てにできないとなると、ほかに考えつく金策は、抄一郎のいた国のように、いまの藩主を隠居させて、持参金付きの藩主を迎えることくらいのものだ。とはいえ、さすがに島村藩の惨状では首尾よく運ぶとは限らない。たとえ話が来ても、まとめるまでには時がかかる。永楽丸を買うのには、間に合わない。

ともあれ、永楽丸はなんとしても手に入れたい。藤兵衛に聞くと、永楽丸を持つ野沢屋は浦賀に出店があり、売却はそこの番頭に任されていた。抄一郎はその足で出店に行き、明日、手付けの五十両を、そして、さんざ粘った末に、残りの三百五十両はひと月半後の六月十五日に支払うという条件で、永楽丸を確保してもらった。

五十両くらいなら、藩札指南を続けてきたお蔭で、抄一郎にも貯えはあった。もしも約定を違《たが》えたら、五十両はそのまま没収されるが、それは痛くない。痛いのは、永楽丸が手に入らなくなることで、なんとか間に合わせてくれと念じつつ、六月の十四日までに三百五十両を届けてほしいという、金の工面の手紙を清明に書き送った。

手紙は仕立便を奢ったので、五日で着くはずだった。金が届けられるとすれば、最短で十日後の五月十二日。しかし、あるいはと期待をかけたその日は、返書も金も着かなかった。六月に月が替わっても、音信はない。ようやく六日になって手紙だけが届き、期日に間に合わせるべく鋭意努力しているという趣旨が記されていた。

すでに、野沢屋に約定した十五日まで、十日を切っている。果たして間に合うだろうかと、抄一郎は案じた。いったん、わるく考えると、次々に疑心が湧いた。なんで福田屋に冥加金を申しつけることができないのだろうと思い、清明の実務の力を疑った。なにか、そうできない事情でもあるのかとも考えた。そのように、さまざまに想いを巡らせていたさなかの十日の朝、頼んでいた藩札の版木が彫り上がった。

銀一匁札《もんめ》と、五匁札の二つ。銀貨の役をする札のみなのは、藩札として出すことができるのは、銀札に限られているからだ。小判や一分判の代わりをする金札は、御公辺の御許しが下りない。

使い勝手からすれば、銀札だけでも問題はない。逆に、小額貨幣となる銀札のほうが望ましいほどだ。小判一両は、銀にして六十匁。一分判でも十五匁である。暮らしのなかで用いるとすれば、銭百文に当たる銀一匁札、五百文の五匁札のほうがよほど扱いやすい。

この一匁札を、年に六万枚、五匁札を三万枚刷る。合わせると、小判にして三千五百両。三年で一万五百両。これで、大豆と魚油・〆粕を藩が一括して買い上げ、浦賀に運んで正貨に替え、三年後、御城の御金蔵に五万両を貯える。

版木の出来は、文句ない。つい、想いが嵩《こう》じて、微に入った図案を指示したにもかかわらず、見事に応えてくれている。

摺り見本を手に取り、強くしなやかな厚紙の感触をたしかめ、真新しい顔料の匂いを嗅いだ。

先刻までの焦りがふっと消え、いよいよ新しい仕法が動き出したことが、鼻腔から伝わってくる。

と、同時に、この藩札板行が、自分にとって、請け負い勤めではないことも、はっきりと分かる。

版木が生むのは、梶原清明の藩札であり、そして、自分の藩札である。

九年前、佐島兵右衛門と会うまでは、自分がこんなことにかかずらうとは考えてもみなかった。

それが、兵右衛門の死を賭す覚悟を見せつけられてから、紛れもなく武家の務めと思えるようになった。槍働きが生きていた慶長から百五十年が経った宝暦の、最大の敵は貧しさである。その敵と戦いうるのは、死と寄り添う武家しかありえない。己の死に場処は御馬廻りではなく、藩札掛にあると信じた。

とはいえ、結局、抄一郎たちは戦いに敗れた。国は壊れ、仲間は散り散りになり、友の行方は知れない。なぜ、敗れたのか、どうすれば打ち勝つことができるのか……国を欠け落ち、江戸に出てから、ずっと問い続けてきた。以来、四年、ようやく辿り着いた答の成否が、問われようとしている。

抄一郎は小さく息をついて、摺り見本を離した。

そして、お前はなにをしているのだ、と思った。

これは、自分の藩札なのだ。商いとして取り組んでいるのではない。

なのに、こうして清明からの送金をただ座して待っている。

それでは、請け負い勤めと変わらぬではないか。

振り返れば、自分は、永楽丸の手付けの五十両しか身銭を切っていない。自分が生み出した新たな仕法が、失敗するかもしれない危うさを、なんら引き受けていない。

それで、請け負い勤めではないと言えるのか。

金が間に合いそうにないなら、自分で金策に走ればよい。そこまでやってこそ、自分の藩札となる。

できない仕業《しわざ》でもない。万年青商いをしていた頃の贔屓は、内証に余裕のある者ばかりだ。彼らに、話を持っていけばよい。無心するのではない。出資をしてもらうのだ。歩合に応じて、儲けを返す。永楽丸一艘といわず、買い求める予定の三艘すべての資金を募ろう。

まずは、深井藤兵衛に策をぶつけてみようと、抄一郎は思った。あるいは、藤兵衛自身が、資金の出し手になってくれるかもしれない。抄一郎はそそくさと支度をし、阿部川町を目指した。

日本堤を左に折れ、浅草寺の境内を抜けて、田原町《たわらまち》に出る。後は、新堀《しんぼり》沿いをしばし歩けば阿部川町である。新堀は広めの溝《どぶ》のような川で、間近の入谷田圃《いりやたんぼ》を源とする。ちょっと強めの雨が降るだけで、流れは呆気なく岸を越え、阿部川町と、その下流の元鳥越町の家々の床に迫る。界隈をひっくるめて、俗に三筋《みすじ》と呼ぶ。三筋は水の出る町である。

藤兵衛くらい稼いでいるのであれば、氾濫の怖れのない町に抱え屋敷の一軒も持つのは雑作もないと思うのだが、藤兵衛は「俺はここがいいんだ」と言って、三筋を動こうとしない。

元鳥越町には、その昔、刑場があった。元鳥越町から、抄一郎が住む山川町へ移ったのだ。三筋もまた、江戸の果てだった頃の匂いを残している。あるいは藤兵衛も、どん詰まりでしか息をつくことのできない種族なのかもしれない。

菊屋橋《きくやばし》を過ぎると、藤兵衛の屋敷が見えてくる。

脳裏に永楽丸がちらついて、知らずに抄一郎の足は速まる。さらに歩幅を大きくしようとしたそのとき、背後から声がかかった。

「奥脇殿！」

若い声だ。思わず振り返ると、そこにはいるはずのない人物がいる。

「深井殿の処ですか」

笑顔の梶原講平が歩み寄ってくる。背後の二名は同輩か。抄一郎を認めて、軽く会釈を寄越した。

「紹介させていただきます」

講平が背後を振り返って言う。

「新設された物産会処掛の者で、こちらが宿沢克己《しゅくざわかつみ》」

齢は三十を幾つか回った頃か、島村藩の藩士には珍しく剣士の面構《つらがま》えをしている。躯もすっとしているのに、膂力《りょりょく》の強さが伝わって、番方のほうが収まりがよさそうだ。

「そして、本城貞和《ほんじょうさだかず》です」

こちらは講平と同年配で、いかにも役方然としている。

「ちょうど、よかった。深井殿に、奥脇殿への取り次ぎをお願いするところだったのです」

島村藩の国境で別れてから、もう二月《ふたつき》余りが経っている。諸々、尋ねたいのを堪えて、ともあれ、共に藤兵衛の屋敷に入った。

使わせてもらっている座敷に上がって、抄一郎を前にすると、講平と本城貞和が「失敬いたす」と口を揃えて、いきなり袂《たもと》をはだける。

見ると、なにかを包んだ風呂敷を肩から斜《はす》にかけている。縫い付けてあるらしく、外して前に置くと、小柄《こづか》で割いた。武家はいつでも刀を抜けるよう、手には物を持たない。それにしても、そこまで厳重に肌身に付けてきたとなれば、なかは想像がつかざるをえない。

「お納めください。永楽丸の代金四百両と、残り百両は藩札板行の着手金です」

案の定、講平は切り餅を差し出した。一人が十個。二人で二十個。切り餅一つは二十五両だから、五百両である。

「重さは一人一貫目もないので、どうということはないのですが……」

講平は汗を拭いながら言った。

「見たことのない金なので、緊張のしっ放しでした」

講平と貞和が運び役で、宿沢克己が護衛を務めたらしい。役目を果たし終えると、貞和と克己の二人は、きびきびとした所作《しょさ》ですぐに辞去した。あの赤坂上屋敷の江戸詰めにしては、よく躾《しつけ》られている。

「このひと月近くのあいだに、江戸詰めの顔ぶれもあらかた替えました」

抄一郎の不審に気づいたのだろう、講平が言った。そして、続けた。

「宿沢ですが、以前に、伯父と夫婦だった佐和様が、後添えに入ったことをお話ししたかと思います」

たしかに、聞いた。口減らしのために離縁され、六年の後、子の二人いる番方の家に、再び嫁したとのことだった。

「その相手が宿沢です。富田流の遣い手であり、今回のようなこともあるので、御馬廻りから回ってもらいました」

ならば、番方と見たのも無理はないと思ったが、今度は別の不審が湧いた。自分の想い人である佐和の連れ合いを、清明はなぜ仕法の核となる役目に使うのだろう。人物本位ということか、それとも、克己を介して、佐和の息遣いを感じようとでもしているのか。

「彼らが、浦賀の物産会処に詰めることになります。ほかに三名も」

講平は、それ以上は克己について触れようとしなかった。

「ほお」

　抄一郎も、人物本位ということで得心することにした。清明は清明で、休みなく布石を打っている。

「実は、わたくしも物産会処詰めを申し付けられ、ひと月前より江戸に来ておりました」

　今度は「ほお」と言うわけにはいかなかった。ひと月前から来ていたとは、どういうことか。意味は伝わったが、理解はできない。

「江戸におりながら、御挨拶にも伺わず、申し訳ありません。実は、内密の御用に携わっていたのです。いまは、もうお話しできますが」

「ならば、伺いましょう。どういうことなのでしょうか」

　即座に、抄一郎は言った。

「話せば、おそらく、奥脇殿は即座に思い当たると思われます。福田屋の一件と絡んでおります」

「ああ……」

　動いてはいたのだと、抄一郎は思った。

「実は、伯父も福田屋に目をつけてはいたのです」

抄一郎は目で、話の先を促した。

「奥脇殿がわが国を発つ前日、〆粕をつくる浜に足を運ばれましたね」

「ええ」

「あのとき、わたくしは奥脇殿がなにに不審を持たれているのか分からなかった。けれど、伯父は、福田屋が〆粕を商うのを知ったときから、奥脇殿と同じことを考えておりました。実は大きな利益を上げていて、その財をどこかに秘匿しているということです」

そうかと思い、焦っていたとはいえ、清明を疑ったことを心の内で詫びた。

「問題は、その隠した場処がどこかということでした。鐘崎の店の蔵にないことは、はっきりしていた。十中八九、国外です。執政の席に着いたときから、伯父は心得た者たちに命じてその場処を探索させていました。伯父が御役目を解かれていたあいだも、繋がりを保っていた者たちです。けれど、哀しいかな、ずっとくすぶっていた国の藩士です。御勤めは荷が重すぎ、見つけることは叶いませんでした。そこへ届いたのが、福田屋が江戸の土地持ちになっているという奥脇殿の書状です。伯父は直ちに、練り込んでいた企てを実行に移しました。江戸詰めの者の入れ替えも、その一環です」

「江戸詰めの入れ替えが……」

そこで、抄一郎は引っかかった。冥加金を申し付けるのに、なんで江戸屋敷の者を入れ替えねばならぬのだろう。

「福田屋には、冥加金を命じたのですね」

念のため、抄一郎は訊いた。

「いえ、冥加金ではありません」

即座に、講平は言った。

「奥脇殿の書状をいただいてすぐに、伯父は福田屋を戸〆《とじめ》にしました」

「戸〆、ですか」

戸〆は閉門、監禁を意味する。

「罪状は？」

国の窮乏を余所《よそ》に、利益を隠していたのは責められるべきである。とはいえ、それは道義の上でのことだ。元々、商人に、年貢の務めはない。冥加金はあくまで、寄進である。御法を犯しているわけではないのだ。おそらくは、島村藩の藩法においても、不法とはならないはずである。

「藩が決めた納入の書式を、勝手に変えた罪です」

そっちからか、と抄一郎は思った。罪にするなら、なんでもよかったということだ。

「即刻、三万両の罰金を科し、払えなかったので、すべての財産を差し押さえました。当然、江戸の土地もです」

罪とは言えぬ罪に問い、払えぬと分かり切っている罰金を科す。五千七百両を国のものにするためなら、なんでもする。

「だから、江戸詰めを入れ替えたのですね」

「さようです。領内なら、なんとでもなりますが、江戸の土地です。御番所《ごばんしょ》に不法を訴えられたら、厄介になります。福田屋の縁繋がりで江戸にいる者を一斉に江戸屋敷に拘束し、その間にすべての土地を売却しました」

たいそうな盗人《ぬすっと》ぶりだ。もしも、福田屋の身内であれば、怨んでも怨み切れぬ沙汰だろう。思わず、利助の慇懃な様子が浮かんだ。縄を受けたとき、あの男はどういう顔をしていたのだろう。

が、島村藩が船だけでなく、仕法のすべての元手を一度に確保するとしたら、これしかない。

これが「初めからすべての仕組みを揃えて跳び出す」ための、唯一の手立てだ。

「酷《ひど》いと思われませんか」

淡々と語ってきた、講平の口調が揺れた。

「いえ」

ひとつ息をついてから、抄一郎は言った。常に穏やかな、清明の顔が浮かんだ。

「思いません」

自分が御主法替えのきっかけをつくった。そして、自分が江戸の土地を炙《あぶ》り出した。自分もまた加わっているどころか、首謀者でさえある。

自分も手を汚さねばならぬことを、清明が独りでやっている。「酷い」などという言葉を、口にできる場処にはいない。

「わたくしも、思っておりません」

講平も口調を戻した。

「もっと酷くあらねばならない、と存じております。伯父だけを、鬼にはいたしません」

揺れを断ち切った、物言いだった。

「奥脇殿の教え、日々、繰り返しております」

すぐには、なんのことか思いつかない。

「息を大きく吸って、手の内を柔らかく保ち、刃筋を立てて強く振る」

「ああ」

抄一郎は言った。

「そうです」

また、鬼退治に名乗りを上げるかもしれない者が増えた。

「それだけ、です」

◆◆◆

翌七月の二十日は、生まれ変わろうとする島村藩にとって、記念すべき日になった。

島村藩の持ち船となった永楽丸が、魚油と〆粕を満載して、浦賀へ入津したのである。

建物の普請が進む蔵屋敷の敷地で入れ札《いふだ》を行い、予定していた〆粕一俵当たり銀三十四匁《もんめ》を三匁上回る値が付いて、千百三十俵すべてを売却した。

得た代金は銀三十四貫八百十匁、金貨にしておよそ五百八十両である。浜での買い入れは、摺り上がったばかりの藩札を使っている。正貨を一銭も使うことなく、六百両近い金が入ったのだった。

元々、魚肥は安価な物だった。関東で産出された干鰯の、大坂市場での年で均《なら》した値を見ても、二十五年前の享保十九（一七三四）年までは、一俵当たり銀十匁を上回ることはなかった。それが、綿花や菜種、藍など、肥料を大量に求める作物の栽培が広がるにつれて、急速に値が上がっていった。

二十年ほど前の元文五（一七四〇）年には二十匁を越え、それから僅か二年後には三十匁を突破した。さすがに、以降は値上がりの勾配は緩んだが、高値で踏みとどまり、時折り、六十匁を越える尖った頂きを示して、百姓たちの抵抗を呼び、大坂町奉行所の介入を招いたりしている。それぞれの国が特産物を送り出そうとする時代では、魚肥はあればよいものではなく、なくてはならない物になっていた。

初めての入札を終えた五つ半（午前九時）、抄一郎は、一人、海沿いの路を往って、湾の突端にある燈明道《とうみょうどう》を目指した。陽の落ちたあとで湊に入ろうとする船に、岬の位置を教える灯火を収めた御堂《おどう》である。夜ともなれば、房総からも、その灯りが見えるらしい。

季節は秋でも、七月半ばはまだ暑く、足を踏み出すほどに、首筋を汗が伝わる。それでも、抄一郎が用もない燈明堂に向かおうとしているのは、周りの目を気遣うことなく、今日という日の手触りをたしかめたかったからだ。

藩札で仕入れた魚油と〆粕が、六百両もの金に替わった今日は、抄一郎にとっても記念すべき日だった。

考えついて以来、数え切れぬほどに疵《きず》を洗い出して、まちがいなくうまく行くという確信をもって献策した仕法である。それが、現実に金を稼ぎ出すのを目の当たりにした。誰も考えつかなかった、国を救うことができる藩札の仕法が、ほんとうに動き出したのだった。

なのに、すべての処理が済んでも、頬が緩むことはなかった。もっと喜んでいいのだと、抄一郎は思った。きっと、今日くらいしか、喜べる日はない。人の目から離れれば、腹の底に押し込めていた会心の笑みが、湧き上がってくるのかもしれなかった。

午九つには、ささやかな祝いの午餐《ごさん》を皆で摂る手筈になっている。その席に、晴れやかな顔で臨むためにも、喜びを解き放とうと思った。けれど、燈明堂のある燈明崎に着いても、浮かんでくるのは、これからの懸案ばかりだった。

蔵屋敷の普請はさほど心配することはなかろうが、あと二艘求める予定の弁才船はまだ手当てできていない。永楽丸ほどの出物は、そうそうあるものではない。

もう一つの特産物である大豆が、しっかりと収穫できるかも気にかかる。魚油と〆粕だけでは、三年で五万両は貯まらない。大豆と揃って、ほんとうの御主法替えが動き出す。

とりあえず、魚油と〆粕の藩札での買い入れでは問題が起きなかったが、大豆でもうまく運ぶだろうか。そして、これからも滞《とどこお》ることなく、藩札が流通するだろうか。特産物に絞っての板行なので、危険は少ないとは思うものの、これまでない試みに不測の事態は付き物だ。

物産会処に詰める面々が、想うとおりに育つかも、気に病まざるをえない。深井藤兵衛が懇意にしている廻船問屋に預けて導いてもらっているが、浮いている者もいなくはない。とりわけ、講平から、清明の妻だった佐和のいまの夫、と聞かされた宿沢克己は、剣士の顔を崩していない。

それよりなにより不安が拭えないのは、島村藩の揺れだ。

「覚悟していたとおりでした」

ひと月前、福田屋の一件を語り終えた講平は続けた。

「多くの藩士が怖れていたように、郡奉行を召し放ちにした後も、伯父は容赦なく藩士の処分を続けました」

予期はしていたが、船の手当てでいっぱいになっていた頭で受け止めると、いかにも苛烈に聞こえた。

「福田屋との縁で町人から藩士になった者六名と、藩から貸し出していた御助け金の返済に二度にわたって応じなかった藩士三十数名を、一気に召し放ちにしました」

もとより、金を返せないのを分かっていながら切ったのだろう。

「藩士の総数は三割方減って、百五十名を割りました。逆に仕事の量は急増して、御勤めに出ずに庭の畑を耕す暇のある藩士は一名もいなくなりました。島村藩は、急速に変わりつつあります。そのあまりの急な変化が、歪《ひず》みを溜めているのはまちがいなく、いつ弾けても、おかしくはありません」

抄一郎はふっと息をつき、御主法替えを牽引する清明は、自分とは比ぶべくもないほど、いろんなものを抱え込んでいるのだと思った。

そして、清明を踏ん張らせているものはなんなのだろうと思った。

初めて顔を合わせた瞬間から、清明には女の匂いを感じた。長坂甚八と同様、さながら綴れ織りのように、清明のなかに女が組み込まれている気がして、その綴れ織りが、無理を無理でなくすかもしれないと思った。

もしも、あの直感が正しいとしたら、清明と抜きがたく関わっている女というのは、佐和と考えてよいのだろう。しかし、いまは宿沢克己の妻となっている佐和のために、なんで、こんな大仕掛けを繰り広げなければならない。あるいは、このうねりのなかで、佐和を取り戻そうとでもいうのか。いや、その勘ぐりは、実の父に腹を切らせた清明に、あまりに非礼というものだろう。

清明の内に組み込まれた綴れ織りは、そんなものではないのだろうと、抄一郎は思う。きっと清明は、佐和を介して、貧しさのほんとうの酷《むご》さを知ったのだ。

誰よりも想う女が己の傍らで骨と皮になっているのを目の当たりにし、揚句は口減らしのために離縁せねばならなかった。その元凶である貧しさを、心の底から憎んでいるのだろう。それもまた、男と女の有り様《あよう》だ。理が蝕《むしば》む余地のない場処に根ざした憎しみがあるからこそ、清明は鬼になることができる。

抄一郎は、清明への同情と羨《うらや》ましさを同時に覚えながら、岬の根元を埋める松の木立ちを抜けた。

自分はそこまで、女を想ったことがない。

そこまで想えば、なにかが見えてくるのだろうか。女の潔さの向こう側に、香り立つものがあるのだろうか。

気持ちは知らずに、甚八に向かう。甚八は、どうなのだろう。珠絵との逃避行のなかに、なにを見ているのだろう。

岩場に出ると、さして高さはないが、浦賀湾に出入りする船が一望の下に見渡せた。対岸の東浦賀だけでなく、観音崎《かんのんざき》まで見て取れる。青い海に、数え切れぬほどの白い帆が浮かび上がって、花が咲き誇っているかのようだ。

抄一郎は、ふーと息をして、いかん、いかん、と思った。人知れず、喜びに来たのに、来たときよりももっとしかめ面になっている。そんなことでは、この先、持たんぞ、と抄一郎は声に出した。どう転ぶか分からぬことを、先取りして悩むことはない。

悩まなければならないときに、悩めばいい。存外、うまく回るかもしれない。だとすれば、いま悩むのは間尺《ましゃく》に合わない。

抄一郎は、尾州廻船も、奥筋廻船も頭から消して、青と白の景色に浸った。

やがて、陽が真上近くに上がって、午が近いことを告げる。けれど、足は一向に動こうとしない。そろそろ、戻る頃合いだ。抄一郎は、そうだ、岩場をひと巡りしてから帰ろうと思い立ち、ようやくその場を離れた。

岩陰に一人の武家を認めたのは、岬の突端を回ったときだった。波が打つ際に立っているのに、海に背を向け、岩の上を一心に見上げている。

釣られて目を向けると、木の枝で組まれた鳥の巣があって、雛《ひな》と呼ぶには立派すぎるミサゴの幼鳥が、バタバタと翼を羽ばたかせているのが見えた。そろそろ、巣立ちらしい。

そっと近寄ると、武家はようやく抄一郎に気づき、顔を向けて「これは……」と言った。剣士の面構えをどこかに置いてきた宿沢克己が、そこにいた。

「何羽ですか」

抄一郎は訊いた。梶原佐内が腹を切った日のことが頭を掠《かす》めた。海から離れた鐘崎の空に、ミサゴが舞って鳴いていた。

「二羽、います」

克己は答えた。

「親鳥は？」

「漁から戻ってくる頃でしょう。そろそろ、退散しなければなりません」

ピヨ、ピヨという幼鳥の鳴き声に急かされるように、二人は岩場を後にした。

けれど、松林に上がると、克己は足を停め、岬を去ろうとしなかった。

「もう、戻ったほうがよいでしょう」

抄一郎が促すと、顔を俯《うつむ》けて答えた。

「それがしは、祝いの午餐をいただく資格がありません」

そして、続けた。

「なんのお役にも立っておりません」

「それはちがうでしょう」

たしかに克己は、物産会処にあって異質の雰囲気を漂わせている。本城貞和ら会処の藩士を深川の干鰯場へ連れ出し、魚肥の入れ札に立ち合わせても、克己の目は鎮まったままだった。貞和はあちこちに目を配っているのに、克己はまったく興味を示さない。とはいえ、会処の警備には手を抜くことなく、背筋を伸ばす。物産会処があくまで商家ではなく、武家の役処であることを考えれば、その芯にはなっていた。なんの役にも立ってないことなどない。

「剣しか取り柄のない不調法者《ぶちょうほうもの》です」

けれど、克己に、抄一郎の言葉は届かないようだった。

「商いに関心が持てないのではなく、分からないのです。皆様方が話されている言葉ひとつ理解できません。番方に戻していただければ、少しはお役に立てると思うのですが」

たしかに、番方ならば信を置くに足る番方になるのだろうと思いつつ目をやったとき、克己は上げた顔を海に向けて続けた。

「ミサゴの番《つがい》は一生同じ相手と添い遂げるらしいのですが、ご存じですか」

「いや」

なんで唐突にミサゴの話になるのだろうと思いながら、抄一郎は答えた。

「存じません」

「毎年、同じ巣を使い、同じ相手と番《つが》って、子を生み育てるようです」

「ほお」

語る克己の横顔を目にしていると、なぜか、克己が旧くからの知己のように感じられた。もしも自分がムサシのままで過ごしていたら、こんな横顔になっていたのかもしれない。これから、この剣士をどうやって会処勤めに馴染ませていこうか、考えを巡らせ出した抄一郎に、克己は言った。

「それがしの妻が、惣座上に嫁《か》していたことはお聞き及びでしょうか」

問いはあまりに不意で、言葉の真意が摑めぬまま、抄一郎は答えた。

「聞いております」

「それがしには、妻がミサゴに思えてなりません」

海に目を預けたまま、克己は続けた。一瞬、なにを言っているのか分からなかった。

「そして、惣座上もです」

上空を、二羽の親鳥が舞った。

「わが国は、上から下まですべてが貧しい。誰か一人を豊かにしようと思ったら、すべてを豊かにしなければなりません」

それだけ言うと、克己は頭を下げて、一人、その場をあとにした。

言葉の意味がはっきりと輪郭を結んだのは、岬から克己の姿が消えたあとだった。

佐和と清明は、いまも互いを想う気持を切っていないと、克己は言ったのだろう。

そして、清明は、佐和一人を貧しさから救い出すために、国全体を豊かにしようとしている、と続けたのだ。

誰もがどうしようもなく貧しい島村藩で、佐和を貧しさから救い出そうとしたら、国ごと貧しさから抜け出させなければならない。すべては、いまは自分の妻である佐和のためなのだ、と。

貧しさへの怒り、などという昇華した覚悟ではなく、一人の生身の女を豊かにしたいという、ざらざらとした想い……。

なにを馬鹿な、とは思えなかった。

結局、克己はその日の午餐に現われなかった。

午を過ぎても、夜が更けても、そして翌朝になっても帰らなかった。

再び、姿を見せたのは、十五日の後、鐘崎の御城においてだった。帰りの永楽丸に乗って、国へ戻ったのだった。

御馬廻りが控える部屋に詰め、組頭から事の経緯を尋ねられると、己の一存で御役目を替わったと答えた。やはり、自分は会処掛よりも、御馬廻りのほうがお役に立てると訴えたらしい。

もとより、申し付けられた御役目からの勝手な離脱は重大な罪である。

組頭は清明に報告し、即刻、切腹を命じられた。克己はとうに予期していたかのように粛々《しゅくしゅく》と受け、見事に腹を掻っ捌いた。

知らせを聞いた抄一郎は、なんとも暗澹《あんたん》たる気持ちになった。

あの日、岬から戻って以来、なんで克己がさして近しくもない自分にあんなことを言ったのか、ずっと気になっていた。それが、すっと腑に落ちた。

きっと克己は、ミサゴの巣を目にしているうちに、己の身の処し方を決めたのだろう。そこへ自分が、偶然、通り合わせた。

不意を突かれて、秘そうと心する前の覚悟が、思わず洩れ出てしまったのではないか。永楽丸に乗り込んでしまえば、あとは行動に移すのみだ。誰かに遺言を残すとすれば、自分しかいなかった。

なんで、気づいてやれなかったのか、抄一郎は悔いた。そして、初めて清明に対して、ちがうやりようもあったのではないかという想いを抱いた。

もとより、御役目の放棄は重罪である。しかし、克己は国を欠け落ちたわけではない。元の御役目に復している。

命を取らずとも、己の犯した非の責めは負わねばならぬという、けじめはつけられたのではないか。召し放ちでも、済んだのではないか。

たしかに、克己自身も、切腹を願っていたかもしれない。そうして、佐和を返そうとしたのかもしれない。しかし、それとこれとは話が別だ。

梶原佐内のほかに落命を強いたのは、克己が初めてでもある。これでは、佐和を取り戻すために、克己の命を奪ったと噂されても仕方ないではないか。そもそも、根っからの剣士である克己を、物産会処掛に回したのも、弾けるのを待っていたかのようだ。

鬼は、鬼だからこそ、正しく鬼であってほしい。抄一郎は御主法替えの行く手に、暗い雲を見なければならなかった。

しかし、抄一郎の懸念を余所に、事態はうまく回っていった。

八月の末には、永楽丸とまではゆかぬものの、十分に使える中古船二艘、福富丸《ふくとみまる》と万代丸《ばんだいまる》を手に入れることができ、十月の初めには物産会処の入る蔵屋敷が滞《とどこお》りなく落成して、随分と湊の仕事に馴染んだ顔つきの藩士が詰めた。

物産会処頭取は、藩の本業であることを明らかにするために清明が兼ね、浦賀での頭目《とうもく》となる頭取助《すけ》には若い講平が就いて、指南として抄一郎が入った。

十一月には、初の大豆を満載した福富丸が入津《にゅうしん》して、その真新しい蔵をいっぱいにした。

島村藩領内にも規律が復活し出して、突然、荒れていた海が凪《な》いだかのごとく、苛烈な処分もやんだ。抄一郎は、克己の切腹が、晴れ間を呼んだのだと思うことにした。秋から冬の宝暦九年は、澄み渡った秋空のように、一点の翳《かげ》りもなさそうに思われた。

翌宝暦十年は、年が明けて間もなく、厄災が江戸を襲った。

二月に入って早々の六日、神田旅籠町《はたごちょう》の足袋屋《たびや》、明石屋《あかしや》から火の手が上がり、神田一帯から日本橋へと広がって、伝馬町を灰燼《かいじん》にした。火はそのまま北西の風に乗って堀江町《ほりえちょう》、小舟町《こぶなちょう》、芝居町《しばいちょう》を嘗め尽くし、大川に架かる四つの橋の一つ、新大橋《しんおおはし》が焼け落ちた。

さらに、猛火は浜町《はまちょう》、蛎殻町《かきがらちょう》、茅場町《かやばちょう》を焼き、永代橋袂《えいたいばしたもと》の南北新堀《しんぼり》に迫って、結局、永代橋ごと町を呑み込む。それでも飽き足らずに、大川を越えて深川へ飛び、佐賀町一帯を焦土にして、ようやく永代寺《えいたいじ》の門前で鎮火した。

その朝、抄一郎は、浦賀で想うような値が付かなかった〆粕を、深川の干鰯場で売りさばくために江戸にいた。

市《いち》がまさに立とうとしたとき、火が小舟町まで広がったのを知り、急遽、競りから退《ひ》いた。その足で湊へ急いで、〆粕を満載していた福富丸を沖に避難させ、自身は押送船《おしょくりぶね》を仕立てて浦賀へ戻った。相模や房総から、鮮魚を生きたまま江戸へ送り届けるための快速船である。

江戸に大火は付き物とはいえ、今度の火事はこれまでとはちがうことを、いち早く抄一郎は察した。火の勢いと風向きからすれば、火事は大江戸の流通を担う問屋が集中する一帯を焼き尽くすかもしれない。

となれば、当然、物資が不足して値が跳ね上がる。三本帆と七丁櫓を備える押送船ならではの図抜けた船脚《ふなあし》のお蔭で、どんなに達者な飛脚よりも早く、午前《ひるまえ》に浦賀の地に立った抄一郎は、物産会処の藩士を総動員して、浦賀にあった魚肥と大豆を残らず買い集めた。

万事、慎重な本城貞和は「ほんとうに大丈夫でしょうか」と懸念を示したし、湊の利益を独占するかもしれない後ろめたさもあった。人の不幸で利を得るのは、武家らしからぬとも思った。けれど、いまは、買い占めの悪名を、買ってでも引き受けなければならなかった。

博打の結果は吉と出た。

江戸湊の東側の河岸は軒並み火に呑まれて、蔵という蔵が灰になった。上方からの酒が集まる新川界隈で、八万四千樽の酒樽が焼失したように、大江戸を養う物資のあらかたが一日で消えた。

浦賀の島村藩物産会処は、未曾有《みぞう》の惨事が対岸の火事で済んだことに胸を撫で下ろした。抄一郎が、江戸に蔵屋敷を置くとしたら、新興の問屋が揃い出したあの辺りと見当を付けていた一帯もことごとく被災した。もしも江戸を選んでいたらと思うと、ぞっとした。たった一度の火事で、貧乏国が生まれ変わるための必死の格闘も、呆気なく消し去られるところだった。

難を逃れたどころか、明石屋火事は抄一郎が企んだ通りの福をもたらした。江戸の問屋の働きが麻痺《まひ》して、物資が入って来にくくなったため、物の相場が一斉に上がった。当然、魚油と〆粕、大豆の値も跳ね上がった。そして、いくらでも売れた。当日、買い集めた魚肥と大豆はあっという間に売り切れ、その後から入ってくる荷も、浦賀に運び込むやいなや一瞬にして高値でさばけた。蔵は常に空の状態で、三艘の弁才船はゆっくりと碇《いかり》を下ろす間もなく、国元と浦賀をとんぼ返りで往復しなければならなかった。

江戸の問屋街が明石屋火事の痛手から完全に立ち直ったときは、五月の末になっていた。それまでの四月《よつき》で、物産会処は一年分を上回る利益を得た。鐘崎の御城の蔵には、順調すぎるほど順調に、正貨が貯えられていった。

永楽丸が初めて入津してからほぼ一年が経とうとしている浦賀の会処で、入れ札に応じる商人たちが上げる声を聞いていると、抄一郎は、これでもう自分の役目は終わったのかもしれないとさえ思った。

清明からは三年のあいだ、見届けてほしいと言われていたが、すでに仕法の骨組みはすべて組み上がっている。

魚油と〆粕、そして大豆の育成と買い入れにのみ藩札を使うという仕掛けは問題なく回り、浦賀へ運んで正貨を得るという目論見《もくろみ》も現実となった。

弁才船は三艘確保して、近いうちにもう一艘、加わることになっている。蔵屋敷もでき、そこで立ち働く藩士は実戦のなかで急速に力をつけてきた。浦賀のみならず、江戸の干鰯場でも、島村藩物産会処の名は大きくなっている。気がつけば、あとは見守るくらいしかやることはなくなっていた。苦労を強いぬ御主法替えは、ほぼ現実のものになっている。

うまく行くときはうまく行くものだと、抄一郎は微かな気抜けを覚えた。そして、ふと、そろそろ身を退く頃合いなのかもしれないと思った。清明が、三年のあいだ、と言ったのは、去年の春のことだ。いまはもう、状況がちがうと考えていてもおかしくはない。だとしたら、自分のほうから、退出を申し出るべきかもしれない。

六月に入ったある日、抄一郎は清明に文をしたためて、御役目の遠慮を伺った。このあたりで一度、距離を置いてみたいという想いもあった。しかし、月半ばに届いた返答は、なんとしても三年間務めてほしいというものだった。とりわけ、御主法替えの最後は、絶対に見届けてほしいと念を押された。

その文面の強さに、抄一郎は、自分と清明の立つ場所のちがいを見た。

国の成り立ちを一身に背負う清明には、青く澄み渡った秋空さえ、鉛色の雲が躍る冬空に見えているのだろう。翻《ひるがえ》って自分は、仕法の成功をたしかめたことで、知らずに一段落がついてしまっているのかもしれない。

ずっと気になっていた宿沢克己の家は、二十石取りで存続を許された。九歳になる嗣子《しし》が元服したとき、代を継ぐことになっていて、佐和は変わらずに母として宿沢の家にいた。

もう一度、清明と同じ目を持とうと、抄一郎は思った。

それでも、備えを進めていた頃のようにはのめり込めぬことに気を病んでいた抄一郎の背筋が、再び伸びたのは、年も押し詰まった十二月になって、いったん帰国していた講平の話を聞いたときだった。

「大豆の買い入れの絡みで、国元に変事がありました」

浦賀に戻るや講平は、抄一郎の姿を探して言った。

「変事とは」

買い入れとの絡みとなれば、藩札が関わっていると見なければならない。つまりは、自分の領分である。

「藩の一括買い上げに、異議を唱える百姓が現われたのです」

それもありうると、心していた。多くの専売は、百姓の犠牲の上に成り立つ。貧乏国ほど、相場を大幅に下回る値で買い叩く。相場に近づけようにも、ない袖は振れない。抄一郎が特産物の支払いにのみ藩札を使おうとした背景には、藩札板行の利を少しでも百姓に回したいという理由もあった。だから、通常の専売の買い取り値よりも、随分と高い値を提示していた。にもかかわらず、抗《あらが》う百姓が出たらしい。

「支払いが藩札だから、でしょうか」

もしも、そうなら、自分の失敗になる。藩札という見慣れぬ紙の金を理解してもらうについては、十分に念を入れたつもりだが、やはり、つもりであって、十分ではなかったということだ。

「いえ、そうではありません。すでに、藩札は円滑に流通しており、魚油と〆粕の買い上げではなんの問題も起きておりません。百姓たちもそのことは知っております。

不満はあくまでも買い値でして、どうやら何者かが、先の明石屋火事と絡めて誤った相場を吹き込み、企んで煽動したらしい。敵は随分とつくっておりますれば、そのなかの誰ぞなのでしょう」

考えてみれば、御主法替えがうまく行きかけているいまが、いちばん士民の気持ちをまとめるのが難しい。最初は誰もが緊張しているが、一年半を越えて首尾よく回れば、どうしたって気が緩む。当の抄一郎にしてから、己の役目は済んだのではと疑った。

誰もが酷いほどに貧しく、妬《ねた》む相手がいなかったこの国にも、大きな金が流れ込んでくるにつれ、立つ場処の陰影が炙《あぶ》り出されるようになっている。最初は、武家が商人の真似事をするのかと見下されがちだった物産会処も、陽が当たるほどに、藩内の妬みと反感を招いているらしい。あまりに単純な出方だが、それが人といえば人なのだろう。

自分のほうから実権を投げ出したに等しい家老衆も、内証が上向くにつれ、固く噤《つぐ》んでいた唇を開くようになった。鬼退治に名乗りを上げるかもしれない者は、召し放ちにした者や、戸〆にした者たちばかりではない。大手門前広小路で梶原佐内が流した血の臭いは、早くも忘れ去られようとしていた。

「問題は、百姓たちが村で騒いでいるだけでは終わらなかったことです」

講平は続けた。

「五カ村の一部の者が徒党を組んで、城下に押し出そうとしました。名主が説得して途中で引き返しはしましたが、五十人ほどが鐘崎の間近まで迫りました」

講平の話の先を、抄一郎は怖れた。元々、百姓たちは、年貢のまともな収納もままならぬ農政がずっと続いて、自らを取り囲む低い垣根に慣れていた。徒党を組むのが重罪であることも、忘れかけていただろう。

いっときは佐内の切腹の様や郡奉行の召し放ちの処分が伝わって、様子見をしていたのだろうが、ここへ来て訪れた小春日和に、藩の首領が替わったからといって大差ないと高を括《くく》ったのかもしれない。講平の言う誰ぞに煽《あお》られると、禁はなんなく解けて、城下への路に繰り出した。

それが、危うい。彼らは軽い気持ちでも、清明が許すことはありえない。徒党の禁は、村の法度の根幹だ。見逃せば、これまで見せてきた鬼の振る舞いがすべて無駄になる。御主法替えがうまく行きかけているいまだからこそ、断固として示しをつけるはずだ。

「その後は、どうなりましたか」

覚悟を決めて、抄一郎は訊いた。

「首謀者七名が、打ち首になりました」

講平は答えた。

「わたくしが知る限り、島村藩で百姓が打ち首になったのは、これが初めてです」

ずんと、抄一郎の腹が重くなった。予期して身構えていても、衝撃は小さくない。矢継ぎ早に、苛烈な処分を続けてきた清明だが、克己に切腹を申しつけるまでは、禄は取り上げても命は取らなかった。鬼となりながらも、そこに一線を引いているかに映った。克己の切腹は、あくまで例外と思いたかった。

が、その線引きは呆気なく消えた。百姓たちは一揆に出たわけではない。城下には至らず、途中で引き返した。にもかかわらず、首を打たせた。一人でも大切な百姓の、夥《おびただ》しい血が流れた。鬼はさらに鬼の顔を露《あらわ》にして、再び跳梁《ちょうりょう》した。清明は一切の、曖昧を拒む。

「煽動した者についても、その黒幕を含めて、現在、探索中です。とはいえ、これまで多くの敵をつくっておりますれば、辿り着くのはなかなか困難と思われます。わたくしも近々、探索方に加わるために、また国元へ戻る手筈になっております」

遠からず、また、命を落とす者が出るのだろう。自分の振り出した賽子《さいころ》が、次々と見たことのない目を出し続けている。もとより、こうなることは覚悟している。もう幾度となく、想いを新たにした。しかし、覚悟するということは、平気になることと同義ではない。糧を奪い、血が流れる知らせを聞くたびに、胸は波立つ。

「それがしも参りましょう」

抄一郎は言った。

「今後は鐘崎に、詰めさせていただきたい」

仕法はとうに組み上がり、回っている。もはや、自分が付き切りでいずとも転がるはずだ。だからといって、仕法はまだ成功したわけではない。実際に、国を救うことができなければ、成功とは言えない。仕法は成功したが国は壊れた、のでは、なんのための仕法か分からない。

そして、国を救うことができるか否かは、もはや浦賀ではなく鐘崎で決まる。百姓の逃散《ちょうさん》や一揆を招かぬよう、鬼が暗殺や押し込めに遭わぬよう、清明の側にいて、言うべきことは言い、護るべきときは護らねばならない。局面は変わったのだと、抄一郎は思った。

「それは、お止めするようにと、伯父に言われております」

けれど、講平は言った。

「御主法替えの核は浦賀にある。金を生むのは浦賀である。奥脇殿にはくれぐれも、浦賀を守っていただくように、と」

相手は、清明だ。見透かしている。後ろに人のいない勝手掛惣座上として、あくまで己の信じるやり方を貫こうとしている。

「わたくしからも、お願い申します。うまく回っているうちはよくても、ひとたび逆風が吹けば、まだまだ軋《きし》み出すのは必定。明石屋火事のような異変にしても、奥脇殿の咄嗟《とっさ》の振る舞いがなければ災いを福へ転じることは叶わなかったでしょう。奥脇殿に会処にいらしていただかなければ、わたくしも国元へ戻ることができません。ここは、是非とも堪えていただきたい」

「いや」

抄一郎は言った。

「あとさき顧《かえり》みずに、申し出たわけではござらん。考えあってのお願いでござる」

浦賀は人が育ってきている。とりわけ、本城貞和が相当に力をつけている。元々の筋のよさが、浦賀で花開いた。

最初はなけなしの藩の金をはたくからだろう、万事、慎重な構えを崩さなかったが、入れ札の経験を積むにつれ、水を呑む雪のように勘処《かんどころ》を摑んで、思い切った商いをやってのけるようになった。値動きの相関を読む感覚に並大抵ではないものがあって、時折り、抄一郎も舌を巻く。遠からず人の上に立つのであろう講平にとって、頼もしい右腕になるはずだ。

清明は御主法替えで、金を貯えると同時に人を育てようとしているが、その目論見はしっかりと功を奏しつつある。おそらく浦賀は、自分がいずとも、もう変事にも耐えうるはずだ。

一方、鐘崎については、想いを馳せるほどに胸騒ぎがした。

成功間際の仕法が、牽引役の突然の遭難で瓦解するという筋が浮かんで、いくら否定しても拭えない。

それはなんとしても避けねばならなかったし、なによりも清明を、落命させるわけにはいかなかった。

百姓の煽動は、単なる唆《そそのか》しに見えて、その実、国の崩壊に繋がる暴挙だ。いつ、その暴挙が清明への襲撃に変わるか分からない。危機の芽は、火急に摘《つ》み取っておかねばならない。

「今回ばかりは、我《わ》が儘《まま》を通させていただきたい」

抄一郎は退かなかった。

「ついては、講平殿にお頼みしたいことがあり申す」

俊然と、抄一郎は言った。行くからには、鐘崎の、大掃除をしなければならない。

「はて、どのようなことでしょうか」

「されば……」

抄一郎は、こういうときのためにと、練っておいた策を語り出した。

◆◆◆

一年と九ヶ月ぶりに訪れた、年の瀬の鐘崎は白一色の冬景色だった。

国境から延々と続く茅場も、くすみ切っていた城下も厚い雪に覆われて、御主法替えの成果を目でたしかめることはできない。

旅支度を解いた宿は、この前と同じ、空き家になっている大番士の組屋敷である。迎えてくれた下女も、同じ八重《やえ》という娘で、きっと、出される夕餉《ゆうげ》も、日に三度同じだった救荒食《きゅうこうしょく》の芋粉汁と想っていたら、納豆汁だった。納豆を磨《す》り潰した味噌汁に、里芋の茎である芋茎《いもがら》が入っている。御主法替えの御褒美は、ごくごくささやかに分け与えられつつあるようだった。

清明は夜五つ（午後八時）になって姿を見せた。伴の者も連れず、不用心が過ぎる。潔くはあるものの、御主法替えを牽引する者には無用の潔さだ。講平の言ではいつものことらしいが、己の立場を誰よりも弁《わきま》えているはずの清明が、なんで警護をおろそかにするのかが分からなかった。

「よく、おいでくださった」

そんな抄一郎の不審などまったく知らぬげに、目が合うやいなや、清明は掛け値なしの笑顔を見せた。制止を振り切っての来訪を、咎《とが》める素振りはなんら窺《うかが》えない。ずっとこの日を、待ちわびていたようにさえ映った。

「この間のお働き、まことにもって感謝に堪えません。よくぞ、この国を、ここまで導いてくだすった」

抄一郎が無沙汰の挨拶を述べようとする間もなく、清明は言った。そして、両手を突き、深く頭を下げた。

「滅相もござらん」

抄一郎もまた額《ぬか》ずいた。

自分にできるのは仕法を企てて、前へ進める手助けをすることのみである。そこが指南役の限界だ。仕法を実践し、新たな御主法を広めていくのは、国を預かる清明にしかできない。

人の糧を奪い、命を奪って、仕法を現実にするのは清明である。清明が背負い切れぬほどの汚名を背負って、自分の仕法を実績にしてくれている。

「国を導いたのは、梶原殿でござる」

面《おもて》を伏せたまま、抄一郎は言った。

「よしんば、それがしがここで倒れても御主法替えは進んでゆき申す。しかし、梶原殿が倒られれば、立ちどころに頓挫する。それゆえ、梶原殿のご意向に反して、お国に入らせていただいた。ついては、早速ですが、それがしに、講平殿にお願いしておいた御役目を申しつけていただきたい」

清明の変わらぬ顔を見れば、積もる話をゆっくりとしたかったが、それは御主法替えが成し遂げられたあとに取っておかなければならなかった。

「お気持ちは変わりませんか」

ゆっくりと顔を上げて、清明が言った。想いは、清明も同じのようだった。

「もとより」

「講平からの手紙を読んで、ご指示のようにさせていただいております。講平も五日前に帰国し、然るべく触れ回っております。おそらく、いまごろは一揆を煽動した者どもの耳にも、入っていることでしょう」

「されば、お申し付けを」

「そこまで奥脇殿にやっていただくのは、本来、筋がちがうが……」

「いや、筋ちがいなどではありません」

きっぱりと、抄一郎は言った。

「これは、一国を大元から立て直す仕法を打ち立てるための、それがしの戦いでもあります。ただ、お国から請け負って、取り組んでいるわけではありません。それがしにとっては、本筋なのです」

「ならば、もはや、迷いはいたしません」

抄一郎の目の色をたしかめた清明はそう言って、威儀を正した。そして、声を張り上げた。

「浦賀物産会処指南役、奥脇抄一郎殿。貴公に、島村藩勝手掛惣座上付け、横目付《よこめつけ》の加番《かばん》を委託し、先の一揆を煽動した者の探索を申しつける」

「しかと、拝命いたしました」

再び、抄一郎は顔を伏せた。

「非常時につき、探索中に煽動者と遭遇し、抵抗を受けた場合は、討ち果たしても罪は問わん」

清明が預かる国だ。己の独断で、動き回るわけにはいかない。

「承《うけたまわ》った」

終えると、清明はふーと息をつき、いつもの穏やかな声に戻して言った。

「国境からこちらまでは、なにも異変はありませんでしたか」

「はい。久々の雪路で足下おぼつかず、心して歩みを進めてきましたが、なにも起こりませんでした。今日のところは、物陰からの視線も届かなかったように思われます」

「大事な指南役でござる。当方としては、明日からも、なにもないよう祈りたい」

「それでは、来た甲斐がござらん。御公辺でも、とびきりの小人目付《こびとめつけ》を探索のために雇ったと、吹聴していただけましたか」

「ええ。ご指示のとおり、その小人目付が持つ御家人株を相場の十倍で買って、特別に雇い入れたという、もっともらしい噂を方々に流しました。年の瀬には、いよいよ着任して、国の横目付として探索に当たる、と」

「御公辺の目付筋でも、実際に探索に当たるのは、目付でも、徒目付《かち》でもなく、手足となる小人目付である、ことも」

「はい」

「結構です」

その小人目付が、抄一郎という筋立てだった。前回の鐘崎訪問は、僅かに四日。清明と講平のほかに、面と向かって顔を合わせたのは、福田屋の利助だけだ。奥脇抄一郎という名は知る者があったとしても、姿形まで知る者はいない。

「北の貧しいこの国から見れば、江戸は大きく、常に光り輝いています」

清明は言った。

「哀しいかな、江戸のものはなんでも優れていて、自分たちとは比べものにならないと信じ込んでしまう。その江戸で名を売った小人目付が探索に訪れるとなれば、たしかに脛《すね》に疵《きず》持つ者は、必ず探し当てられると恐れることでしょう」

「それがしが生まれ育った国も同じでした」

抄一郎も受けた。

「剣術にせよ俳諧などにせよ、江戸に絡んだものを相手とするとなると、ひたすら卑屈になるか、逆に、ことさらに力《りき》み返って、頭から否定しようとします。いずれにしても、冷静に事に当たることができずに浮き足立つ。同じ北国育ちとしては忸怩《じくじ》たるものがありますが、今回も、先の一揆を煽動した者たちはおそらく浮き足立って、どうせ捕縛《ほばく》されるくらいなら、その小人目付を亡きものにしようという軽挙に出るはずです。それがしはただ、探索の真似事をしつつ、襲撃を受けるのを待っていればいい」

「そういう不細工《ぶさいく》な事態にならねばよいと存じておりますが、残念ながら、そう転んでゆくかもしれません。失礼だが、奥脇殿は本身で結び合ったことは？」

「ありません」

「恐ろしくはありませんか」

「いや、恐ろしいです」

素直に、抄一郎は答えた。

「相手に斬られることも、また、相手を斬ることも恐ろしい。むろん、手にかけることなく捕縛するつもりでおりますが、相手が多勢となれば、そこまでの余裕は持てぬかもしれません」

「奥脇殿でも恐ろしい？」

「いかにも」

恐ろしいからこそ、やり遂げなければならない。これまでも、一命を賭すつもりで御勤めに当たってきた。とはいえ、あくまで、つもりだった。現実に、命を賭したことはなかった。が、この自らを囮《おとり》にした探索では、路端《みちばた》に命を曝《さら》け出す。これでようやく藩札を、死と寄り添う武家のみが成しうる仕事と、心底から信じることができる。

「これは断わっていただいて、よろしいのですが……ひとつ、頼み事があり申す」

言いにくそうに、清明は言った。

「どうぞ、おっしゃってください」

「講平を同道させていただけないでしょうか。足手まといは承知の上で、お願いいたしたい」

いったん、その申し出を腹に呑み込んでから、抄一郎は言った。

「講平殿には、話を通じてあるのでしょうか」

たしかに、自分の危険も増す。が、剣の素養のない講平は、自分よりもはるかに危うい。

「ええ」

「当人は、どのように？」

「言い出したのは、講平です」

「ほお」

「それがしもまた、講平にはそれが必要と考えております」

確固とした口調で、清明は言った。

「これまで、奥脇殿には、講平を藩札掛として鍛えていただいた。その仕上げに、武家として鍛えていただきたい」

きっと清明は、二十六歳になった講平に、自分のあとを託しているのだろうと抄一郎は察した。あるいは期限の三年で、勝手掛惣座上の御役目を返上するつもりなのかもしれない。

「とはいえ、相手が多勢だったとき、未熟者を庇《かば》いながらの応戦はあまりに不利。それゆえ、無理にとは申せませぬ」

「承知つかまつった」

あっさりと、抄一郎は答えた。

「お任せあれ」

武家とは、いつでも死ぬことができる者である。それ以外の括《くく》りはない。

武家のあらゆる振る舞いの根は、そこにある。武家が真に武家であるためには、生と死の際《きわ》を、躯で識《し》っていなければならない。その得がたい機会を、清明は講平に与えたいのだろう。

「明朝より早速と、講平殿にお伝え願いたい」

共に、その際を、綱渡《つなわた》ろうではないかと、抄一郎は声には出さずに呟いた。

打ち首になった百姓七人は、五つの村から出ていた。

翌朝、六つ半、大番士の組屋敷に姿を見せた講平は、「まずは、どこの村から回りましょうか」と訊いてきた。

「村へは寄りません」

抄一郎は答えた。

「寄らない……」

講平はいかにも怪訝な表情を見せた。

「聴き取りくらいはしないと、探索の真似事にもならないのではないでしょうか。どこに目があるか分かりません」

「村はそっとしておきたいのです」

朝餉の後の白湯《さゆ》を飲みながら、抄一郎は言った。朝餉もやはり、納豆汁だった。

「国の富を生み出す、大豆を作ってくれている大事な村であり、大事な百姓です。ただでさえ先の騒動で村人の気持ちが弱っているのに、この上、よけいな負担はかけたくありません。ましてや、探索の振りになど付き合わせてはならない。来春の畑仕事に向けて、力を蓄えておいてもらわなければなりません」

「言われる趣旨は分かります。しかし、それでは、どうやって煽動した者たちを炙り出すのでしょう」

「講平殿。我々の御役目は、煽動した者を探し出すことではないのですよ」

「どういうことでしょうか」

講平は眉を寄せた。

「彼らは、いずれ探し当てられるでしょう。すでに、探索方も動いており、成果を積み上げているはずです。かなり、網が絞られているのではありませんか」

「おっしゃるとおりです」

わずかに顔を和らげて、講平は言った。

「あまりに分かりやすい結果なのが、逆に情けなくもありますが、おそらく、黒幕は家老の山形作左衛門《やまがたさくざえもん》と思われます。ただし、確たる証拠はありません。また、作左衛門を取り巻く面子も、すべてが判明しているわけではありません。現在、諸々、証拠

を固めている最中です。さすがに家老ともなれば、問答無用というわけにはゆきませ
ん」

「時間さえかければ、やがては探索の正しさが裏づけられるでしょう。しかし、御主法替えを進めているさなかです。後ろ向きの御用に時も人手もかけたくないし、また、その間になにが起きるか分かりません。最も避けなければならないのは、梶原殿への襲撃です。そこに、我々の御役目があります。我々の御役目は、時間を早めることなのです。我々を襲わせることで、証拠を固める時を省き、早めに襲撃の芽を摘《つ》む」

「だんだんと、分かってきました」

「となれば、我々がどのように振る舞うべきかは、おのずと絞られてきます。彼らを疑心暗鬼にさせること、その一点です」

「なるほど」

「ですから、彼らに判断する手掛かりを与えてはなりません。百姓に聴き取りなどをしたら、なにを探ろうとしていたかが相手に伝わって、我々の輪郭の一端を与えてしまう。我々は出鱈目《でたらめ》に動かなければならないのです。なにを考えているのかが分からない。なんで、そんな動きをするのか皆目見当がつかない。彼らが惑《まど》うほどに、我々

の存在は大きくなり、脅威が脹《ふく》らみます」

「元々、御公辺でも飛び抜けた小人目付ということで、彼らの妄想は広がっています。そこへ、無茶苦茶な動きが加われば、なおさら猫が虎にも見えてくるというわけですね」

「その間、随時、噂を流していただきます。かなり絞られてきているとか、切腹は許されず斬首のようだとか、いろいろです。その上で、我々が、脈絡もなく動き回るのです」

「得心しました」

講平が笑顔を見せた。

「そろそろですが、覚悟はよろしいですか」

抄一郎が、茶碗を置いて問うた。

「そのつもりではありますが、正直、脚はがたついております。時折り、震えが来ます。そのたびに、奥脇殿に教えていただいた教えを繰り返しております。いまや、わたくしのお呪《まじな》いです」

「それがしのお呪いでもありますよ」

「息を大きく吸って、手の内を柔らかく保ち、刃筋を立てて強く振る」

講平は言った。

「息を大きく吸って、手の内を柔らかく保ち、刃筋を立てて強く振る」

抄一郎も復唱して、続けた。

「では、参りましょうか」

二人して玄関へ向かい、蓑《みの》を被って、藁沓《わらぐつ》を履いた。久々の藁沓は温々《ぬくぬく》として、戸を引いて外へ踏み出しても、冷気を寄せつけない。藁とは、凄いものだと思った。こんなに軽くて、こんなにどこにでもあって、それでいて魔術のように温かい。

「とりあえず、どこに向かいましょうか」

表に立って、雪の冷たさの匂いに包まれると、講平は言った。

「まずは、その山形家老の屋敷へでも行ってみましょうか」

抄一郎は答えた。

「知行地に引っ込んでいるので、半刻（一時間）はかかりますが」

「往復で一刻、辺りを巡って一刻半ですか。ならば、行って返して、それから半刻ばかり適当に城下をうろついて戻りましょう」

偽の探索にかける時間は、二刻までと決めていた。それ以上、外にい続けると、軀が芯から冷え切り、疲れも溜まって、結び合いに不利になるからだ。藁沓の藁の魔術も効かなくなって、足の指先の感覚も鈍る。

そのように用心はしていたものの、実際に囮《おとり》として往来に身を置いてみれば、のしかかる重圧は尋常ならざるものがあった。辻に差しかかるたびに、見えぬ襲撃者に気を張り詰めるから、城下を一町歩くだけでも消耗する。

半刻をかけて、山形家老の在地の屋敷まで雪路を行き、庄屋然とした佇まいを認めてから周囲を回って、再び半刻をかけて戻ると、軀は綿のように疲れ果てていた。

初日なのだから、軀の慣らしということにして切り上げようかとも思ったのだが、初めに二刻と決めたからには、その通りにしないと、最初から挫折したような気になりかねない。

なんとか叱咤して、宿にしている大番士の組屋敷に背を向け、四つ辻だらけの城下へ歩を進める。三つ、辻を過ぎたところで、おかしいなと思った。いくら己を鼓舞しても、気を集めることができない。

それどころか、さらに緊張は増しているはずなのに、疲労のために眠気さえ覚える。

頭はもやもやとしたまま、足だけが動く。いま不意を突かれれば、まちがいなく後れを取ると分かっているのだが、どうにもならない。まさに、生と死の際が、目の前に見える。

半刻の後、どうにか組屋敷に辿り着いて、八重が熾《おこ》してくれていた火鉢の周りに腰を下ろしたときは、思わず、声にはならぬ声が洩れた。命を拾ったと、心底から思った。

八重が白湯の入った茶碗を寄越して、両の掌《てのひら》で抱える。その熱さが、なんとも愛《いと》おしい。温もるにつれて、頭がまともに動いてくる。明日は、眠気を免れぬほどの疲れを覚えたら、迷うことなく戻ることにしようと戒め、そして、早く襲ってきてくれと願った。

最初から、長くて七日と踏んでいた。相手を疑心暗鬼にさせるのもそのあたりが限度だし、こっちの気も持たない。

「家老の山形作左衛門ですが……」

ひと口、白湯を腹に送ってから、抄一郎は言った。

「どういう男ですか」

「ああ……」

講平は疲労困憊《こんぱい》の風で、声が掠《かす》れていた。

「怖い男です」

「怖い？」

「吝嗇《りんしょく》で、短慮で、小心者です。ひがみっぽくもあり、根に持ちます」

「たしかに、敵にすると、いちばん怖い相手ではありますね」

「自分は他人を責めてばかりいるくせに、自分が責められると途端にいきりたつ。ろくに考えもせず、すぐに弾ける。常人ならば考えもつかぬことを、平気でやってのける。六十近くなっても、まったく治る気配がありません。逆に、ひどくなっている。祖父様が上にいた頃は蓋が効いていましたが、退いてからは抑えるものがなくなりました」

「しかし、そうであれば、期待はできますね」

「奥脇殿から話を伺ったとき、わたくしもそう思いました。山形ならば、そう出るだろうと。それに、芋だけでなく、芋の子も掘れるだろうと」

「どういうことですか」

「とにかく、敵に回すと厄介なので、山形から話を持ちかけられると、絶対に受け容れられない内容ではない限り、一応、乗ります。人望のない山形の周りにいつも人がいるのは、そういう理由です。つまり、少しでも伯父を追い落としたいと思っている連中は、話を断わりません。もしも襲撃があるとすれば、芋も、芋の子も、一緒のはずです」

「なるほど」

「どこぞの大藩とちがって、この貧しい国では、人を使って襲わせることなどできません。当人どもが出てきます。山形は剣術にかけては相当に自信を持っているようなので、機会があれば、ひけらかしたいとも思っているでしょう」

言い終えると、講平は欠伸《あくび》をした。

「失礼いたした」

すぐに姿勢を正したが、瞼は随分と重そうだ。

「流派はご存じでしょうか」

聞くだけ聞いておこうと、抄一郎は思った。

「念流、だったはずです」

ややあってから、講平は答えた。

「して、段位は？」

答えはまた、すっと返らない。それにしても間が空き過ぎると訝《いぶか》って、目を凝らすと、うつらうつらしている。すぐに、床に背中を預けて、寝息を立て始めた。

もはや、叩いても起きそうにないので、上から布団を掛け、なんとはなしに講平の寝顔を見やる。いかにも、若い。

あと、六日。とにかく、この若い顔から血の色を失わせてはならんな、などと考えているうちに、抄一郎も眠りに落ちた。

そのまま、なにも起こらずに四日が過ぎた。

五日目の朝、抄一郎は消耗の激しい講平に、探索掛に戻ることを勧めた。

四日のあいだ、この組屋敷で寝起きを共にしてきたが、講平はほとんど喰い物を腹に入れていなかった。無理に喉を通らせるとあとで戻した。最初の夜を除けば、あまり眠ってもいないようだ。

もう講平は、十分に生と死の際を見たと、抄一郎は思った。この四日、いったい自分たちは幾つの四つ辻を横切ったことだろう。そのひとつひとつが、囮にとっては死の淵だ。

講平はもう、なまじの武家には望むべくもないほどに、その暗い深みを覗いている。たとえ、いま退《しりぞ》いても、離脱にはならない。武家の鍛錬ならば、もう存分に積んだ。もう、いい。

「かたじけないが、お気遣いは無用に」

けれど、講平は納豆汁の汁だけを啜《すす》ると言った。

「これは織り込み済みです」

「織り込み済み……」

なんとはない調子で、講平は答えた。

「わたくしのように線の細い者が、このような御役目に当たれば、このようになるのは当然ということです。最初から予期しておりますので、御役目に支障はございません。わたくしにとっては、軀の不調のひとつひとつが乗り越えるべき壁であり、ただいまも、こうして修練を積んでいるところです」

また、ひと口、講平は汁を含んだ。

「子供の頃、武家にとっては喰うことも戦であると、祖父様から繰り返し諭《さと》されました。首なし屍体がごろごろ転がっている戦場《いくさば》でも、平然と飯を喰うことができるのが武家であると。あの戒めを思い出しながら、こうして汁を飲んでおります。奥脇殿のご判断で、わたくしがいては御役目を果たすことができないというのなら、承服せざるをえませんが、もしも、そうでないのであれば、このまま最後まで同道させていただきたい」

「ならば、そのように」

講平の言うように、線が細いのか太いのか分からんなと思いつつ、抄一郎は茶碗に白湯を注いだ。

梶原清明が、事前の知らせもなく姿を現わしたのは、そのときだった。

「今日は頼み事があって参った」

相変わらず、伴は連れていなかった。

「知る者の月命日《つきめいにち》でな。さる寺まで参るので、二人に護衛を引き受けてもらいたい」

きっと気を利《き》かせたのだろうと、抄一郎は思った。

囮探索も五日目となれば、講平ならずとも気が磨《す》り減る。炙り出そうとする側と、炙り出される側の消耗戦だ。いまのところは、抄一郎たちがやや押し込まれていると言っていい。山形作左衛門の性分なら二日目、三日目にも姿を現わしていいと想っていたのだが、案に相違して鳴りを潜めている。今日も、昨日までと同じなら、二人はさらに押し込まれる。疑心暗鬼がこっちに回される。だから、清明は、ここ四日とはちがう一日を用意したのだろう。

たしかに三人連れ立って、清明の導く路を歩くと、腹に溜め込んでいた重苦しさが随分と薄らいだ。それだけで、抄一郎は気持ちを押し戻す。いや、向こうも追い込まれているはずだと思うことができる。焦りは禁物だ。きっと、もう近い。もう、向こうも、己の腹の内で脹らみ続ける脅威に、耐え切れなくなっているはずだ。

「寺は、どちらでしょうか」

歩を進めながら、抄一郎は問う。

「当家の菩提寺の、瑞泉寺《ずいせんじ》です」

顔を前へ向けたまま、清明が答える。傍らの講平が、小さく頷いた。講平の梶原分家にとっても、菩提寺なのだろう。護衛の話は、清明の気働《きばたら》きだろうが、月命日は真《まこと》のようだ。

清明と同道ということで、昨日までにも増して気を張り詰めているのだが、警護という御役目となると、背筋が無理なく伸びて、嫌な疲労を覚えることがない。小半刻かけて瑞泉寺へ着いたとき、気力はなんら減じていなかった。

瑞泉寺は想っていたよりも随分と立派な寺で、広い境内に、七堂伽藍《しちどうがらん》を持つ。墓地は講堂の裏手に広がって、梶原家一統の墓所はその中ほどにあったが、清明は足を停め、軽く頭を下げただけで通り過ぎた。縁筋の、月命日ではないらしい。

そのまま、ずんずんと足を送る。このままでは墓地を抜けてしまうが、と想っていたら、そのとおりになった。墓所は見えなくなり、山仕事の段取りをする場処なのだろうか、広めの空地が開けている。突き当たりは林で、裏山に分け入るための山道の口が覗いている。

どういうことかと、清明の姿を追うと、空地の一角で歩みを停めた。前には、ひと抱えもありそうな石がある。墓石ではない。河原にいくらでも転がっていそうな石である。

「折角なので、共に、合掌を願いたい」

清明は振り返って、二人に言う。そのとき抄一郎は、清明の唇の下が小刻みに震えているのを認めた。そういえば、朝、組屋敷に現われたときも、これほどではなかったが、蠢《うごめ》いていた。

「ここに、七尊《そん》の仏がおわす」

言葉と共に、清明は掌を合わせ、頭《こうべ》を垂れる。

清明に従って合掌し、顔を伏せたとき、その石の下に誰が葬られているのかが分かった。

仏が七尊であり、墓地を外れるということであれば、徒党を率いた百姓にまちがいあるまい。埋葬してはならぬ刑死人を、清明は葬り、月命日が訪れるたびに供養をしているのだ。

瞬間、抄一郎は、己を恥じた。百姓の逃散《ちょうさん》や一揆を招かぬよう、清明に言うべきことは言わねばならぬと意気込んだ自分をいかにも小賢《こざか》しく感じた。

清明は人一倍、感じ取る力の強い者である。それは、最初の寄合の様子からも明らかだった。およそ鈍からは懸《か》け離れており、打たずとも響く。その清明が自分の父に死を命じ、多くの藩士の禄を剝《は》ぎ取り、そして国の礎《いしずえ》である百姓の血を流させた。

誰よりも鬼には向かぬ者が、誰よりも厳然と鬼をやっている。顎《あご》を震わせながら、鬼をやっている。抄一郎の危惧などとうに見通した上で、なお、堪《こら》え、鬼をやめずにいるのだ。

かっと腹の底が熱くなって、なんとしてもこの男を護り抜こうと思った。誰であろうと、清明を襲う者は、断じて許さない。

そのまま掌を合わせていると、涸《か》れかけた沢の水が奔流《ほんりゅう》と化すかのように、気が漲《みなぎ》っていく。いまならば、たとえ数十人の敵に囲まれようと、討ち果たせそうな気がした。

背後に、人の気配を捉えたのはそのときだった。

「清明。なにを拝んでいる？」

振り返ると、四十半ばと見える浪人が立っていて、背後には、その下、二十歳から、その上、十歳と思《おぼ》しき齢回りの、やはり浪人が八名控えている。

「叔父上……」

ゆっくりと振り返った清明が言った。

その言葉を耳にした抄一郎が傍らの講平を見遣ると、無言のまま小さく首を横に振った。身なりと、言葉のとおり、家老の山形作左衛門ではないようだ。

「その下に、誰ぞの骸《むくろ》でも埋まっているのか」

清明は答えなかった。

「まさか、お前が打ち首にした百姓七人ではあるまいな」

分かって訊いているのは、明らかと見える。

「刑死人を葬るのは御法度《ごはっと》だぞ。誰よりもお偉い勝手掛惣座上が、御法を破っていいのか。それは、ないぞ。俺たちは、とんでもない無法者に、伝来の領地を取り上げられたということになる」

講平が抄一郎に近寄って、「真っ先に召し放ちになった、元郡奉行の梶原正蔵です。かなり、遣えます」と耳打ちをした。そういえば、家禄を召し上げられた十名の郡奉行のなかに、親類の者がいた。郡奉行に就いたときは、自分が郡政の悪弊を刷新すると意気込んでいたと、講平が話していた。

「講平、告げ口か」

正蔵がこっちに顔を向ける。すぐに抄一郎に目を移して、続けた。

「お前が、江戸でも名うての小人目付というわけか」

口調はさらに高飛車になっている。格のちがいを、見せつけようというのだろう。梶原の姓を持つ以上、いまは浪人でも家筋は門閥に連なる。一方、小人目付は、御家人といえども、それより下はない下級役人だ。

「言っておくがな、俺は騙されんぞ」

正蔵は一人で、勇み立つ。

「御公辺でもとびきりというが、それがどれほどのものだ。小人目付など、所詮は武家とも言えぬ木っ端《こば》役人だろう。俺とは身分がちがう。俺はお前のような下郎《げろう》なんぞ歯牙《しが》にもかけてない」

正蔵は吠えまくる。

「十倍の金を払って雇い入れたというが、なにも働いておらんではないか。もう、来て五日になるというのに、煽動した者を一人として挙げることができん。とんだ無駄遣いだ。喰わせ者だ。さすが、無法者の勝手掛惣座上の、眼鏡にかなっただけのことはある」

こいつは少し喋《しゃべ》り過ぎるぞと思ったとき、正蔵は、信じられない言葉を口にした。

「だからな、見るに見かねて、こっちから来てやったわ。ほれっ、とくと見ろ。この九人だ。家禄を奪われた郡奉行と、縁筋に連なるこの九人が、百姓どもを煽った。天《てん》誅《ちゅう》の、手始めにな」

瞬間、唖然として、ふっと山形作左衛門ではなかったのだと思った。

己の腹の内で脹らみ続ける脅威に耐え切れなくなっていたのは、山形作左衛門ではなかった。

同じ梶原の姓を戴く、梶原正蔵だった。

「認めるのですか」

清明が、穏やかな口調を崩さずに言う。

「ああ、認めてやるとも」

「ならば、これより御城へ行き、大目付に出頭していただきたい」

「なにを言うか！」

正蔵は声を張り上げた。

「なんで、無法者のお前から命令されなければならん。もう、まっぴらだ。二度と、お前の命など受けん。お前が俺たちになにをしたか、分かっているのか。俺たちはな、精一杯務めていたのだぞ。元々、無理な御勤めを、歯を喰い縛って投げ出さずにきたのだ。己を顧みて、なんらやましいことはない。なのに、お前に召し放ちにされた。それがために、いまでは芋粉汁さえ喰えん。国が持ち直しつつあるというのに、芋粉汁が喰えんのだ。大目付に出頭するのはお前だ。いや、お前のような外道《げどう》に大目付なんぞもったいない。その小人目付ともども、この場で成敗してやる」

言うが早いか、正蔵は抜いた。背後の八人も、鞘《さや》を払った。

「叔父上、刀をお納めください」

清明は目の色を変えずに、声をかける。

「気持ちをお鎮めください」

けれど、顎の震えは大きくなっている。

そのとき抄一郎は、なぜ清明が伴連れを拒むのかが分かった。

護衛に囲まれていては、清明は鬼になれないのだ。

己の軀を死の淵に投げ出すことで、清明は鬼になる。だから常に、一人でいなければならない。

この男は執政に就いてからずっと、死と生の際を歩み続けている。

「鎮める、だと」

正蔵が中段に構えた。抄一郎は鯉口《こいぐち》を切る。

「鎮めて、どうする？」

声が泣き笑いのようになる。

「鎮めれば、なにかがよくなるのか」

切っ先を、清明に向ける。

「鎮めれば、子供に米を喰わせられるのか。医者に診せることができるのか」

正蔵は間合いを詰める。抄一郎は柄《つか》に手を掛けた。

「清明、俺たちは鎮まることなどできんのだよ。鎮まるとな、己の惨めさがくっきりとして、いても立ってもおられんのだ。お前を呪ってな、非道に手を染めていないと、持たんのだよ。さあ、もう一度、鎮まれ、と言ってくれ。その、なんとも悠長な言葉を聞かせてくれ。腹の底から怒りが滾《たぎ》って、心おきなくお前を斬れそうだ」

ゆっくりと抜いて、清明は言った。

「気持ちを、鎮めてください、叔父上」

そして、正眼に構えて続けた。

「貴方は武家です」

小さく、笑みを浮かべてから、正蔵は言った。

「さらばだ。清明」

正蔵は振りかぶり、雪の山麓の冷気を斬り裂くように打ち下ろした。

それからの二人は、まるで一刀流の形稽古を演じているようだった。手練《てだれ》が腹を据えたときほど、勝負は一瞬で決まる。

正蔵は裂帛《れっぱく》の気合いとともに清明の剣の峰を落ち落とし、間、髪を入れず、突きを入れようとした。

けれど、清明の剣は大人しく下がったままではいなかった。反転して、逆に、正蔵の剣の峰に乗ると、手の内を絞って鎬《しのぎ》を払った。

すかさず振りかぶり、深々と袈裟斬りを打つ。抄一郎が息を呑むあいだに、正蔵は倒木のように崩れ落ちた。

講平から、清明が藤原派一刀流をよく遣うとは聞いていたが、これほどとは思わず、頭目を失った八名も気勢を殺《そ》がれて、散り散りになるかと想った。

が、彼らは誰一人として退かなかった。それぞれが、それぞれの敵を、清明に、そして抄一郎に見ていた。自分たちの失ったものを持つ者に、敵を見ていた。

変わらぬ剣気を漲《みなぎ》らせて、彼らは一斉に襲いかかってきた。

受けてみれば、やはり誰一人として、生きて戻ることなど考えていないことが分かった。彼らは相打ちを恐れていなかった。

その打突《だとつ》は、死を恐れないというよりも、生を恐れているかのようだ。

皆が皆、小手先で剣を振るうことはなく、十分に腰を入れて打ってくる。一撃、一撃が凄まじく、考えて対処する余裕はさらさらない。講平を背後に置くことだけを頭に置いて、あとは、軀の生き延びようとする動きに任せ、彼らの死をこじ開ける剣と渡り合った。

三名、打ち倒したことは手の内の感触としてあった。視野に入っている相手はもう残り二名で、左の目が、その一人と応戦する清明を捉えた。

随分とできる者で、あの清明が苦戦している。一方、抄一郎の眼前の相手は八名のなかでは組みやすく、足の腱を斬って、動けぬようにしてから加勢に向かった。

真後ろから、人が倒れる音が届いたのは、そのときだった。

振り向けば、そこに抄一郎が認めていなかった一名が俯《うつぶ》せになっており、剣を打ち下ろした講平が息を荒らげていた。敵はもう一人いて、抄一郎の背後を狙ったのだった。

「かたじけない」

抄一郎は心底から感心しつつ言った。剣とは無縁だったはずなのに、講平の腰の据え方は見事だった。

死と生の際から、死の側に躙《にじ》り寄った者でなければ望めない打突だった。

再び、清明のもとに駆けつけようと顔を戻すと、すでに清明は相手を仕留めていた。

視線が合うと、犬が不始末をしでかしたような顔をした。

裏山の杉木立の枝から雪がどっと落ちて、塊《かたまり》が斜面を転がり落ちた。

［五］

宿沢克己の一件以来、抄一郎は清明に対してズレを感じていた。二人のあいだを隔てる薄皮を意識していた。が、年の瀬の鐘崎で、その薄皮は跡形《あとかた》もなく消えた。代わりに残ったのは、清明の顫の震えだった。

清明がその軀の深くに、無数の疵を溜め込んでいることは疑いなかった。いまは顫の震え程度で済んでいるが、遠からず、その疵は別の形で、清明を壊すかもしれなかった。内なる疵が重なれば、軀の強い者は心を壊し、心の強い者は軀を壊す。

そうなる前に、いまの席から清明を離れさせなければならない、と抄一郎は思った。もはや、三年を待ってはいられない。一刻も早く五万両を貯え、勝手掛惣座上の座から清明を引き摺り下ろさなければならない。抄一郎はこれまでにも増して、御勤めに打ち込んだ。

その気になってみれば、でき上がったと見なしていた浦賀物産会処の商いにもやり残したことは少なくなく、もう十分に任せられると思った本城貞和にも未熟の尻尾が見えた。やはり、気持ちが退いて、商いに腰が入っていなかったのだと自戒した。

そういう疵をひとつひとつ埋めていくだけで、結構な売上が積み上げられた。その上に、年初から始めた新たな商いの利益が加わった。これが、想いのほか、大きかった。

深井藤兵衛が蝦夷地の江差《えさし》で始めた鰊《にしん》商いに、出資した資金の配当が入ってきたのである。

津軽から島村藩領の一帯にかけては、変わることなく鰯の豊漁が続いていた。けれど、全国を見渡せば、鰯は享保《きょうほう》の頃からずっと不漁が続いており、とりわけ宝暦に入ると顕著になった。

代わって、大量に出回り始めたのが、北前船による鰊の〆粕であり、抄一郎も次の特産物として目を付けていた。すでに、大きな商いにはなっていたが、乗り出すのに遅すぎるということはなかった。

蝦夷地の鰊漁が力をつけるようになったのは、一攫千金《いっかくせんきん》を目論む成り上がり者たちが、松前藩に喰い込んだ近江商人による独占を崩したからだ。状況は目まぐるしく動いており、島村藩物産会処もまた、成り上がり者の一人になればよいだけの話だと抄一郎は思った。

とりあえず、抄一郎が手をつけようとしていたのは、仕込み親方だった。

蝦夷地での鰊漁は大掛かりであり、多額の資金が要る。その仕込みの金を貸すのが、仕込み親方だ。

蝦夷地で分限者《ぶげんしゃ》になる夢を抱く者は引きも切らず、借り手は幾らでもいる。最初は資金を提供する側で土地勘を摑み、商いの全容を摑んだところで自ら漁を仕組もうとした。

「それは、ひとまず俺がやったほうがよかねえかい」

深井藤兵衛に企てを話すと、いつもの軽い調子で言った。藤兵衛は大きい事ほど、軽く話した。

「奥脇の策はあっぱれだが、いかんせん初めてのことだし、土地勘もねえ。浦賀物産会処として取り組むのは、ちっとばっかし危なかねえかい。その点、俺は、蝦夷地に深く喰い込んでいる鉄砲洲《てっぽうず》の新宮屋《しんぐうや》とも懇意だ。俺が会処の金を預かって小さく始めて、こいつは大丈夫だとなったら会処に引き継げばいい」

「それでは、深井さんに頼り切りではないですか」

「奥脇、俺はな、島村藩に喰い込んでいる悪徳商人だぞ。もっともっと会処の商いをでっかくしてな、それからたっぷり甘い汁を吸うんだ」

はたしてどうなるかと見ていたが、鰊商いには、これでいいのかと思えるほどに順風が吹き続けた。仕込み親方の利子は驚くほど高い。なのに、次々に借り手が現われる。それは、鰊商いがまだまだ育つ途上にある徴《しるし》だった。

「いまは、とにかく流れに乗る」

江差からの手紙に、藤兵衛は書いた。

「会処に引き継ぐ時期は、一度、下り相場を掻《か》い潜《くぐ》って、もっと智慧を付けてから見極めよう」

藤兵衛はやはり商人ではなく、武家なのだと、抄一郎は思った。藤兵衛は武家として、商いに立ち向かっていた。

そのようにして、売上が順調に上がって、大豆の収穫も間近に迫った九月の初め、鐘崎の御城の御金蔵に、五万両が積まれたことを知らせる文が、清明から届いた。

ついては、共に祝杯を上げたいので、鐘崎までご足労願えればありがたい、ともしたためられていた。文章も、文字も、安定していて、気になる変調の兆しは窺えず、どうやら間に合ったらしいと、抄一郎は思った。予定よりも半年早い、達成だった。

もっと込み上げてくるような感慨があるのかと想ったが、安堵のほうが先に立って、一向に昂《たかぶ》りそうもない。

それどころか、まさかそんなことはあるまいが、清明が勝手掛惣座上の座を下りぬという筋も考慮しておくべきなのだろうか、などと考えたりした。

そんなことになったら、顎の震えは治らない。清明の軀の深くに巣くう疵は消えない。

手紙では、己の進退については、ひとことも触れていなかった。あの清明が、権力に恋々《れんれん》とすることは想い描きづらかったが、そうは見えない者をそうさせるのも、また権力だった。

旅支度を整えながら、どうかきれいに、講平に繋げてくれるように願った。

佐和と復縁して、二人並んで屋敷の濡れ縁に座り、澄み渡った秋の陽を浴びるのもよいのではないかと思った。

それだけのことを、清明はやり遂げたのだ。

なんのために清明が御主法替えを進めたのかなど、もうどうでもよかった。


清明とは十月の初め、鐘崎の御城近くを流れる川の端《はた》に建つ居酒屋で会った。

「お蔭をもって、このような店もできるようになりました」

二階の小座敷で、清明は言った。川端には、二人が入った店のほかにも十数軒の店が軒を連ねて、夜の黒い流れに灯りを映しており、盛り場といえる佇《たたず》まいを醸《かも》していた。二年半前に、辺りを巡ったときには、茶屋一軒さえなかった。

「今宵は、奥脇殿に是非、当地の名物のどんこ汁を味わっていただきたかったのです」

清明はそう言って、二人のあいだで盛大に湯気を上げる鍋に目を落としてから続けた。

「最初の年は、土地の味を楽しんでいただきたくても、朝夜、芋粉汁しかお出しできなかった」

芋粉は馬鈴薯を凍らせて水を抜き、灰汁《あく》抜きをしてから粉にしたものだ。それを水で練って団子にし、喉を通りやすくするため汁に入れたのが芋粉汁で、本来は飢饉に備える救荒食《きゅうこうしょく》である。

たしかに、あのときは、朝も夜も芋粉汁だった。島村藩は常に、救荒の状態にあった。去年も芋粉汁ではなくなっていたが、納豆汁だった。いま、二人のあいだで滾《たぎ》る鍋には、どんこという白身の魚が入り、大根が入り、牛蒡が、人参が入っている。

「このように、どんこの肝《きも》と味噌を和《あ》えた肝味噌で味を調《ととの》えます」

言いながら清明は、自分で肝味噌に汁を加えて掻き混ぜ、鍋に入れた。

頰を緩めて鍋が仕上がるのを待つ清明は、初めて会ったときと変わらずに見えた。まだ時折り、顎の下が震えたが、ごく微かで、御役目さえ退けば、遠からず消えてなくなるだろうと思うことができた。

湯気を上げる鍋に目をやっていると、気持ちまですっかり温もって、言葉はまったく要らなかった。

互いに礼を述べ合う必要も、感じなかった。

清明が抄一郎のお蔭で御主法替えをやり遂げたわけではないし、抄一郎が清明のお蔭で仕法の首尾をたしかめたわけでもなかった。二人は同じ場で、それぞれの戦《いくさ》を闘った。そして、いま、ずっと脱ぐ暇のなかったそれぞれの鎧《よろい》を、脱いでいるのだった。

「そろそろ、よいでしょう」

勧められるままに椀を口にもっていくと、どんこ汁はほんとうに旨かった。魚と根菜の滋養が、味に出ていた。

「お気に召しましたか」

「いや、染《し》み渡ります」

それからは喰い、呑みながら、江戸の話になった。二十歳から数年、清明は江戸詰めを命じられて、名所案内を片手に江戸中を歩き回ったらしい。

「浅草寺の奥山は、いつ行っても辻芸人で溢れていて、懐が空でも楽しむことができましたし、両国や下谷の広小路は、それは大した賑わいで、ふらついているだけでも十分に面白かった」

心底から楽しかった風で、清明は語った。

「なにしろ、こういう城下で育ったものですから、二十歳の自分には江戸は夢の国のようでした。振り返れば、江戸が楽しかったのか、二十歳という齢頃が楽しかったのかは判然としませんが、とにかく毎日、心を弾ませておりました」

清明は意外にも甘いものも好きで、それから、話は両国の幾世餅《いくよもち》に移り、向島の長命寺《ちょうめいじ》の桜餅に移った。さらに抄一郎の長屋に近い待乳山聖天《まっちやましょうでん》の米饅頭へと移り、江戸の名所をひととおり巡って、そろそろ訪ねる場処も尽きかけた頃、清明がおもむろに、「それがしのあとのことですが……」と切り出した。

「講平を筆頭家老に据えようと考えておるのですが、いかがでしょうか」

即座に、抄一郎は答えた。

「たいへん、良いお考えであると存じます」

望んでいた言葉が、あっさりと出た。ずっと抱えていた危惧が杞憂《きゆう》で済んだことに、抄一郎は深く安堵した。御役目が勝手掛惣座上ではなく筆頭家老なのは、非常時が終わったことを鮮明にするためだろう。

「近年の講平を最もよく知る奥脇殿にそう言っていただいて安堵しました。人の上に立つ者にしては、いささか線が細いかと、懸念を抱えておりましたが」

「いや、細くなどありません。元々、逆に太いのではないかとも思っておりましたが、あの瑞泉寺より後は、はっきりと太く、強靭になりました。二枚腰にも三枚腰にもなっており、さぞや、良き首領になることと思います」

掛け値なしの言葉だった。雪の瑞泉寺より戻ってからの講平は、見ちがえるほどに強く、しなやかで、なにを任せても、なんの不安もなかった。生と死の際《きわ》を、躯に覚えさせるという清明の目論見は、見事に功を奏していた。

「これを機に……」

抄一郎は続けた。自分も伝え忘れてはならないことを、言っておこうと思った。

「それがしも藩札板行指南を退《ひ》かさせていただきたいと存じております」

「もう、決められたのでしょうな」

持ち前の穏やかさで、清明は言った。

「はい」

「では……呑みますか」

それからの清明は豪快に呑んだ。まさに鯨のごとく呑んだ。負けてなるかと、張り合った。二合の燗徳利を十本並べたところまでは記憶があるが、その後は覚えていない。

　翌朝、さすがに、七つ発ちは無理だった。それでも、五つ半には鐘崎を発った。見送りは遠慮した。昨夜で十分だった。

　脇往還を歩き出してみれば、気分は晴れ晴れとしているものの、酒は抜け切っておらず、足が重い。

　当初は、隣国に入って二番目の宿場まで三里を歩き通すつもりだったのだが、気持ちに軀が付いてこず、最初の宿場の茶屋で休みを取ることにした。以前から、別の脇往還と交わるため繁盛していた宿場で、できればその喧噪を避けたかったが、仕方なかった。

　足を踏み入れてみれば、ここ二年半のあいだに、宿場はまた一段と大きくなり、賑やかになっている。近隣の村で蚕《かいこ》を育てるようになって、いくつかの村が在町《ざいまち》に育ちつつあるらしい。宿場は宿場であるだけではなく、そういう在町を束《たば》ねてもいるようだ。おまけに、今日は市《いち》が立っており、街道の両脇には露店が隙間なく商売物を並べていた。

　これも学びではあると、覗きつつ歩を進めると、他国の品を商う店も目立ち、そのなかに、木曾の名産である、お六櫛《ろくぐし》を並べる店がある。三寸ほどの幅のなかに百本の歯を挽《ひ》いた櫛《くし》で、材料の木そのものに薬効があり、頭痛に効くらしい。なぜか、山川町の裏店で万年青の水やりを取り仕切ってくれている後家の銀の髪が浮かんで、気づくと、それを一本くれ、などと言っていた。

茶屋の床几《しょうぎ》に腰を下ろし、甘酒で喉を潤してみれば、銀が頭痛持ちとは聞いたことがない。なんで、櫛など買ったのだろうと思いつつ、通り過ぎてきた露店を見るともなく見ていると、七、八間向こうの店に、知らずに目が引き寄せられた。

自分と縁のあるものがそこにある感覚が漠然とあって、目を凝らしてみると、万年青が並べられている。

最初は、こんな宿場でも万年青商いが成り立つのかと驚いた。いったいどんな人間が商っているのだろうという関心が湧いて、目を店の者に移すと、農婦らしき女だった。

距離もある上、手拭いを姉さん被りにしているため、定かではないが、さほどの齢ではなく、陽に焼けてはいるものの、顔立ちもわるくなさそうだ。ふとした顔つきが、どこかで見覚えがあるような気もするのだが、思い出せない。

しばし預けた目を戻そうとしたとき、連れ合いが補充に訪れたのだろうか、やはり頬被りをした百姓風体の男が、万年青の鉢を載せた盆を手にして、店に近寄った。男は、店先にしゃがんで、ふたこと、みこと、言葉を交わす。女は気持ちのよい笑みを浮かべて唇を動かし、男も笑顔を返した。亭主が万年青を育て、女房が売っているのだろう。遠目にも、仲睦まじそうだ。

二人を見ていると、そういう暮らしもわるくないなと思えてくる。江戸に戻ったら、また、万年青商いに戻ってもよいのかもしれないと思いつつ、床几《しょうぎ》を立とうとしたとき、男が顔を動かして、左の頰が紫色に染まっているのが見えた。

瞬間、抄一郎の軀深くに戦慄が走った。

目の前の光景が信じられず、瞼《まぶた》をこじ開けて凝視した。

まちがいはなかった。

男は甚八だった。

そして、女は珠絵だった。

でも、珠絵は、抄一郎の知る珠絵ではなかった。

露店に座る珠絵はどっしりと、ゆったりとしていた。万年青の鉢の土と、馴染んでいた。

なおも目を据えていると、珠絵の背後から、四、五歳に見える男の子が姿を現わした。甚八が顔を崩して、子の頭を手荒く撫でる。珠絵が大きく口を開けて、笑った。

抄一郎はそっと、腰を上げた。

◆◆◆

浅草山川町の裏店に戻って、お六櫛を懐に入れ、まずは後家の銀に挨拶をしに行くと、知らぬ顔に代わっていた。

女房たちに聞けば、銀には若い情夫《いろ》がいて、銀を囲っている旦那と、切れる切れないの修羅場《しゅらば》の揚句、なぜか情夫のほうに刺されたということだった。

話の脈絡がよく分からなかったが、分かろうとも思わなかった。誰がどうわるいのか、わるくないのかも分からなかったが、刃傷沙汰になってしまえば、女がいかにも脆《もろ》いのが寂しかった。

清明に語ったように、浦賀からはほんとうに引き揚げ、万年青商いに戻った。

二度と藩札板行指南はやらないと決めたわけではなかったが、いまは軀が動こうとしなかった。すべてが終わってみると、鐘崎、瑞泉寺での斬撃《ざんげき》がまざまざと蘇って、軀の深くに重く居据わった。

筆頭家老となった講平からは、ほぼ月に一度、文が届いて、島村藩の近況を伝えてくる。もう、いちいち律儀を通さずともよいと書き送ったが、文が途絶えることはなかった。

書面には、これからの会処の柱となるかもしれぬ鰊商いを手の内に入れるため、深井藤兵衛の江差の出店に、本城貞和を支配人として置いてもらうこと、そして仕法が回っている浦賀は、藩士の教育の拠点の役割も担わせるため、一定の期間で会処掛を入れ替えるつもりであることなど、的確な施政の様子が綴られていた。

いまやしっかりと島村藩に喰い込んでいる深井藤兵衛から話を聞いても、講平の筆頭家老ぶりは、旧弊《きゅうへい》ではないにもかかわらず安心して見ていられるようで、抄一郎は安んじて、万年青商いに汗を流すことができた。

そのように島村藩はなお抄一郎の傍らにあったが、清明からの便りはなかった。

清明が佐和と復縁したという噂も届かなかった。

しばらく時間がかかるか、と抄一郎は思った。

清明と、どんこ汁の鍋を囲んでからおよそ半年が経った宝暦十二年の四月の初め、また、講平からの文が届いた。

今度は、なにを企てたのだろう、と広げた文面は、しかし、絶対に目にしたくないものだった。

そこには、清明が腹を切った、と書かれていた。自分の屋敷で深夜、一人で自裁した、と。

さほど間を置かずに、当の清明からの手紙が幸便《さいわいびん》で着いた。日付は、決行に及ぶ前日になっていた。

「書式の省略、失礼」という書き出しで、その書状は始まっていた。

「すでに、それがしの始末についてはお聞きおよびのことと存じます。

奥脇殿に新たな仕法を伺い、御主法替えに踏み切ると決断したときから、期限の三年が経ったときには自裁すると決めておりました。

理由は、書き記《しる》すまでもありません。そうと覚悟しなければ、鬼となることができなかったからです。

覚悟の据わらぬそれがしが、取れぬ扶持《ふち》を取り上げ、奪えぬ命を奪うに至ったのは、御主法替えが成ったそのときには、命を断つと定めていたからこそでした。

お蔭をもちまして本願かなったいまでも、その想いはなんら変わりません。振り返れば、己の振る舞いのひとつひとつが、非道の極みであります。

もとより己の命一つで、なした大悪無道《たいあくむどう》を贖《あがな》えるはずもありませんが、とはいえ、この命は取らねばならない。せめて、この罪深い生を断ち切り、皆様にお詫び申し上げなければなりません。

御役目を退いてから半年置いたのは、講平の御勤めぶりを見届けるためです。奥脇殿の教えのお蔭をもって、憂いが消えました。

誰にも告げることなく、明日、自裁するつもりでおりましたが、今夜になって、あのどんこ汁の夜が想い浮かび、迷った末に、筆を手にしました。

この齢になっても、結局、稚気《ちき》と縁が切れず、慚愧《ざんき》に堪えませんが、やはり、奥脇殿にだけは、事の次第を分かっておいていただきたいと思うに至りました。最後の最後まで、お世話をおかけし、まことに申し訳なく、ただ深謝あるのみです。
江戸はいま、亀戸天満宮の五尺藤《ごしゃくふじ》が咲きかけた頃でしょうか。
自分には無縁と諦めていた、友と心底から楽しく語らう夜を最後に頂戴したこと、
鬼籍《きせき》においてもけっして忘れません」

歪む文字を幾度も目で追いながら、佐和をどうするのだと思った。

解説

読者を引き込む魅力

青木直己
（文芸評論家）

武家とは、いつでも死ぬことができる者である。それ以外の括《くく》りはない。

作者の描く武家の姿であり、本作の底流をなすものでもある。だが、評者は素直に疑問に思う。剣を必要とせず、戦《いくさ》の世から離れた太平の世になぜと、しかし青山文平は本作を通して評者の疑問に見事に答えてくれた。本書のもう一つの眼目は、江戸時代中後期の経済小説ということである。だが単に「経済」を描いたものではなく、死に親しんだ武家こそがなしえる藩経済再建の物語でもある。詳しくは後に述べることとするが、作者が選んだ宝暦《ほうりゃく》年間（一七五一～一七六四）という時代設定こそが、この二つの命題を同時に解き明かす鍵となっている。

主人公の奥脇抄一郎は北国のある藩で上級藩士の家に生まれ、十二歳から梶原派一刀流の剣術に親しみ取立目録に進んだ剣士であり、仲間から「ムサシ」と呼ばれる存在であった。剣術にいそしむ一方、面白みのない人間という揶揄《やゆ》も込められている。藩の武官である馬廻り役を勤めていた二十代半ば頃から、様々な女を求める女誑《たら》しとなり、やはり仲間内からは「鬼畜」と呼ばれるようになった。ムサシから鬼畜へ、随分と落差のある世評ではあるが、ここには半端な気組みながらも、一つのものに執心していく抄一郎の性格をみるのは評者だけではないであろう。

女との悶着から馬廻りを外され、落ち着いた先は勘定方藩札掛、事務官である。頭は老齢にして一徹者の佐島兵右衛門、配下の五人も皆はみだし者であり、なかには女誑しの「師匠」長坂甚八の姿もあった。藩札とは各藩が領内で通用させることを目的に紙に印刷した貨幣、つまりは紙幣を言う。江戸時代の公的な貨幣は幕府が鋳造権を持つ金、銀、銭を指しており、主に東日本は金を遣《つか》い、西日本は銀を遣っていた。金は一両小判に代表される貨幣で、銀は重さの単位匁《もんめ》で価値が示されて流通している。日常生活では小額貨幣の銭が使われており、これは文《もん》で表示されていた。藩札は江戸時代、多くの藩が発行していた。

藩札は幕府の公的通貨との兌換《だかん》を前提に通用しており、それが行われなくなればただの紙屑に成り下がる。佐島兵右衛門は見事な手際で藩札の発行、流通を成功させ、藩財政の危機を救っている。藩札は佐島札と呼ばれ、抄一郎たちは兵右衛門に学びつつ、藩札のプロと目され佐島五人衆などと呼ばれるようになっていく。しかし、兵右衛門の死はあっけなく、その後の飢饉に対する藩の対応によって佐島札も、藩そのものも瓦解して行く。抄一郎は、藩札の増刷をめぐって藩首脳や友甚八と対立するが、非常手段をもって脱藩し江戸に移る。その後の抄一郎にとって、飢饉に対して佐島札が無力であったことの原因を突き止め、飢饉にも耐えうる藩札を生み出すことが目的となっていく。

江戸における抄一郎は、万年青《おもと》を栽培し売り歩くことを生業としている。万年青は常緑の楕円形の葉を持つ多年草である。斑の入り方や姿かたちの変化が激しく、江戸時代には武家を中心に栽培され、時に高値で売買されている。かつて万年青作りを抄一郎に伝授したのは、佐島五人衆のはみだし者の一人、鈴木四郎兵衛である。彼は後に本格的に庭造りを目指すことになる人物である。万年青を物語の情景に組み入れたことが、歴史小説家、青山文平の非凡なところである。

当時、万年青作りや鑑賞が流行していた事実はよく知られている。その背景には「庭園都市」江戸の存在があった。江戸は人口一〇〇万人を超える巨大都市であったが、人口の約半分は武家が占めており、大名と幕臣を合わせた武家屋敷は約七割の土地を占有していた。これに幕府用地や寺社地は含まれない。江戸の庭園の多くは武家の屋敷にあったのである。その名残は、水戸藩徳川家の小石川後楽園や柳沢吉保ゆかりの六義園《りくぎえん》など大名庭園に見ることができるが、もちろん旗本の屋敷も同様であり、彼らが抄一郎の万年青を買い求めるのである。

抄一郎の万年青と旗本等を仲介する役割を果たしたのが、三〇〇石の直参深井藤兵衛である。彼は小普請、つまりは無役の旗本であるが、無役であることを良いことに様々な商いに手を染める「凄腕の商売人」でもあった。その藤兵衛は抄一郎の万年青を旗本に取り次ぐ一方、抄一郎のもう一つの顔である藩札指南役にも深くかかわっている。高禄の旗本には大名の親類も多い、藩札を求める大名は親類の旗本に、その旗本は藤兵衛を通じて、抄一郎につなぎを求めるのである。万年青が抄一郎と藩札指南を結びつけたとも言える。

数々の藩札指南にかかわりながら抄一郎の藩札に対する知識と理解も深まっていく。

それは佐島札の失敗の原因の追究であった。そして彼は一つの答えを得て、それを実施する機会をうかがっていた。彼の得た答えとは、単に藩札を刷るにとどまらず、藩の経済システムの変更にまでおよぶものであった。そこに登場したのが、北の海に臨む島村藩一万七〇〇〇石である。

ここで物語から離れて、本作の舞台となった宝暦という時代を考えてみたい。この時代は、すぐ後に続く田沼意次の治世を準備した時代である。田沼意次の時代と言うと賄賂《わいろ》政治のイメージが強いが、実際には広く発展しつつあった経済と積極的に向き合う「重商主義」の時代でもあった。ただし本作は、田沼政権期の直前を描いており意次は登場しない。しかし、この物語を時代と時代をつなぐ環として読む時、あたらしい時代小説の読み方のあり方を我々に示しているように思えてならない。

評者は四十年ほど前から、二十代のすべてを常陸（茨城県）や武蔵野農村（東京都）における経済発展を農民の側から見てきた。宝暦年間以降、飢饉や農村の人口減少、勃興《ぼっこう》する新興地主層と農民との軋轢《あつれき》、一揆の頻発なども確かにあった。しかし、一方で農村には新たに木綿などの商品作物が広がり、本作でも重要な役割を果たす金肥《きんぴ》、つまり干鰯《ほしか》など金で買う肥料が広まっている。こうした農村経済の発展は、農村だけでなく商業や流通など社会のあらゆる面に変化をうながしている。

作者はこうした事情を全国規模でダイナミックに描き、島村藩における藩札流通成功の要因を手際よく描いている。島村藩の藩札発行の最高責任者である執政梶原清明は、抄一郎から藩札の流通と永続的な成功のためには、藩と藩士、産業と流通にいたるすべての変革、主法のすべての変革の必要性を説かれる。それからの清明は、かつての筆頭家老であった父を断罪する一方、藩士や御用商人等に対しても極めて厳しい態度で接する。その姿はまさしく鬼である。理知的で本来優しささえ感じさせる清明が鬼になる。貧しさから離縁した妻佐和、藩と領民を救うためには、常に死と向き合い、親しんできた「武家」の自分が鬼となって主法を変えなければならぬと思い切ったからである。

清明の鬼の「所業」は詳しくは述べない。しかし、「鬼はもとより」という題名は、読み進めて行くにつれ、私たちの胸にすっと落ちてくる。鬼の清明は、鬼として自分を律して藩札と藩の変革に向き合っている。

時代小説家、青山文平の歴史知識の確かさについては定評のあるところである。しかし、それだけでは小説は成り立たない。時代背景を物語に溶かし込む力量、そしてなにより登場人物の魅力である。たとえば商売に精通した旗本深井藤兵衛、長坂甚八と珠絵、鬼の後継者となる梶原講平をはじめとする人物が物語にとってなくてはならない存在となっている。そして最後に抄一郎が甚八、藤兵衛、清明等に感じ取った「女」への想いについても味わっていただきたい。

二〇一七年八月

この作品は二〇一四年九月徳間書店より刊行されました。

徳間文庫

鬼《おに》はもとより

2017年10月15日 初刷

著者 青《あお》山《やま》文《ぶん》平《ぺい》

発行者 平野健一

発行所 株式会社徳間書店

東京都港区芝大門二—二—二〒105—8055

電話 編集〇三(五四〇三)四三四九
販売〇四八(四五一)五九六〇

振替 〇〇一四〇—〇—四四三九二

印刷 凸版印刷株式会社

製本 株式会社宮本製本所

ISBN978-4-19-894265-6 (乱丁、落丁本はお取りかえいたします)